# 百年黄土地

BAINIAN HUANGTUDI

## 永远的红色故事

YONGYUAN DE HONGSEGUSHI

牛庆国　王　莉　编著

甘肃文化出版社

**图书在版编目（CIP）数据**

百年黄土地：永远的红色故事 / 牛庆国，王莉编著
. -- 兰州：甘肃文化出版社，2022.6
ISBN 978-7-5490-2414-8

Ⅰ．①百… Ⅱ．①牛… ②王… Ⅲ．①纪实文学—作品集—中国—当代 Ⅳ．① I25

中国版本图书馆 CIP 数据核字（2021）第 276059 号

# 百年黄土地

## ——永远的红色故事

牛庆国　王莉 | 编著

---

责任编辑 | 张莎莎
装帧设计 | 马吉庆

出版发行 | 甘肃文化出版社
网　　址 | http://www.gswenhua.cn
投稿邮箱 | press@gswenhua.cn
地　　址 | 甘肃省兰州市城关区曹家巷 1 号　730030（邮编）

营销中心 | 贾　莉　　王　俊
电　　话 | 0931-2131306

印　　刷 | 山东新华印务有限公司
开　　本 | 787 毫米 ×1092 毫米　1/16
字　　数 | 280 千
印　　张 | 18.5
版　　次 | 2022 年 6 月第 1 版
印　　次 | 2022 年 6 月第 1 次
书　　号 | ISBN 978-7-5490-2414-8
定　　价 | 78.00 元

# 目　录

百年
黄土地

BAINIAN
HUANGTUDI

# 引 言

2021年初春，一个飘雪的清晨，我们早早出门，坐车去兰州华林山上的烈士陵园，祭奠在中印边境牺牲的“卫国戍边英雄”陈红军。

那些天，我们的心情格外沉重。在这次边境冲突中，我们的四位英雄牺牲了，还有一位英雄的团长身受重伤。看着新闻报道里，那几张跟我们的孩子一样稚嫩的脸庞，还有他们家人脸上隐忍的泪水，我们也禁不住流下眼泪。他们是那么的年轻，有的还没有尝过爱情的滋味，有的还没有娶心爱的女孩回家，有的还没有等到妻子腹中的胎儿出生……他们就这么走了。

不知道他们年轻的生命里有没有遗憾，我们相信一定是有遗憾的。可是，他们还是把最清澈的爱，给了我们伟大的祖国和人民。这崇高的精神和境界，无不让人肃然起敬。

记得有一句诗里写道：“我在深夜惊醒，突然想起，他们是为我而死！”

为我而死！这是多么有分量的话语。早在百年前，也有这么一群青年，他们抛头颅、洒热血，为了中华民族的生死存亡而奋发图强，而慷慨赴死。长歌当哭，在这片英雄的土地上，今天，一条红色的河，已经流淌成为每一个中国人血脉里的红色基因。

今天，我们就这样被一群我们眼中的孩子们保护着，想想都让人幸福，也让人骄傲。

……

车子绕过伏龙坪的陡坡，顺着山路缓行。司机师傅跑出租已经有些年头了，对兰州很熟悉，也能说会道，一路上都在给我们讲兰州的革命故事，还不时强调一下革命教育的重要性。

到雷坛河时，他抬手，指着左前方的山脉说，那就是沈家岭。

我们心里一颤，这就是70多年前那个解放兰州时战火燃烧了几天几夜的惨烈战场吗？

一些单位和志愿者团队在兰州市烈士陵园举行主题党日活动

远远望去，山上一片墨黛，在温润的雨雪中显得庄严而又静穆。这是一座流过鲜血的山岭，这是一座英雄的将士用生命跨越过来的山脉。那个血色的傍晚，早已远去，早已融汇成为黄河岸边这座城池的筋骨和血脉。

记得有一年春夏之交，我们赴兰州市榆中县兴隆山革命烈士陵园参观。沿着山路往革命烈士纪念亭走，两旁的牡丹尽情地开着，那么的蓬勃，那么的绚烂，如同一个人绽放在最好的年华。可是，当我们仔细留意，才发现，在这些蓬勃的生命中间，矗立着一大片墓碑，一座挨着一座，如同列阵的战士，有的上面写着姓名、生辰，有的上面只有几个简单的字“无名烈士墓”。我们看得心里酸酸的，很想知道这些用生命为我们换来新生活的人，他们的名字叫什么，他们的家在哪里，他们还有没有兄弟姐妹，他们的亲人过得好吗？可是，我们什么都不知道。我们只知道，他们都叫无名英雄。

也许，历史就是这样，有名的英雄总是少数，巍峨的丰碑更多的是无名英雄的鲜血铸就的。他们，值得我们永远铭记。

抚摸着那些墓碑，如同触摸着一个个战士滚烫的心。我们知道，1949年8月25日，他们中的一大批人就倒在了沈家岭的战场上，再也没有听到第二天兰州城欢庆解放的震天欢呼声。他们的牺牲，值得我们永远崇敬。

有活着的战士后来回忆，那天的战斗，打了整整一天，敌人的碉堡坚固，火力凶猛，三道防线怎么也跨越不了，可是我们的战士更勇猛，子弹打完了，就扔手榴弹，手榴弹扔完了，就和敌人拼刺刀……敌人的炮火把整个沈家岭染成了黑色，我们的许多战士都倒在了血泊中，但是他们中没有一个人退缩，直到取得了最后的胜利。

这就是我们生活的土地，这是一片名字叫作“甘肃”的黄土地。

那些带领战士们冲锋陷阵的人，和后来带领我们一起创造幸福美好生

兴隆山革命烈士陵园

活的人，是同样的一群人，他们有一个共同的名字，叫作——中国共产党。

其实，在我们很小的时候，就听到过许多有关共产党的故事，这里面的人物，有我们的祖辈，有我们的父辈，还有许许多多我们熟悉或不熟悉的亲人和朋友。是他们的艰难抉择和英勇无畏，构筑起了我们对英雄的最初想象和认知。

及至长大后，我们才知道，这是一群改变中华民族命运的人，这是一群给人民带来好生活的人。走着走着，我们也成为了一名共产党员，一名坚守在新闻事业岗位上的共产党员。

我们学习着，我们记录着。因此，我们对党有了更多的认识和理解。

美国历史学家斯塔夫里阿诺斯在他的《全球通史》中说：19 世纪后半叶中国所经受的屈辱和灾难使传统的以自我为中心的清王朝进行了痛苦的自我反省和重新组织。下面我们将沿着这一过程的轨迹，看看中国人是怎样缓慢地、勉强地进行着改革和革命……1911 年 12 月 30 日，孙中山被临时革命议会选举为中华民国临时大总统。尽管名义上是领导人，他却未能控制全国。实际权力掌握在官僚和军阀手中……他们残酷地掠夺农村，把中国拖进了野蛮的无政府动乱状态中。1926 年以前的民国初期若干年是中国历史上最糟糕的时期之一……1921 年 7 月，中国共产党在上海成立，其建立一个更加公正的社会的纲领吸引了许多学生和知识分子。孙中山曾与共产党紧密合作，但蒋介石不……他发动了五次所谓的“剿匪战役”，但共产党因其没收大地主土地分给农民的政策争取了广大农民而幸存下来……

这些表述，或许有别于我们自己的认知，可以从第三者的视角，对于中国共产党的诞生，是历史的选择、是人民的选择给予注解。

如同中国共产党的先驱李大钊所说：“中华民族现在所逢的史路，是一段崎岖险阻的道路。”“目前的艰难境界，哪能阻抑我们民族生命的前进？我们应该拿出雄健的精神，高唱着进行的曲调，在这悲壮歌声中，走过这崎岖险阻的道路。”

在建党百年的今天，我们回望来路，这一路的浩荡，何曾不是如此呢？

……

各界人士排队悼念陈红军烈士

当我们来到兰州市烈士陵园，醒目的标识，指引着一群又一群的祭奠者走向烈士墓前。我们遇到一位叫单辛的外卖骑手，他手捧一篮鲜嫩的菊花，等待在长长的人群后面，准备给烈士敬献。我们问他这样等待下去，是不是要少接许多单，他说没什么，那些天里，他几乎每天都能接到外地的订单，请求代为祭奠英烈。我们问他到这里来的感受时，这个憨厚的小伙忽然眼睛红红的，他转过脸去，望向别处，过了好一会儿才扭过头来说，很感慨，英雄为我们保家卫国，他也不知道说什么，反正每一次来感受都不一样，就是想为英雄做一点事。看着他的模样，我们感同身受。

那天参观完，我回到家里，在电脑前坐了很久，然后开始写下一些文字。

我想，这不是一次简单意义上的写作。我们更愿意把这些文字，看成是一种回望，一种凝视，一种发自内心的情感。

在这些文字里，我们以个体的身份，回望中华民族的浩荡历史，回望中国共产党的百年芳华，回望脚下这片黄土地的百年沧桑。我们相信，我们看到的，和千千万万的中华儿女看到的大体相似。

其实，时间是延续的，时间是有重量的。回望着，回望着，我们就发现，我们和那些先辈们走在同一条路上。路的两端，连接着我们的过去和未来。

在这条路上，一些人走着走着就化作了山峰，一些人走着走着就成为我们的光荣。而百年黄土地，作为一位在场者，默默地见证着，默默地承载着，默默地记忆着。

我们希望，通过文字，穿越茫茫人海，走进那些皓月当空的人物，走

兰州市街头竖起庆祝建党百年标识

进那些光华灿烂的灵魂。因为，这里面，有着中华民族走向伟大复兴的精神源泉和密码。

当又一个春天来临，三千里陇原，山河无限意。你就会相信——

这所有的美好，都是中国共产党的光荣。

# 第一章

## 伟大的历史自觉和陇原星火

那是一个觉醒的年代。

五四运动肇始了一场伟大革命的开启。

随着马克思主义在中国的传播，一些中国的先进分子，心怀救国之志，走上了寻求真理的道路。

他们中的一些人，旗帜鲜明地指出，“社会主义是时代的旗帜”。

1920 年 6 月，在中国工人阶级最密集的大都市上海，一些人开会商议，决定成立党组织，还起草了党的纲领。

关于党的名称，陈独秀征求李大钊的意见。

李大钊主张定名为“共产党”，陈独秀表示同意。

当年 8 月，一个党的早期组织，在上海法租界的《新青年》编辑部成立。

这个组织，实际上是中国共产党的发起组织。

历史的发展，正在为中国建立一个新的政党准备条件。

1921 年 7 月 23 日晚，一场改变历史的会议在上海法租界望志路 106 号（今兴业路 76 号）召开，而后辗转至浙江嘉兴南湖红船上进行。

这次有着 13 名代表出席、代表着全国 50 多名党员的会议，宣告了中国共产党的诞生。

虽然从表面上看，一次会议的召开，与往日似乎并没有什么大的不同，但是中国社会的本质却在悄悄发生变化。

中国共产党的诞生，是中华民族发展史上开天辟地的大事件，从此中国革命的前景焕然一新。

时代的变迁和国家的命运，往往深刻影响并改变着每一个人的命运。有时候，我们不得不相信，人生就是一次又一次的选择，尤其是对信仰的选择、对道路的选择。

如同这一年23岁的周恩来所说，终于“定妥了我的目标”，即共产主义，“我认的主义一定是不变了，并且很坚决地要为他宣传奔走”。

在20世纪20年代的这场大变革中，许多的革命先辈，以他们的历史自觉，找到了自己前行的方向，找到了要追寻一生的道路，找到了为之不惜付出生命去奋斗的目标。

那就是——只有马克思主义才能救中国。

1925年12月，中国共产党甘肃特别支部成立。

这是中国共产党在甘肃建立的第一个地方组织，意味着甘肃人民在党的领导下开始了有组织的革命斗争，也意味着党在甘肃开始了有组织的活动。

这一年，张一悟30岁，钱崝泉30岁，宣侠父26岁。他们，还有许多和他们一样的人，比如王孝锡、胡廷珍、秦仪贞、保至善、马凌山……他们的觉醒，是这个时代甘肃最伟大的觉醒；他们传播的主义，对甘肃人民有着思想启迪的巨大作用；他们把革命的火种播撒到甘肃的大地上，他们以视死如归、大义凛然的革命精神，开启了党和甘肃人民的血肉联系……

从建党初期到轰轰烈烈的大革命失败，中国共产党经历了快速壮大，也付出了血的教训。党员人数由中共一大召开时的50多名曾迅速增加到5.8万人，而后又急剧减少到1万多人。

面对蒋介石反革命集团的白色恐怖，许多英勇无畏的共产主义先行者，用他们的生命和鲜血捍卫了自己的崇高信念，捍卫了新生的中国共产党。

# 甘肃地方党组织诞生记

这是 1925 年 3 月的一天。春天的脚步已经悄悄迈出，可是树梢上看起来，似乎和冬天的模样没有什么不同，一些生机，还在孕育之中。和往常一样，兰州城里一座铁桥连接着黄河两岸，大片大片连绵的低矮民房里，普通人家都在忙着各自的生计。

这一天，甘肃督办陆洪涛中风瘫痪。几个月后，他向北洋政府提出辞职。

听闻消息，甘肃省内大大小小的军阀，伺机而动，表面上的平静已经掩盖不住暗地里的风起云涌。

很快，就到了初秋 9 月。

这时，兰州发生了两件大事。一是甘肃电报局工人为争取增加工资，参加了全国电报工人大罢工；二是军阀李长清发动兵变，夺取陆洪涛大权，自任师长。

北洋政府接到消息，非常震动，为了尽快控制动荡局势，任命西北边防督办冯玉祥兼任甘肃督办。冯玉祥转而任命国民军第一军第二师师长刘郁芬为国民军入甘总指挥，代行军务督办，开赴甘肃。

早前，随着新文化运动和五四运动的开展，一些在外求学的甘肃籍学生，如张一悟、葛霁云、王孝锡等，已开始接受马克思主义，走上革命道路，并把新思想、新理念带回甘肃。他们鼓励青年学生学习马克思主义，宣讲中国共产党的主张，揭示只有马克思主义才能救中国的真理，为甘肃建党奠定了思想基础。而工人运动的发展，也为甘肃建党奠定了阶级基础。

随着国民军入甘，万事俱备，东风吹来。根据中共北方区委负责人李大钊的指示，在国民军中开展政治工作的共产党员宣侠父、钱崝泉、贾宗周、邱纪明、寿耀南、李印平等人，以国民党党务特派员和政治宣传员的身份随军西进，为在甘肃建党做准备。

1925 年 10 月，国民军进驻兰州后，年轻的共产党人宣侠父、钱崝泉等很快投入工作。

他们都是中国共产党的坚强战士，是党的组织工作的佼佼者。宣侠父曾为黄埔一期学生，因为公开上书反对蒋介石破坏以党治军制度被开除，成为历史上唯一一位被开除的黄埔军校学员。钱崝泉被誉为江苏省立无锡第三师范学校“三师三杰”之一，很早就参加革命，具有丰富的斗争经验。

他们一边配合国民军与旧军阀割据势力作斗争；一边根据李大钊提供的线索，与早前被派回甘肃开展工作的共产党员张一悟联系。

1925 年冬天的一个夜晚，宣侠父和钱崝泉悄悄来到兰州市小仓子 6 号，这里是张一悟的家。他们一见面，几张大手就有力地握在了一起。紧接着，张一悟传达了中共北方区委关于在兰州建立党的地方组织的指示。他们相互交流情况，共同分析国共合作形势下甘肃反帝反封建革命运动的客观条件，分析各派政治势力的立场、态度，一致认为在兰州建立党组织的条件已经成熟。

这一夜，他们热情地讨论着，还商量了党组织成立的时间、活动地点、今后的工作等许多细节。

几天后，又是一个夜晚，还是在张一悟家里，经中共北方区委批准，党在甘肃的第一个地方组织——中国共产党甘肃特别支部（简称“甘肃特支”）成立。

我们能想到，那是一个多么激动人心的夜晚。三位年轻的共产党人一定斗志昂扬、神情豪迈，他们知道自己肩膀上承载着多少重任，他们也知道今后的路有多难走，可是他们有坚定的信仰，有战胜任何困难的信心。他们的脸上洋溢着明媚的笑容。

会议决定，张一悟任支部书记，宣侠父、钱崝泉为支部委员。支部所属的党员有贾宗周、寿耀南、邱纪明、李印平等。

会上，谈到接下来的工作打算时，张一悟说："目前，国共合作，共同开展国民革命的形势很有利，但是，我们特支刚刚成立，党员只有几个人，我们的队伍很弱小。因此，积极发展党员，壮大党组织，有计划地动员国民党左派和进步官兵，团结各界人士，应当是特支的首要任务。"

自此，革命的星火，开始在陇原大地上燎原。

在中共北方区委领导下，甘肃特支积极开展工作，执行党的方针、政策和决定；宣传孙中山的新三民主义，建立广泛的革命联合战线，推动反帝反封建斗争蓬勃发展；发动工农群众，开展国民革命运动；创办进步书刊，建立政治人员训练所，宣传马列主义和俄国十月革命思想，培养进步分子，秘密发展共产党员，不断壮大党的组织。

在那个政局动荡、战乱不息、封建社会正在解体的年代，甘肃特支的成立，使备受疾苦的甘肃人民看到了光明和希望，使甘肃人民从此有了为自身解放而斗争的可信赖的组织者和领导者。甘肃人民在党的领导下，从此进入了彻底反帝反封建的新民主主义革命的历史新阶段。

1926 年 3 月 18 日，北京发生震惊中外的三一八惨案，段祺瑞执政府血腥镇压反对八国无理通牒中国的集会群众，打死 47 人，打伤 200 余人。李大钊等革命先辈因掩护群众，在集会中受伤。甘肃武威籍学生李闽学不幸被军警的子弹击中遇难，年仅 19 岁。

鲁迅先生称，这一天是"民国以来最黑暗的一天"。

消息传回甘肃，社会各界义愤填膺，经甘肃特支组织，国民军和社会各界一万余人在兰州隆重集会，召开三一八惨案死难者追悼大会。

会议声讨帝国主义的侵略恶行，声讨北洋政府的腐败无能，赞扬国民军的爱国正义行动，赞扬李闽学等死难者的爱国壮举，号召全省人民团结一致，把反帝反封建的国民革命进行到底。

这是甘肃特支成立后组织开展的第一次大型活动。刚刚成立的甘肃地方党组织在革命的熔炉里得到了锻炼。

国民军进驻兰州后，部分营房驻扎在甘肃省立一中旁边，甘肃特支成员经常到学校进行宣传演讲。他们坚定的信念、燃烧的理想，以及充满激情的讲话，深深启迪着学校的师生。

在甘肃特支的帮助下，省立一中物理教员王陶发起组织“醒社”，出版进步刊物《醒社》周刊，宣传革命思想，号召进步师生参加反帝反封建运动。1926 年，王陶加入党组织，成为甘肃特支成立后在兰州发展的第一名共产党员。

之后，一大批先进分子陆续加入党组织。其中，兰州中外大药房老板娘秦仪贞是甘肃特支发展的第一名女共产党员。

在秦仪贞的帮助和资助下，甘肃特支以兰州中外大药房秦仪贞家为秘密据点，团结国民党左派，广泛开展革命活动。

那时，西北军阀马麒仗着手里有军队，横行甘南草原，烧杀掳掠，重兵强占拉卜楞一带，数万藏族同胞流离失所，连在拉卜楞坐床的五世活佛嘉木样也被迫离开，甘南草原人民生活在水深火热之中。

为了讨回公道，数年来，嘉木样活佛的哥哥黄正清多次带领藏族同胞，到省城兰州进行控告，可是七八年过去了，竟一无所获。

1925 年底，黄正清又一次到省城寻求公道。这一回，他遇到了宣侠父。

宣侠父听了黄正清的讲述，意识到情况重大，这不仅是藏族同胞反军阀的斗争，更是民族解放的斗争。他马上将情况向党组织做了汇报。

甘肃特支积极支持藏族同胞的正义斗争，指派宣侠父、钱崝泉具体负责，从宣传党的民族平等政策、提高少数民族群众政治觉悟和文化水平入手，帮助黄正清等人在兰州成立“藏民文化促进会”，开展民族教育，启发会员觉悟，同时，指派人员赴甘南草原实地开展工作。

1926 年夏天，宣侠父前往甘南。他的到来，给甘南草原人民带来了希望。

在两个月时间里，宣侠父进帐篷、入寺院，通过深入走访，目睹了藏族同胞的苦难生活。返回兰州后，他把满腔的怒火和愤慨凝注笔端，帮助黄正清起草了言辞犀利的战斗檄文《甘边藏民泣诉国人书》，面向全国慷慨泣告“全国同胞，鼎力援助，使我番民从军阀下解放出来，进而参加反帝爱国主义运动，以求中国各民族之自由平等”。

在宣侠父和甘肃特支的帮助下，军阀马麒迫于压力从拉卜楞撤兵，藏族同胞取得了斗争的胜利。

从此，草原人民记住了一个共产党员的名字：宣侠父。他们还亲切地称他为“扎西才让”，说他是给他们带来吉祥的人。

1927 年 2 月，兰州街头巷尾，春节的喜庆气氛开始弥漫。

这一天，位于山字石附近的兰州皖江会馆，张灯结彩，人来人往，好不热闹。国民党甘肃省党部、兰州市党部有脸面的人物近 200 人聚集一堂，举行联欢会，欢度春节。人员陆续到齐后，联欢会开始。钱崝泉被推选为联欢会主席，主持会议。

刚开始表演了一两个节目，会场上有人开始散发国民党兰州市党部的传单。传单上写着 12 条质问，矛头直指国民党省党部特派员、右派幕后策划人田昆山的恶劣行径。

在甘肃特支联合国民党左派延国符等人的部署下，有人提议现场讨论。钱崝泉见状，拿起传单，当场把上面的内容念了一遍，公开质问田昆山贪污公款、吸食鸦片、无端克扣市党部经费、排斥共产党、反对孙中山先生“三大政策”等问题。

在场的国民党党员听了，非常气愤，纷纷质问，让田昆山当场解释。

坐在会场前面的田昆山一看形势不对，想扭头就走，没想到被人群堵住了去路。他索性耍起了无赖，一会儿装糊涂，一会儿推卸责任，气焰十分嚣张。田昆山的态度，激起了在场的人更大的愤怒。

人们大声质问，他为什么反对孙中山先生“三大政策”。

田昆山矢口否认。

人们心中的怒火被点燃。有人高呼：“拥护总理三大政策的是左派，所以左派是革命的！反对总理三大政策的是右派，所以右派是反动的，不是革命的！”

“不革命就是反革命，打反革命——”

顿时，会场秩序大乱。在愤怒的喊打声中，会场上茶杯、椅子横飞，双方扭打成一团。

两个小时后，打斗终于平息下来。

田昆山被打得躺在地上，鼻青脸肿。

在钱崝泉的主持下，会议继续进行。此时，主题已经转变为甘肃特支事先计划好的议程，开始讨论处理田昆山的问题。

会议当场选举新的国民党甘肃省党部执行委员会，停止田昆山特派员职务，限其三天交出印信，并对国民党兰州市党部进行调整。

新的国民党甘肃省党部执行委员会由 9 人组成，其中共产党员有 7 人。

“皖江会馆事件”取得了政治上的极大胜利，充分显示了甘肃特支以争夺革命领导权为核心，所表现出来的坚定正确的政治原则和高超出色的斗争艺术，为党在甘肃早期的革命斗争史写下了精彩的一页。

事件发生后，由于田昆山一伙持续向国民党中央和冯玉祥诬告，并挑拨离间，使一些共产党员的身份暴露，甘肃党组织遭受到极大的削弱。

为了加强对甘肃革命运动的领导，1927 年 2 月，中共陕甘区委通过在国民联军政治部工作的共产党员刘伯坚，选派胡廷珍、王孝锡、马凌山、保至善等人以国民党党务特派员的身份来兰，着手兰州党组织的恢复和发展。

胡廷珍一行抵达兰州后，立即对甘肃特支进行改组。

1927 年 4 月，中共兰州特别支部成立，胡廷珍任支部书记，王孝锡任组织委员，马凌山任宣传委员。在他们的组织领导下，中共平凉特支、中共导河特支等相继成立，党在甘肃的组织和党员队伍不断扩大，蓄势迎接新一轮革命热潮的到来。

甘肃特支作为党在甘肃最早的地方组织，成为铭刻在历史记忆中的红色篇章。

# 点燃陇原星火的张一悟

你像一个辛勤的农民，和其他同志一道，把革命的种子，最早撒在甘肃的土地上，用自己的心血来灌溉、抚育、培育，小心地保护它们发芽、成长和茁壮。

——张一悟祭文

张一悟是甘肃这片黄土地的儿子。近百年来，他的名字是这片土地的荣光，他的名字在这片土地上闪闪发光。

张一悟是甘肃最早的共产党员，是甘肃地方党组织的创始人之一。在漫长的革命生涯中，他在陇原大地上播下革命的火种，把一生的心血都献给了革命事业，为甘肃党组织的建设、发展和马克思主义在甘肃的传播，作出了重要贡献。

今天，在兰州市榆中县风景秀丽的兴隆山脚下，有一悟路、一悟小学，还有张一悟纪念馆、张一悟长眠着的墓地。人们怀着无限崇敬的心情来到这里参观、接受教育，表达对这位革命先辈的缅怀和敬慕。

当我们来到张一悟纪念馆时，青山葱郁，阳光正好，参观的人群神情肃穆，好多人胸前佩戴着党徽。

走进纪念馆，那些文字、图片、实物，一件件、一幅幅……似乎蕴含着辽远的时间和空间，使张一悟为革命呕心沥血的一生，鲜活地呈现在我们面前——

## 一

1895年3月3日，张一悟出生在兰州市榆中县城关镇北关村一个封建家庭。他的父亲张继祖是清末举人，曾在清王朝礼部主事，担任过恭亲王的老师，在甘肃上层人士中颇有名望。

张一悟小时候，日子似乎并不是那么困窘，他接受了良好的教育，养成了好读书的习惯。

从甘肃省立一中毕业后，张一悟怀着远大的志向，和他的同乡同学张亚衡辞别故土，乘坐黄河上古老的交通工具羊皮筏子顺流而下，远赴北京求学。

1918年深秋，23岁的张一悟，如愿进入北京大学预科班就读。

北京大学是马克思主义在中国传播的发祥地，是中国共产党最早的活动基地。张一悟就读时，李大钊是他的老师。在这里，他读到了《新青年》，

张一悟

读到了老师的文章《庶民的胜利》《我的马克思主义观》里那不一样的思想，张一悟如饥似渴地吸吮着。这些促进民族觉醒意识和新思想传播的文章，给张一悟认识世界、认识社会提供了新鲜的理论，他与自己出身于封建家庭的传统思想渐行渐远，在心里暗自立下了救国救民的志向。

不久后，五四运动爆发。北京街头，人潮涌动，3000 多名学生高举旗帜，呼喊口号，抗议“巴黎和会”，反对北洋军阀政府的卖国行径。被甘肃旅京学生推选为“甘肃代表”的张一悟和同乡好友丁益三、张亚衡，一同参加了这场反帝反封建的伟大斗争。他们到天安门前示威游行，到段祺瑞官邸请愿，递交抗议书，要求面见段祺瑞，积极营救被捕学生。面对当局的残酷镇压，他们毫不退却，坚决斗争，始终坚持第一线，被同学们誉称为“榆中三杰”。他们通过书信，把北京革命斗争的消息传回兰州，动员家乡人民奋起救国，使新思想、新文化在兰州得到了传播。

五四运动后，张一悟为躲避北洋军阀政府军警的迫害，南下武昌，考入国立武昌高等师范学校学习。他在黄鹤楼下，遇到了人生路上的又一位革命导师——中国共产党早期领导人之一恽代英。在恽代英和进步刊物《觉悟》的影响下，张一悟接受了马克思主义，坚定了共产主义信仰，完成了从出身于封建家庭的青年张仲德到革命青年张一悟的彻底转变。

他给自己改名“一悟”，表示对革命的觉悟。

## 二

1923 年，张一悟离开武昌返回兰州。

回到阔别已久的家乡，张一悟立即投入新思想的传播。

他利用在省立一中、兰州女子师范当教员的机会，教育学生关心政治、变革社会，消灭反动统治；提倡白话文，宣传民主与科学，鼓励妇女解放，倡导婚姻自由。同时，他还把进步刊物介绍给青年学生阅读，用浅显的道理向他们讲解无神论，讲解劳动创造世界。

他如同一位辛勤的播种者，走到哪里就把革命的火种播种到哪里。受到张一悟的启迪，许多青年找到了前行的方向，走上了革命的道路。

1924 年，在李大钊和恽代英的介绍下，张一悟加入党组织，成为甘肃最早的共产党员。

1925 年，共产党员宣侠父、钱崝泉随国民军入甘，来到了兰州。根据李大钊提供的线索，张一悟和这两位忠诚的共产主义战士接上了关系。

这一年年底，经过中共北方区委批准，甘肃最早的党组织——中共甘肃特别支部成立，张一悟担任支部书记。在他的领导下，甘肃特支的共产党员利用国民党员的公开身份，把革命的种子撒播到军队、机关、学校，撒播到人们的心间。他们发表演讲，宣传俄国十月革命，宣传孙中山的三大政策和新三民主义。他们组织出售进步书刊，创办进步书刊，积极发展共产党员，不断壮大党的组织。在他们的影响下，王陶、秦仪贞、韩玉贞等一大批有志之士加入到甘肃特支的工作中来。尤其是兰州女子师范，在张一悟的引导下，不少妇女放足、剪辫子，从各种束缚中解放出来，200 多名师生中就有一半以上走出校门参加社会活动，有近 10 人加入共产党，37 人参加了甘肃特支领导的青年组织。

1927 年 2 月，“皖江会馆事件”后，甘肃党组织遭到削弱。

紧接着，蒋介石发动四一二反革命政变，冯玉祥背叛革命，国民革命军开始“清党”“反共”活动，大批共产党人和进步青年受到迫害，全省上下笼罩在一片白色恐怖之中。

面对突变的恶劣形势，为了保存革命力量，1927 年 11 月，张一悟冒着风险，在兰州五泉山嘛呢寺召开紧急会议，有 30 多名党员参加。会议决定，立即疏散党员，实行“灰色隐蔽”，转入地下工作。会后，张一悟和秦仪贞、王陶、谈仲瑜、王有章等 8 人化装成商人离开兰州，前往陕西等地继续开展革命工作。

## 三

1931 年 8 月，张一悟受组织委派，前往济南，参加山东省委的工作。他的公开身份是济南第一女子中学教务主任。

九一八事变后，张一悟在济南积极开展抗日救亡活动，多次在群众中公开宣讲，揭露日本侵略者的罪恶阴谋，痛斥蒋介石的不抵抗政策，在社会上引起很大反响。在此期间，国民党军警多次到各学校搜查逮捕共产党人。1932 年 3 月 24 日，由于叛徒出卖，张一悟等 74 人被捕，关押在山东第一监狱。

在狱中，张一悟受尽敌人的酷刑折磨。他们用皮鞭抽打他，给他压杠子、坐老虎凳，还给他灌辣椒水，等等。他始终坚贞不屈，表现了共产党人的坚强革命意志和崇高气节。

我们曾无数次地凝望张一悟从青年到中年的照片，想走进他的内心，想看看他到底是如何从一位意气风发、激扬文字的青年变成了那个如同老农一样瘦削单薄而又坚毅的革命家的？想看看他慈祥的外表下，到底藏着一颗怎样的心，才使他以坚定的信念，走过了那些艰难的岁月？

后来，我们明白，这一定是精神的光芒，是信仰的光芒，是对革命必将胜利的坚定信念，抵挡住了那些来自敌人的残酷迫害，抵挡住了那些暗夜里袭来的魑魅魍魉。

可是，罪恶的山东高等法院在没有取得任何证据的情况下，竟然以所谓的“危害民国罪”判处张一悟死刑。张一悟远在兰州的父亲听到消息后，迫不得已通过爱国人士邓宝珊给国民党山东省政府主席发电报，请求“刀下留人”。张一悟这才幸免一死，被改判无期徒刑。

“人的生命是宝贵的，但是有限的；真理是永存的，为了捍卫真理，生命又算得了什么！”张一悟说。

张一悟走到哪里就战斗到哪里。即使在狱中，他也始终没有忘记共产党人的责任，在鼓励难友们坚持斗争的同时，他把监狱当作锻炼革命意志的战场，刻苦学习，不断提高。

1937 年 12 月，日本侵略者占领济南，国民党军政机关仓皇逃走。在一片混乱之中，张一悟与难友们趁机逃了出来。之后，他辗转回到兰州，被中共甘肃工委安排在苏联驻兰州领事馆担任中文教师。

那时候，张一悟已患上了严重的肺结核，生活非常困难。国民党甘肃省政府主席朱绍良许之以高官厚禄，企图通过关系拉拢他。对此，张一悟断然拒绝：“我是一个共产党员，党员有党的原则，政府纵然给我高官显位，可是要以一个共产党员的标准来衡量，有什么意义呢？”而另一方面，他又不得不为了生计，把父亲分给他的一院住房卖掉，以解决家里的困难，还经常接济一些革命同志。

1940 年，中共甘肃工委遭到国民党特务破坏，工委主要负责人罗云鹏、李铁轮等被捕入狱。在形势十分不利的情况下，张一悟以行医和做家庭教师为掩护，秘密进行工作。

为了躲避敌人的纠缠和迫害，他时而扮作道士、医生，时而以算卦相面先生的身份做掩护，长期奔波在兰州水磨沟、下西园、黄峪沟、彭家坪、阿干镇以及榆中县等地，从事革命活动。由于居无定所，他睡过屋檐下，住过草棚中，还在阿干镇一家厂房里住过好几年，生活非常艰苦。

一次，他的衣被被盗贼偷走，十分清苦的生活更是雪上加霜。他对前来看望他的同志苦笑着说：“一个革命者总要以苦为乐，要有我不入地狱谁入地狱的精神。”

他就以这样的革命乐观主义精神感染着周围的人。当年的兰州中华路万顺堂药店伙计史振华曾经帮助张一悟送过信。几十年后，这位当年的伙计回忆说，自己知道张爷（张一悟）是共产党，也知道收信的人是共产党，但他还是义无反顾地给张爷送信，丝毫没有想过被敌人发现了怎么办，只觉得张爷托付的事情，无论如何都要办成。

由于张一悟长期从事革命活动，遭到国民党当局的多次通缉，临近解放之际，敌特机关更是加紧了对他的搜捕。党组织对张一悟的安全和健康非常关心。1948 年 8 月，党组织派人把他护送到陕甘宁根据地，接受精心治疗。1949 年，西安解放后，张一悟受邀到大连接受苏联专家的治疗并疗养了一段时间。

1949 年 7 月 28 日，陕甘宁边区人民政府任命张一悟为甘肃行署教育处第二副处长、兰州军事管制委员会委员兼文教处副处长。同年 12 月 2 日，经中央人民政府委员会第四次会议通过，张一悟被任命为甘肃省人民委员会委员。1950 年 3 月 17 日，经政务院第二十四次政务会议通过任命他兼任甘肃省人民政府监察委员会委员。同年 10 月，在甘肃省第一届人民代表会议上，张一悟又当选为甘肃省人民政府委员。

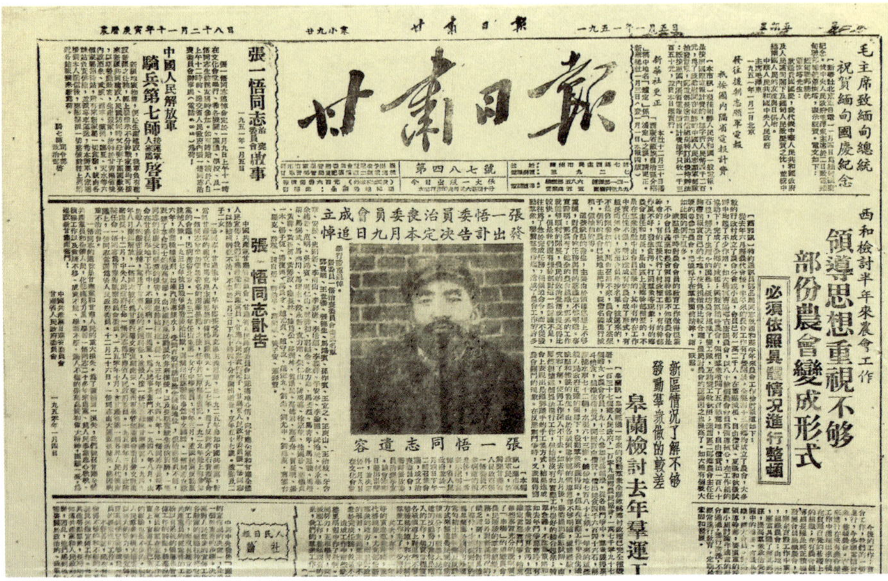

甘肅日報

毛主席致緬甸總統祝賀緬甸國慶紀念

張一悟同志治喪委員會啓事

中國人民解放軍騎兵第七師啓事

張一悟委員治喪委員會成立 發出訃告決定本月九日追悼

張一悟同志遺容

張一悟同志訃告

西和檢討半年來農會工作 領導思想重視不够 部份農會變成形式 必須依照具體情況進行整頓

皋蘭檢討去年羣運工

1951 年 1 月 5 日，《甘肃日报》有关张一悟逝世的报道

1949 年 8 月，兰州解放。张一悟听到消息后十分高兴，他惦念家乡的人民和革命，虽然在重病之中，仍然迫切希望为甘肃人民贡献自己最后的力量。他多次向组织请求回兰州工作。

1950 年 12 月，党组织和人民政府同意了他的请求，并派他的长子张怀清去大连接他。由于张一悟身体过度虚弱，加上途中劳顿并受了风寒，到兰州后病情恶化，于 1951 年 1 月 3 日在兰州逝世，享年 56 岁。

## 四

一个人的一生，因其所承担的责任不同，也有不同的身份，比如，对于革命而言，对于家庭而言。

张一悟去世后，被称为是“甘肃最早的共产党员”“甘肃党组织的创始人”“马克思主义的播种人”“进步青年爱戴的导师”“劳动人民最忠实的儿子”等，这是党和人民对他革命的一生给予的充分肯定。

然而，在张一悟纪念馆里，我们看到了一篇名为《父亲》的文字展品，是他的女儿张荷清对父亲的回忆。在这里，我们看到了一位革命者生活中更加真实、质朴的一面，也看到了他的家庭为支持革命事业所做出的牺牲和奉献。

文章介绍说，由于张一悟长期从事革命斗争，因此必须对自己的身份严格保密，与家人更是聚少离多，是张一悟的妻子含辛茹苦，默默地支持着他的一切。在子女的内心深处，父亲几乎没在家待过，也似乎从没有呵护过自己的家。据他的女儿张荷清回忆，在四五岁时，她和二哥来到兰州中外大药房，只见一个留着长胡子、身穿长衫的人坐着。“长胡子”用无比慈祥的目光看着兄妹二人，并伸手递给张荷清一颗葡萄。在之后的一段时间里，张荷清基本上没有再见过父亲，她对父亲的了解是在父亲去世后才逐步清晰的。

张一悟纪念馆里的复原场景

这些文字看得我们非常心酸。在那个特殊的年代，与张一悟一样，无数的共产党员舍小家顾大家，他们把自己光荣的一生，奉献给了革命事业，而对自己的家庭和亲人却留下无尽的遗憾。这不得不让人心生感慨。

我们了解到，张一悟一生关心青年一代的成长与进步，把革命宣传的重点放在青年身上。他对自己的子女要求也格外严格，他的长女张凌青12岁时就被送去了延安，长子张怀清曾随他在苏联驻兰代表处工作。1948年，他又将次子张华清送去延安，教育和引导他们走革命的道路。

在一封张一悟写给他的次子张华清的信中，我们看到，他如此指导儿子攻读党史著作："两本书我不日寄出，你收后可精读。精读者，不是重视它的词句，而是要懂得它的精神实质，因为马克思主义不是教条，而是行动的指南。你读党史时，注意理论与实际相结合的运用，能把这两本书读通学懂之后，不愁不会联系实际，推动工作。把马列主义的方法，能用到日常生活中去，那就算搞通了该主义。换句话说，日常生活的一切，都能用该主义的立场、观点、方法来处理，才算是真正学会了马列主义。"

从中，我们不仅看到了一位父亲对儿子的谆谆教诲，更看到了一位革命前辈对革命接班人的殷切期待。这对于我们今天进行党史学习教育，有重要的意义和价值。

# 传奇女党员秦仪贞

纪念馆里，安放着一些伟大的灵魂。当我们在张一悟纪念馆、在八路军驻兰州办事处和中共甘肃工委等纪念馆里，看到甘肃第一位女共产党员秦仪贞的事迹时，我们看到了一个普通老百姓、一个成功的生意人在大革命时期的觉醒，看到了她那坚强而有魄力、有胆识的灵魂，以及她散尽家财为党奉献的可贵品质。

她的事迹，为党在甘肃的革命历史留下了一位普通女性党员精彩的一页。

## 一

1926 年，古城兰州。

自从听了中共甘肃特支共产党员宣侠父、钱崝泉的革命宣传，兰州中外大药房女掌柜秦仪贞，觉得自己整个人都复苏了。虽然她生意兴隆、生活优裕，但是那些小时候的凄惨经历，已经成为铭刻在她心里的伤疤，一刻也揭不得。那痛彻心扉的感觉，她一生都难以忘怀。

秦仪贞是四川忠县人，出生于一个穷苦的船工之家，从小父母双亡，成为孤儿，流落他乡，吃尽了苦头。1901 年，12 岁的秦仪贞经人介绍，到武汉汉口一家药店做帮工，凭着自己的聪慧能干，很快熟悉药品和采购业务，受到药店老板赏识，被认为义女。

几年后，秦仪贞在义父的撮合下，与药店伙计、浙江宁波人杜酋康结婚。1910 年，21 岁的秦仪贞和丈夫受委派到兰州开设药店分店。他们在道升巷租用几间铺面，经营起兰州中外大药房，主营在大城市才能买到的各种西药。在那个药品稀缺的年代，药房声名远播，甘、青、宁、新一带时有顾客光顾，人来人往，生意十分兴旺。

相比于丈夫的忠厚老实和保守，秦仪贞虽然不识字，但是头脑清醒，机敏能干，善于周旋，记忆力特别好，会说多种方言。十多年来，她主要负责药品采购，多次往来于兰州、西安、武汉、上海一带，耳闻目睹社会黑暗和人民疾苦，也受到五四运动后新思想的启蒙，认识到人民群众只有斗争，才能获得解放。

秦仪贞是通过丈夫的江浙老乡、甘肃省立一中教员王陶认识宣侠父和钱崝泉的。

1925 年 10 月，宣侠父和钱崝泉根据中共北方区委指示，随国民军入甘，在兰州秘密发展党组织。1925 年 12 月，他们和甘肃籍共产党员张一悟共同组建甘肃第一个地方党组织——中共甘肃特支。

甘肃特支成立后，他们宣传革命，发动群众，发展党员，使死气沉沉的古城兰州焕发出了革命的活力。

秦仪贞听过钱崝泉的演讲。

她感觉这个公开身份是国民军甘肃督署政治处副处长的年轻人，虽然只比自己小了五六岁，但是才华出众，见识广博，思想开明，说话总是充满着激情。她听他讲孙中山的三民主义，讲反对帝国主义、封建主义，讲俄国十月革命，讲马克思主义……

她感觉这些新鲜的思想很有力量，让自己受到了启发，得到了提升。

她知道了他是共产党员。

她知道了共产党员是为穷苦老百姓的解放而奋斗的。

她感觉自己心底斗争的火苗被点燃了，她受到了革命的激励和鼓舞。

她的决心下得果敢而又决断。在王陶成为甘肃特支发展的第一位共产党员两个月后，她决定加入党组织。

1926 年 3 月，在王陶和钱崝泉的介绍下，秦仪贞举起有力的拳头，对着党旗宣誓，永跟党走，保守秘密，誓不叛党，为共产主义奋斗终身……

她成为中共甘肃特支发展的第一位女共产党员，也是甘肃历史上第一位女共产党员。

这一年，秦仪贞 37 岁。

## 二

道升巷，是兰州城里的一条繁华小街巷，商铺林立，有报馆、书社、学堂、会馆，适合隐蔽，便于开展工作。

秦仪贞走上革命道路后，她的家成为党组织的秘密活动据点。她以兰州中外大药房老板娘杜太太的公开身份作掩护，为党组织挑起了交通联络、掩护同志、生活后勤服务的重担。

中共甘肃特支活动地点旧址——道升巷中外大药房秦仪贞家旧照

甘肃特支经常在她家接头、开会，由此开始了党在甘肃有组织的革命活动。在这些活动中，秦仪贞承担并出色地完成了人员联络、警戒放哨、信息传递、后勤保障等任务。

她还经常和党组织负责人张一悟、宣侠父、钱崝泉等接触，随时接受党组织安排的任务，积极开展革命工作。同时，她热情关心同志，与甘肃特支的革命同志建立了深厚的阶级情谊。

共产党员陈宗涛在兰州以国民党甘肃省党部妇女部部长的公开身份开展妇女工作时，秦仪贞积极参与协助，并在经济上给予无私资助。“皖江会馆事件”后，随着斗争的进一步深入，钱崝泉在秦仪贞家中起草文件时，被突然闯进来的军警抓走，秦仪贞按照党组织的指示，为营救战友四处奔走，摸清关押钱崝泉的地点后，请人每天为他送饭，传递组织指示和狱中信息。李大钊在北平遇害后，秦仪贞积极动员大批妇女，参加甘肃特支在兰州举行的追悼李大钊烈士大会和示威游行。

四一二反革命政变后，兰州革命局势急转直下，秦仪贞积极筹措、提

钱崝泉

供经费，帮助已经暴露身份的革命同志立即转移。1927 年 11 月，兰州已进入秋末冬初，到处一片肃杀，在国民党的白色恐怖之下，不少同志遭受残酷迫害和逮捕。为了保存力量，党组织决定再次转移。面对自己和同志们奋斗的革命事业，秦仪贞冷静下来，她仔细地销毁党的文件、学习材料和有关书籍、照片后，以采购药品为名，携带兑换成金银首饰的药款，联系几位相熟的江苏女商人，一道分乘四辆骡马车，掩护化装成商人的张一悟、谈仲瑜、王陶、王有章等人，在夜幕中一起出城，奔向新的革命道路。

在此后的七年间，秦仪贞转战上海，从事革命工作，继续为党组织担负起秘密联络和信息传递的任务。

此时，钱崝泉已回到江苏江阴老家，领导农民武装暴动。

1928 年 10 月，在钱崝泉第三次被国民党当局逮捕后，秦仪贞按照党组织指示，以姐姐的名义到狱中探望。

在党组织认为通过金钱和其他办法营救已经没有可能，只有在行刑现场武装营救时，秦仪贞组织抽调 60 多名突击队员，化装后奔赴江阴。

然而，意外发生了，就在秦仪贞到达前一小时左右，敌人残忍地将钱崝泉杀害。

当秦仪贞到达时，天空灰暗，阴云低垂，萧瑟的风从耳边吹过，那声音似乎也在哀悼着一个人的离去……

秦仪贞心中万分悲痛，眼泪决堤一样涌出。她抬头仰望，江阴上空似乎还回荡着烈士临刑前用尽全力发出的呼喊：打倒国民党新军阀！中国共产党万岁！

她用手抓起烈士流尽最后一滴血的泥土，和亲友们一起，把烈士安葬在青山脚下。

她把自己身上仅有的 300 元钱留给烈士母亲，双手紧攥着烈士用生命最后写就的遗书，以对敌人更深的仇恨投入新的战斗中……

## 三

1932 年，日本帝国主义进攻上海，“一·二八”淞沪抗战爆发。此时，

老年秦仪贞

党在上海开展工作日益艰难。

在此民族危难之际，秦仪贞以一腔热血投入奋战，她变卖了在上海所有的家产，与上海人民一道，积极支援十九路军抗战。

党中央迁离上海后，党组织在上海的活动受到更大的局限。秦仪贞这位为了党的事业从西北转战大上海的女共产党员，面对国家和民族危难，面对党组织的命运变迁，她忧心忡忡。早前，她所携带的购药款早已为革命工作和接济同志花费殆尽。连年奔波，加之长期经济拮据，生活清苦，她的血崩病复发，病倒在上海，境况凄惨。

此时，她在兰州的丈夫，日子也好不到哪儿去。兰州中外大药房因为长期得不到药源补充，历经两次被抢、被盗，已经趋于倒闭。他多次给妻子发函致电，催促她赶紧回来。

1934 年秋，秦仪贞的病情终于有所好转。她打点行礼，准备启程返回兰州。

她又一次翻出珍藏在身边的钱峭泉的遗嘱，用手一遍遍抚摸着上面沁透着血泪的话语：

> 余以努力中国革命，历年奔走南北，无时或息，不治生产，不顾家室。母则双目失明，妻则中途离异，无子无女，断种绝嗣，今且并此孑然一身，亦将为革命而牺牲矣。革命到此地步，亦可自问无愧，而荣幸为何如乎？凡我家属亲友，切勿以我死而悲哀，当偕我同呼革命口号也……

看着看着，她仿佛看到了那些并肩奋斗的革命战友，仿佛听到了战友们的呼号和鼓舞……

我们在钱振标（钱峭泉）烈士纪念馆网站上看到这样一段记载。临行前，秦仪贞把珍藏的钱峭泉遗嘱转交给了钱峭泉的同学、战友戴鹏天的夫人保管。秦仪贞对她说："仪贞佐钱工作，是佐共产党；哭钱振标，是哭党失人才；过去移款助钱，亦是为党。"

为了在兰州继续坚持革命活动，秦仪贞途经西安时，从"老德记"药房赊了一批药材，带回来后一边经营药房，一边设法与党组织取得联系。

1938 年，张一悟带着被敌人折磨患病的身体回到兰州后，经党组织批准，秦仪贞与张一悟单线联系。此后的十年间，在她和同志们的精心保护和照料下，张一悟虽屡遭敌人追捕、通缉及病痛折磨，几度生命垂危，但是都有惊无险，安然挺了过来。

中华人民共和国成立后，秦仪贞继续为党工作。1966 年 4 月 20 日，因病在兰州逝世，享年 77 岁。

如今，道升巷几经沧桑，已成为一条小街巷，从南向北连接着兰州市武都路和张掖路。走进这里，人流量不大，巷口有几家餐馆，高峰时期人满为患，流溢出满街的烟火气。

走在这现世的祥和与安稳里，我们知道，正是秦仪贞这样一些不畏艰险、坚贞不屈的革命先辈，才使我们过上了今天的好生活。

2016 年 9 月，电影《金城档案》在上海车墩影视城开拍，我们前去探班。

同行的女作家刘秀文说，她等这一天已经几十年了。

刘秀文长期在党史部门工作，着力于秦仪贞事迹的挖掘整理。看到秦仪贞的故事被搬上银幕，她激动得热泪盈眶。

秦仪贞，这位党组织最可靠、最得力的地下交通员，她的故事永远光耀在人们的心目中。

# 红色战士胡廷珍

花开时节，我们跟随熙攘的人流来到临夏市东郊公园。我们原本是来看郁金香花展的，但是，在这片花海里的一座烈士纪念馆，我们认识了胡廷珍，认识了这位生命比花朵还要绚烂的革命烈士。

胡廷珍是党在甘肃的早期领导人之一。他在李大钊同志的介绍下加入党组织，曾担任黄埔军校政治教官。在接受党组织委派回甘肃后，他主持改组中共甘肃特支，成立中共兰州特支，担任支部书记；还指导成立中共导河特支，扩大了党组织在甘肃的活动范围。在白色恐怖中，他是林廷祯、是王文、是万千普通群众中的一员，面对敌人的通缉和搜捕，他从容不屈，信念坚定，坚持传播革命思想，表现出一位伟大革命先行者为党和人民奉献一切的崇高精神。

他看起来英俊而又斯文，高高的个子，留着分头，瘦削的脸上戴着一副圆框眼镜，目光深邃，炯炯有神，像是一位年轻的思想者。

事实上，他是一位盗火者。

他以自己微弱的光芒，给了万千大众寒冬里的温存和希望。

他把自己活在了人民中间。

## 战斗一生

胡廷珍是临夏人，字玉芝。1902 年，他出生于一个商户之家，父母开明，家境殷实。他出生的那天晚上，母亲梦到一条巨龙，因而给他取小名龙喜，字玉芝。胡廷珍从小就受到了良好的教育，尤其是书画兼修，练就了一手刚劲有力的北魏字体。1921 年，胡廷珍考入北平朝阳大学读书，在校期间结识了李大钊。在李大钊的影响下，他于 1924 年加入党组织。1926 年 3 月，胡廷珍参加李大钊领导的北京“三·一八”学生运动，在集会队伍遭到段祺瑞执政府军警残酷镇压时，走在队伍前面的他，不顾个人安危，迅速掩护同学，抢救伤员，努力做好善后工作。同时，他积极组织召开甘肃武威籍死难同学李闽学追悼大会，编印《李闽学烈士纪念册》，控诉声讨当局罪恶行径，因而引起段祺瑞执政府军警的注意。

1926 年 6 月，胡廷珍按照党组织指示，南下广州，到黄埔军校担任政治教官，在周恩来领导下秘密发展党员，建立地下党组织。同年底，被派往西北冯玉祥国民军总政治部工作。1927 年 2 月，兰州“皖江会馆事件”发生后，中共甘肃特支联合国民党左派与国民党右派的斗争处于白热化状态，

青年胡廷珍

双方各执一词、激烈胶着，甚至一度出现几百米之内，同时悬挂新的国民党甘肃省党部与旧的国民党甘肃省党部（以田昆山为首）两块牌子的混乱局面。在此情况下，经党组织安排，胡廷珍和王孝锡、保至善、马凌山四位同志作为国民党党务特派员的公开身份前来兰州，整顿国民党甘肃党务，同时开展革命工作。

这是胡廷珍自外出求学以来，首次回到家乡的土地上开展革命工作。他和同志们从整顿国民党甘肃省党务做起，同时撤销新旧两个党部牌子，对所有党员重新登记，在登记过程中，把大批国民党右派分子排除在外，重新成立国民党甘肃省党部。胡廷珍任国民党甘肃省党部执委兼组织部部长，还有其他同志在省党部重要岗位上担任职务，完全掌握了国民党甘肃省部的领导权，有力地打击了国民党右派的势力和嚣张气焰。

1927 年 4 月，胡廷珍等同志根据党组织指示，改组中共甘肃特支，成立中共兰州特支。胡廷珍担任支部书记，开始领导党在甘肃的革命活动。为适应革命发展形势，把党的活动推向全省，胡廷珍以国民党甘肃省党部特派员的身份到导河（临夏）视察工作。与在驻导河国民军赵席聘部工作的共产党员李印平、杨松轩等同志取得联系后，他指导并成立了中共导河特别支部，把革命的声音和活动带到了导河人民中间，给黑暗中的临夏大地带来一束光亮。

1927 年 6 月初，李大钊同志遇害的消息传到甘肃，胡廷珍悲痛不已。他怀着对革命导师的无限深情，在导河东关庙广场召开有 600 多人参加的追悼大会，当众致悼念词，缅怀老师功绩，传播革命理想。如同临夏文联作家、《胡廷珍传奇》作者王维胜所说，这次悼念活动，影响很大、意义深远，造成了群众性声讨反革命暴行的巨大声势，提高了人民群众反帝反封建、反军阀斗争的觉悟。

当胡廷珍从导河返回兰州时，蒋介石已经发动四一二反革命政变，冯玉祥也已背叛革命。国民军中的共产党员被“礼送”出境，党组织各项活动全部转入地下，中共兰州特支已经很难开展工作。

1927 年 6 月 22 日，在召开了一次重要的党组织会议并叮嘱同志们“灰色隐蔽”、注意安全、保存革命力量后，胡廷珍与和他同来兰州的王孝锡、保至善、马凌山 4 位同志踏上了东行之途，按照冯玉祥电令到郑州开会。

胡廷珍他们一行还没有走出甘肃境内，就感觉形势严峻，沿途暗探不断，所到驿站早已有人“奉命接待”，虽然他们公开身份还是国民军的人，可是说明已经被人盯梢。危急时刻，他们分头行动，在保至善和马凌山两位同志的掩护下，胡廷珍和王孝锡二人先行离开。当他们途经西安、郑州时，才知道所谓“开会”只是借口，冯玉祥已撕开脸面，国民党当局大肆搜捕、残酷迫害共产党员，许多同志已经牺牲在敌人的屠刀之下。

1927 年 8 月 7 日，中共中央在湖北汉口召开紧急会议，毛泽东提出了“枪杆子里出政权”的著名论断。会议确定了实行土地革命和武装起义的新方针，中国革命从此开始由大革命失败到土地革命战争兴起的历史性转变。

胡廷珍一行在武汉找到党的秘密交通站，接到党组织指示后，仍回陕甘交界一带开展革命斗争，建立基层党组织，开展农民运动，发动武装暴动，建立革命政权。这迅速扭转了党在西北的被动局面。

1927 年秋，胡廷珍取道天水、临洮，秘密返回临夏。作为党组织在甘肃的领导人，国民党当局得知消息如临大敌，他们严密防范，设岗立哨，出动军警，日夜搜捕，威吓胡家亲属，没收胡家产业，逼迫亲友供出胡廷珍。

此后，在党组织和当地群众的帮助下，胡廷珍化名王文，转移到永靖、永登和青海省循化、保安等地继续从事革命斗争。1930 年 2 月，他携妻子儿女前往新疆。1933 年 2 月，胡廷珍被国民党反动当局在新疆杀害，年轻的生命永远定格在了 31 岁，给后人们留下了无尽的伤痛和思念。

## 革命本色

胡廷珍虽然已经离开八十多年了，但他依然活在我们中间。人们纪念着他，悼念着他，传承着他的精神。

作家王维胜曾花费三年时间，寻访胡廷珍烈士遗孤，走访革命后代，查阅党史资料等，在一次次潸然泪下中，梳理记述了烈士传奇的一生。

我们根据王维胜的记叙和对他的采访，从一些片段性记忆中，看到了胡廷珍的革命英姿和他光华灿烂的精神境界。

学生时期的胡廷珍，就致力于进步思想在家乡的宣传，他带回的革命星火，使蒙昧闭塞中的青年受到了思想的启迪和改造。那时，胡廷珍岳父在兰州买了一座一进二院的宅子，作为家人往来兰州时的歇息处。胡廷珍在北京上学时，每次放假回到兰州，就在这座宅院的后楼上召集志同道合的青年，如胡兰谷、鲁永年、田志仁等人，相聚联欢。

据田志仁回忆，他们每夜都到胡廷珍住处的楼上，胡廷珍随身带来了《三民主义》《五权宪法》《建国大纲》《工钱劳动与资本》等书，给他们讲解训导。假满回京后，胡廷珍还经常寄来一些有关新思想的书籍和画报。1925年冬天，田志仁和胡兰谷前往北京，与胡廷珍住在一起。胡廷珍每晚都去拜访李大钊同志，回来时总到深夜，常顺路带回一些花生米和水果糖，把他们叫起来，讲国家大事，讲马克思主义、俄国革命等。在胡廷珍等人的进步思想影响下，1926年5月，田志仁与胡兰谷先后加入党组织。

1927年4月17日，一个梨花盛开的日子，甘肃党组织发展史上的一次重要会议在兰州下沟9号一处民宅召开。这里是胡廷珍的舅舅家，就是在这次会议上，中共甘肃特支改组，中共兰州特支成立。

会议召开前，为防不测，胡廷珍请他当时正在读师范的表弟马晓余和在甘肃督署任政治干事的远亲马守和前来帮忙。据马晓余回忆，那是一个星期日，会议到场男性代表30多人。胡廷珍派马晓余静守大门，参会代表以敲门环三下为号，不是代表决不给开门。开会时，马守和担任大会记录兼安全员，30多人在3间楼房里开了8个小时的会，除了代表发言声，整个会场鸦雀无声，研究事项在寂静中有条不紊地进行着。只有窗外，洁白的梨花落英纷纷扬扬。会议结束后，代表们有序地离开，出门后自由闲散地向东西方扬长而去。见此情景，马晓余不禁被我党的组织纪律性、宣传鼓动性及领导人民的艺术性所打动，连声感叹“真大长见识，令人敬佩不止”。

许多党的早期同志都记得这次会议的情景，谈仲瑜在《特支引导我们走上革命之路》一文中回忆说，当时去开会的女党员就两个，特支分给她们的任务是组织青年社、搞青年工作。她们就在学校里组织了青年社，发展了许多社员。在甘肃特支重组一个多月后，青年社成立大会召开，一些不是社员的学生也参加了会。

1927年4月下旬，胡廷珍以国民党甘肃省党部特派员的身份到家乡视察。临夏教育办、工商界及地方绅士等400多人，在镇台衙门广场召开欢迎大会。胡廷珍发表公开演说，从国内形势谈到苏俄革命经验，号召家乡人民实行孙中山先生的新三民主义，要奋发图强、振兴中华。那时的青年才俊胡廷珍是家乡人民的骄傲，所到之处，风光无限。在视察间隙，胡廷珍抽空回家看望亲属。与此后的遭遇相比，这是胡廷珍短暂的一生中，难得让家人安心的时刻。

胡廷珍的表侄马义明，当时还是个孩子，一直都清晰地记得当时的情景：

> 胡廷珍和他在十三师骑兵营当营长的堂兄胡廷杰乘坐骡马双套轿车，由士兵护卫着，先到临夏北塬赵官寨上坟祭祖，然后到马义明家看望舅母，也就是马义明的奶奶。马家的孩子们都穿着新衣，喜气洋洋，扫径迎宾，人唤马嘶，好不热闹。轿车一到门前，一身呢帽长衫装扮的胡廷珍立即下车，脱帽致礼。在院子里和表兄寒暄了几句后，胡廷珍一行鱼贯而入，在内院堂屋恭敬地拜见舅母，然后和一家老小一一见面，握手问好。马义明的奶奶看着眼前的情景，心中欢喜又感动，不由地感慨："龙喜官大了，很重礼节。"在随后的家宴上，胡廷珍畅谈国事，给兄弟子侄送了不少报纸杂志。一家人谈兴正浓，直到夕阳西下，县上派兵送来文件急需处理，胡廷珍才匆忙起身，和大家告别。全家人一直跟着送到巷口，才依依惜别，目送他离去。

那时，胡廷珍工作紧张而忙碌，时常到舅舅家熬夜办公。在他表弟马晓余的一段记叙里，我们可以从中目睹这位革命家的高尚本色。

> 夜幕降临，万家掌灯时分，胡廷珍回到了舅母家。他一身藏青哔叽中山装，头戴灰呢礼帽，看起来有些憔悴，面容清瘦，但是精神仍然饱满，开阔的胸襟时不时就显露出来。他和舅母简单寒暄几句后，便到南房去办公。在桌案中央后坐定，他打开公事包，取出十行纸和小本，准

备办公。

看到表弟马晓余在看，他便放下笔，笑着对马晓余说："我看你还是上学好，应效法古人'学足三余'，读久了，学问自然丰富了。盖'学如逆水行舟，不进则退'，如果有机会还是去北京深造，尔后再去俄国留学。"

接着，他又对表弟说："我们进行的国民革命，非常艰苦的。虽然在孙中山先生领导下，推翻了三千年封建帝制，建立了民有、民治、民享的自由民主国家，极其伟大，实际上袁贼称帝、张勋复辟、黎元洪把持国政、新旧军阀连年混战，外侮日亟。目前蒋冯勾结，又发动了祸国殃民的内战，所以，我们遵循孙中山的'革命尚未成功，同志仍须努力'的遗教，誓将革命进行到底。因此，我希望你有一天念书机会，就得奋读一天，将来天下兴亡的义务，还得当代知识青年们担当起来，'要立志做大事，不可立志当大官'，这个大事就是国民革命。"

这一番催人奋进的教导，听得马晓余心里热气腾腾。他转身给表兄沏了一壶热茶，然后告辞离开。这一晚，马晓余彻夜未眠。

## 活在人民中

临夏州，古称河州。因"导河积石"，境内临夏县又名导河县。

这里地处黄河上游，是丝绸之路南道要冲，也是唐蕃古道重镇，素有"西部旱码头"之称，经贸发达，民多经商。

胡家在当地是望族，家大业大，颇有影响力。彼时，胡廷珍的父亲胡尚德（字仁轩）正经营着一家典当行。

当胡廷珍秘密回到导河开展工作时，这片土地正遭受着空前的灾难。各种自然灾害连年频发，庄稼枯槁，饥民遍野。国民党甘肃省政府主席刘郁芬强令种植鸦片，强征"烟亩罚款"等苛捐杂税，加之国民军和各种地方武装、民团等不断征兵拉壮丁，人民群众生活在水深火热中。在国民党反动派的白色恐怖之下，城里乡野到处都岗哨林立、壁垒森严，大批共产党员和进步青年遭到抓捕迫害，甚至一些与党组织没有关系的群众也被无辜殃及，屈

胡廷珍烈士纪念馆

打成招。胡廷珍等党在甘肃的领导人，遭到严密搜捕，到处贴着搜捕他们的通缉令。尤其是胡廷珍的家乡导河，搜捕更是紧上加紧，胡家的众多亲友都受到了牵连，时有军警上门搜查。然而，让人欣慰的是，胡廷珍生活在人民中，他是人民群众中的一员，受到了人民群众的保护和帮助。在那些隐蔽斗争的日子里，他始终怀着对党和革命的忠诚，怀着对革命必将胜利的坚定信心，与敌人做顽强斗争。

河州人史有明在《逃难记》中，详细记述了一次他父亲进城目睹军警搜捕胡廷珍的事：

> 整整一天，天快黑时，阿大才赶着驴回来了，神情很忧虑，吃了些剩饭，趁没人时，阿娘问到底出了什么事？阿大说他把磨物卸在南园的磨房，拴了驴，从南门入城，打算买点什么，走到小十字，见有好多军警围住胡家当铺，好像在搜查。找了个熟人打听了一下，才知道他们在

绎拿胡家的儿子胡玉芝，看样子没有搜到，出城时盘查得很严，一个一个地仔细检查。阿娘着急地说："那你赶快到胡家去通个气。"阿大说："我和老汉商量一下。"阿大到上房去了好长时间才回来，等娃们睡着，才说了老汉的意见：此事千万不可声张，胡家家业大，人多口杂，我们也不知道该给谁通个气，要是走漏消息，会帮个倒忙，既然没有搜到，必定会逃到塬上老家，至于躲藏在哪家，他们自有主张。他还说：这个胡家后人从小在外读书，已有十多年没到过老家，现在大约有二十四五岁，走在路上，不会被人认出来，国民军都是外地人，两眼一抹黑，这几年活埋了军阀李长清，又是抓兵，又是派款，把人心都弄寒了，城中人就是知道胡家的底细也不会轻易说出的。阿娘心中祈求这个胡家后人逃出魔掌。此后几天，一切都很平静，也不见军警到塬上来搜查，农人们在忙着收拾庄稼，胡玉芝看来确已逃脱。

马义明也记得，有一次，国民党甘肃省政府军法处长刘经泮亲自率领军警，持枪亮刀，对胡家亲友挨户搜查。天未亮时，搜到马义明家，翻箱倒柜，搜出马义明叔父和胡廷珍在北京合拍的几张照片，军警呼喝让立即交出胡廷珍。一家老小面对敌人大刀悬颈、枪口对胸地严厉逼问，无词对答。马义明的奶奶年事已高，受到惊吓，不久便患病离开人世。

在此期间，胡廷珍家当然首当其冲，多次被抄，但他为革命事业斗争的钢铁意志毫不动摇。他虽然身处险境，但为人民谋福利的正义事业，终究赢得了人民的认可和爱戴。在胡廷珍的家乡导河，不少人因受他的影响，而走上了革命的道路。中共导河特支虽然遭到了敌人的破坏，但一些进步青年赓续起了革命的星火。在奔赴新疆前的两年多时间里，胡廷珍多次转移，受到了亲朋好友、青年学生、开明士绅，甚至黄河挑夫以及同志们的帮助和掩护。他白天隐蔽，晚上活动，一方面宣传群众、发动群众，恢复党组织，开展进步人士的统战工作；另一方面进行秘密串联，发动各族群众待机起义，就这样一直战斗到了生命的尽头。

胡廷珍的孙女胡小岩在追忆父亲胡自力时，曾提到爷爷对家里人的影响。她说，因为爷爷是共产党员，父亲没有像其他孩子一样在爷爷的呵护下自由自在地长大，却是在惊恐和不安中度过少年时期。父亲常常在半夜里被国民党搜查所惊醒，在追随被国民党追捕的爷爷去新疆途中，和姑姑胡培云常露宿街头，吃不饱，衣不遮体。在新疆，父亲和姑姑充当爷爷的交通员。爷爷被害后，在共产党员的帮助下，又和奶奶、姑姑几经周折，从新疆把爷爷的遗体拉运回临夏，埋在自家的祖坟里。每逢父亲说到往事，都不禁泪流满面。

这就是英雄的胡廷珍，以及他英雄的家人。

他的精神滋养着一代又一代中华儿女……

# 铁血诗魂王孝锡

任何力量，不能移我之心，
任何力量，不堪动我之情，
我的主义驱使我不能一刻留停，
我的责任策励我不能一刻安寝，
一腔热血要浇遍地球西东。

——王孝锡《决心》

王孝锡，出生于甘肃宁县太昌一个普通的中医世家，从小饱读诗书，忧国忧民，气度非凡，留下了许多激情豪迈的壮丽诗篇。

每当读起这些磅礴之语，我们就好像聆听到了这位才华横溢的年轻革命家发自肺腑的铮铮誓言。

王孝锡是大革命时期中国共产党在甘肃的卓越活动家和创建人之一，是甘肃青年运动的先驱之一。他曾借助国民党西北特派员等多重身份进行地下革命斗争，改组中共甘肃特支；创建甘肃省第一个农村党组织——中共邠（彬县）宁（县）支部，建立甘肃省第一个革命青年组织——青年社，在甘肃早期革命历史上留下了浓墨重彩的一页。

## “我与我正式脱离关系”

1920 年，17 岁的王孝锡，正在平凉二中上二年级。5 月的一天，平凉

王孝锡

当局为封建遗老魏宝山举行地方特别纪念会，平凉二中师生参加。听闻消息，王孝锡与同学密谋了一番。当天，参会人员刚刚落座，会议未及正式开始，只见王孝锡健步登上主席台，面对台下就座的陇东镇守使等当局要员、社会名流和各校师生，他慷慨陈词，发表演讲，响亮地喊出“反对封建复辟”！台下同学一呼百应，瞬时会场秩序大乱，学生纷纷离场举行游行示威。他的这次初试啼声，虽然以被学校开除学籍而告终，但以平凉二中为首发动的这次大规模学生运动，却吹响了陇东人民反帝反封建的号角。

1924年，王孝锡考入西安国立西北大学学习，并于1926年加入中国共产党。这一时期，他的思想世界发生了激烈交锋。两年后旬邑暴动失败，他在一份遗嘱里，剖析了自己当时的想法，“余昔读书之目的，在救国苏民，常无彻底方法以自困，十四年（1925年）夏，余之资产阶级思想，正如军队之攻击交战。凡数月始得解决。随于斯年六月，我与我正式脱离关系，投身世界革命，求中国达于平等、自由、美满的各尽所能、各取所需之社会”。

字里行间，拳拳之心，日月可鉴。

## “在乡下宣传很卖力气”

1925 年，五卅运动的火热斗争生活，使王孝锡经受了考验和锻炼。

当年暑期，他组织同学，利用徒步回家的机会，在沿途大力开展革命宣传，把反帝反封建斗争推向广大农村。

一天下午，他们走到离陕西永寿县城不远的地方，发现镇上正好逢集。王孝锡对随行走乏了的同学说，“你们后面来，我先给咱找个住处”，说罢就大步流星走向集市中心。在人群中一站定，他便放开嗓门，大声向过往群众讲述五卅惨案的经过，讲述帝国主义的罪行，讲述反动军阀的卖国勾当，“各帝国主义者联合，向我民众进攻，帮助反动军，分掌我政权……”他情绪激昂，演说言辞质朴、道理浅显，时而伤心悲愤，时而激励奋起，动员群众行动起来，支持爱国斗争。在场的群众听了他的慷慨陈词，义愤填膺，久久不愿离去。

回到老家太昌后，王孝锡就和同学任鼎昌、王晓时、王之经等一起，建立了甘肃第一个青年社。成立大会是在太昌小学教室举行的，参加社员有 30 多人，全是陇东一带进步师生和社会青年。

青年社，是在中国共产党领导下的共青团外围组织。有人分析认为，青年社的活动类似于现在的文化沙龙。太昌青年社成立后，王孝锡亲自主持社员宣誓，提出“改造社会”“改造人生观”的口号，还以讨论学识为名，召开会议研究社会问题和革命局势，组织青年上街宣传演讲，向群众灌输革命思想，引导乡亲移风易俗。他还起草散发《告陇东十七县父老兄弟书》，启迪民众觉悟，呼唤民众早日觉醒。

当他把这些情况写信告诉西安的同学时，同学们非常振奋，回信说：“你在乡下宣传很卖力气，那么我们的团体的前途，真谓不可限量呀！努力，往前干！万不可懈怠勇敢的志气。”

自此，革命的新风吹进陇东农村，革命的热情在黄土高原上燃烧、扎根。

## “青年社正式成立！”

1926 年冬，王孝锡认识了冯玉祥。

这一年，中共西安党组织拟派王孝锡到苏联莫斯科东方大学学习。因为交涉出国费用，他得以与冯玉祥接触。很快，这位名噪西安的学生领袖、西北大学高才生，就以善谈论、冒险精神和尚武精神，得到冯玉祥的赏识。冯玉祥力劝他放弃出国学习机会，到西北军中任职。党组织和苏联顾问也考虑到正是国民革命用人之际，建议他暂勿出国。几天后，王孝锡、任鼎昌等一批西北大学学生参加了国民军，并集体加入国民党。

1927 年初，兰州“皖江会馆事件”发生后，王孝锡和胡廷珍、保至善、马凌山这四位号称国民党“四大要员”的同志，被冯玉祥委派以“西北政治委员会特派甘肃省党部党务委员”的身份到兰州，调查处理“皖江会馆事件”，整理甘肃党务。

他们到兰州后，立即对中共甘肃特别支部和国民党甘肃省党部进行改组，使兰州地区的革命形势出现了可喜的局面。改组中，把国民党右派顽固分子田昆山排除在国民党甘肃省党部之外。

中共兰州特别支部成立后，为广泛发动群众，开展革命活动，党组织立即着手组织成立工会、农会、妇女组织及青年社等。王孝锡负责领导筹建青年社工作。他极具革命热情和魄力，提出要把兰州地区中等以上学校的学生和社会青年作为主要发展目标，在各校学生会的基础上扩大建立青年社，推动革命青年走在社会变革前列，勇敢地担负起拯救中华、振兴国家的重任。他卓越的领导和组织才能，使得工作很快有了出色的成效。1927 年 4 月初，兰州地区以学生为主体的青年社社员达 300 多人。

组织条件已经具备，4 月下旬的一天，兰州青年社成立大会在甘肃省教育会万寿宫礼堂隆重举行。

上午八点，大会准时开始。

王孝锡担任大会执行主席，他郑重宣布：“青年社正式成立！”还热情洋溢地讲了青年社成立的目的、任务和意义。

会场上掌声不断，讲话持续了大约一个多小时，他最后鼓励同学和青年朋友们："你们听见了吗？我们的祖国——苦难的母亲在呻吟！在哭泣！让我们紧紧地团结在一起，为解除祖国母亲的苦难，而奋勇前进吧！"

洪亮的声音和热烈的掌声、欢呼声在会场上久久回荡。

进入自由发言环节，与会青年踊跃表态。女青年窦香菊也受到感染，她落落大方上台，号召妇女同胞："国家兴亡，匹夫有责，我们青年妇女也要赶快觉醒起来，投身于挽救危亡、拯救国家的历史任务中去……"

最后，会议在选举王孝锡为青年社社长、马凌山为书记的掌声中圆满落下帷幕。

兰州青年社成立后，以兰州女子师范为集会地点，组织青年学习，创办《妇女之声》等进步刊物，介绍共产主义、宣传妇女解放。青年社还组织演出《徐锡麟革命记》《十万金镑》《五大臣出洋》等革命剧目，占领思想文

王孝锡早期革命活动照片（右一为王孝锡）

化阵地，扩大宣传领域，把甘肃青年运动推向了高潮。

## 泣血悼念李大钊

1927年，四一二反革命政变后，蒋介石成为国民革命公开的敌人，形势突变，黑云压城，国共分裂，中共兰州特支活动被迫转入地下。

1927年4月28日，李大钊等二十余位革命者被反动当局野蛮处以绞刑。消息传来，社会各界义愤填膺。中共兰州特支根据党组织指示，组织发动各界群众，在兰州、导河等地公开举行李大钊烈士悼念大会。

那一天，兰州辕门广场上站满了人，各界群众高举横幅、会旗，每个人手里都拿着“打倒帝国主义”“打倒军阀”“取消不平等条约”等彩色小旗。会场布置隆重、庄严，正面悬挂李大钊同志遗像，两侧挂有巨幅挽联“中华英烈千古颂，浩气长存天地间”。出席代表臂佩黑纱、胸戴白花站在主席台前，会场气氛非常肃穆。王孝锡身着军装，主持会议并发表演讲。之后，他利用在国民军第二军事学校担任政治部主任的身份，在学校校刊增发追悼死难烈士专号，介绍烈士生平和遇难经过，揭露反动军阀罪恶行径，并挥笔写下泣血长诗《悼北京死难烈士》：

> 霹雳一声，
> 在阴霾沉沉、妖气弥漫的北京，
> 现出了霞光万道——
> 主义的鲜花，
> 烈士的血腥，
> 表现在帝国主义的发抖中；
> 你们的声音，
> 革命导师，
> 人类明星。
> 你们一面引颈、一面高呼：
> “枪弹是革命者的饭食，

死是革命者的归宿，
为了被压迫民族最后胜利。”
这是何等的悲壮啊！
你们是为党，
为国，
为全人类解放而牺牲。
这是何等的光荣！
后死者的我们，
恨不能列于诸君之林，
与贼拼命。
真羞！
真惭愧！
可是诸君的鲜血，
深注在我们的脑中。
应当怎样努力？
前进！奋斗！杀贼！
才能完成你们未竟之功，
慰你们在天之灵。

他向社会各界高声呼号，“踏着李大钊诸同志的血迹前进”！

## 成立中共邠宁支部

1927 年 6 月，因冯玉祥公开背叛革命，王孝锡等同志被“礼送”离开甘肃。

这年初秋，根据党组织指示，他以中共中央西北特派员身份，重新回到家乡宁县太昌，与同学任鼎昌、王晓时、王之经等，在陕甘交界一带农村，建立了甘肃省第一个农村党支部——中共邠宁支部。

这一段时期，是王孝锡短暂生命里的一段苦难辉煌期。他以行医看病

王孝锡烈士旧居

为掩护，浴血播火，不断组建、扩大党组织，发展党员。不久，经中共陕西省委批准，成立了中共太昌区委，他任区委书记。中共太昌区委下辖宁县、长武、泾河川三个支部，发展党员33名。这是陇东地区第一个党的临时区委组织。组织力量的加强，加速了庆阳革命斗争的进程。

我们在一份手稿中看到，此时的王孝锡一刻也没有放松对自己的要求，他说，“凡人每日生活，如无一定规划，其心必自由放纵，行动亦因之驱使。转念间，遂有损益之攸关，毁誉之所系”。故此，他给自己制定严格的作息时间表，在开展革命斗争的同时，还实地调查陕甘交界十多个县农村和彬县百子沟煤矿，先后撰写《青年社简章》《经济学大纲》《解决中国土地问题的草案》和《农村阶级分析》《宁、长一带之现象》等文章，探寻解决中国农民土地问题的办法，大胆探索中国农村革命的出路，提出“要彻底变革中国的土地制度，必须肃清一切崩溃混乱的社会关系”。这些振聋发聩的观点，在那个年代，具有发时代之先声的意义。

## 生命最后的绝唱

1928 年 5 月，根据中共陕西省委指示，王孝锡参与组织领导旬邑起义，成立旬邑临时苏维埃政府，但终因敌人疯狂反扑，旬邑起义失败。

同年 7 月，他在笔记本上写下了一份遗嘱：

> 必须铲除此社会之障碍——帝国主义、新旧军阀、资产阶级、贪污劣豪及目前存在之反动结合的国民党，组织工农兵，武装夺取政权，实现苏维埃政府，达于共生共享世界大同之共产主义社会。望我后进之士，务必认清道路，以与旧社会尽力奋斗，实现理想之世界。至嘱！

此时，形势已经非常险恶，共产党员处境维艰。王孝锡在陕甘交界一带的革命活动，让国民党反动当局惊恐不已，已投靠国民党特务组织的田昆山一伙卷土重来，对我党同志大肆搜捕。

王孝锡已经做好了面对死亡的准备。他决心不惜牺牲自己，为谋求民族解放和人民幸福，与敌人斗争到底。

1928 年 11 月 25 日，天已擦黑，北风呼呼地吹着。宁县新庄小户石家咀梢上的山神庙里，王孝锡紧了紧身上的棉衣，转身出了门。

这是大姐家的村子，他在这里躲避已有些时日了。

明天是父亲的寿辰，他想回家看看，给父亲磕个头。

入夜，王孝锡到家。当他抹黑进门时，已被暗里盯梢的敌人发现。

第二天，王孝锡被逮捕。面对凶残的敌人，他大义凛然，从容不迫，与亲人诀别，大步出门。在太昌街上一家面馆，他挥笔写下诗二首：“书剑漂流二十年，国事无端尚依然。革命未成身先捕，普罗自在人世间。”“慷慨歌太平，从容作楚囚。暴刀逞一快，何惜少年头。”然后，他西行而去。

在兰州监狱，面对敌人的一次次酷刑，他始终保守党的秘密。他自知，凶残的敌人一定不会放过自己，他在《寄妻》诗中最后叮嘱妻子，“献身革命不还家，卿奉双亲务桑麻。更嘱贤妻一件事，还当培育革命花”。

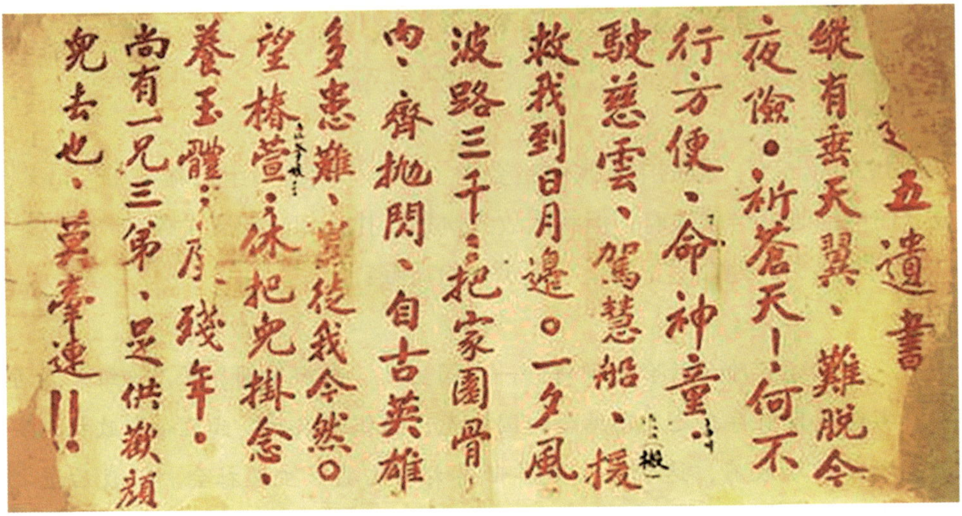

遂五遺書

縱有垂天翼、難脫今夜險。祈蒼天！何不行方便、命神童，馭慈雲、駕慧船、援救我到日月邊。一夕風波路三千，把家園骨肉，齊拋閃、自古英雄多患難，豈徒我今然。望椿萱，休把兒掛念，養玉體，度殘年。尚有一兄三弟，足供歡顏。兒去也，莫牽連！！

王孝锡写给父母的诀别信《遂五遗书》

12 月 29 日夜，他从看守口中知道，这是自己的最后一晚。他想到了为他操碎了心的父母，要白发人送黑发人。他忍住悲痛，挥笔给父母写下一首《诀别诗》。这也是他人生中的最后一首诗：

纵有垂天翼，
难脱今夜险，
祈苍天，
何不行方便？
驭飞云，
驾慧船，
搬我直到日月边，
取来烈火千万炬，
这黑暗世界，
化作尘烟。
出铁笼，

看满腔热血，
洒遍地北天南。

一夕风波路三千，
把家园骨肉齐抛闪，
自古英雄多患难，
岂徒我今然。
望爹娘，
休把儿挂念，
养玉体，
度残年，
尚有一兄三弟，
足供欢颜，
儿去也，
莫牵连！

1928 年 12 月 30 日，天刚亮，兰州上空阴云低垂，寒风呼啸，天空中飘起了雪花，好像老天也在为一个人的离去送行——

王孝锡被敌人押上囚车，驶向安定门外萧家坪刑场。

他站在车上，奋力挣开法警的揪押，高声呼喊："中国共产党万岁！"

他还大骂不止："共产党员能杀死，共产党是杀不死的！"

站在街边围观的群众，从门缝里偷看的群众，纷纷低下了头……

惊慌的敌人用刀抽打他的背，用毛巾塞他的嘴，他仍然挣扎不止，呼喊不止……

罪恶的枪声响了。

他走完了自己悲壮的一生。

年仅 25 岁。

# 尾　声

王孝锡烈士之子王维城，在生前整理父亲的诗篇时写道：

> 先烈王孝锡的诗，句句是铁，篇篇是血。这些血和铁凝成的诗句，充分表现了一个共产主义战士的铮铮铁骨和凛凛大节。
>
> 王孝锡的一生，是为党的事业无私奉献的一生，是和阶级敌人作生死斗争的一生。
>
> 他以信仰的烈火，熔铸了一颗革命的心；他以主义的热情，浇灌了崇高的灵魂。

2021年春天的一个傍晚，我们拨通了王孝锡烈士的侄子王维玺的电话。这位远在天津颐养天年的老人，以亲切的乡音说，叔叔王孝锡去世时，自己还没有出生，王孝锡烈士的事迹，他个人知道的，我们都知道……

和革命先烈出生于同一片皇天后土，地域上的相近性拉近了情感上的相通。

我们觉得——

我们的骨子里，和革命先烈流着相同的血脉——传承的血脉。

# 第二章

## 悲壮征程中的涅槃重生

1927年大革命失败后，中国共产党以可贵的大无畏品格，在黑暗的中国，勇敢地独立高举起革命的旗帜，领导人民进入土地革命战争，创建发展红军和农村革命根据地，开辟农村包围城市、武装夺取政权的道路。然而，随着第五次反“围剿”的失败，红军踏上了战略转移的漫漫征程，开始了长征。

从1934年10月中央红军主力开始长征，到1936年10月各路红军胜利会师。在这两年时间里，英勇的红军战士爬雪山、过草地，啃树皮、食草根，克服恶劣的自然环境，忍饥挨饿，在前有堵截、后有追兵的情况下，与敌人顽强作战，最终取得了长征的伟大胜利。

甘肃是红军长征部队到达最全、活动时间最长、行经地域最广的省份。腊子口战役、哈达铺整编、榜罗镇会议、会宁会师、山城堡战役……都在中国革命史上留下了辉煌的一笔。

陕甘革命根据地是土地革命战争后期全国“硕果仅存”的革命根据地，为长征中的党中央和各路红军提供了落脚点，是八路军主力开赴抗日前线的出发点，在中国革命历史上具有“两点一存”的重要历史地位。这些年来，我们曾多次重走长征路，无论是在江西、贵州、四川，还是在陕甘一带，我们常常都在思索着同样一些问题，是什么促使了这一场几十万人的大远征？是什么促使了这些英勇的红军战士在极端艰苦环境下生存和斗争？又是什么使红军长征不同于历史上那些赫赫有名的大远征一般走州过府？当我们着眼于历史的中国和党的发展历史，我们首先被这支队伍在绝境中求生存的精神所折服，这是人类在极端困难环境中，所焕发出来的坚定意志和精神光芒，这种力量超乎想象，这种力量能战胜任何困难。我们还为这支队伍深得民心而自豪，打土豪、分田地，实现耕者有其田，作风严明，廉洁自律，尊重不同民族习惯的区域民族政策，等等。这些满足最广大人民利益的举动，这些向统治了中国社会几千年的封建土地制度猛烈开火的举动，把民心团聚在了党的旗帜下。我们也为这支队伍勇于正视错误、总结经验教训而欣慰，因为“左”倾教条主义等错误，使得革命事业遭受了重大挫折，使得这支队伍付出了沉重的代价。但是，年青的中国共产党勇于正视自己的错误，在总结人民斗争和党的建设方面经验教训的过程中，开始走上了马克思主义中国化的道路，毛泽东思想初步形成，使得中国革命由此走向了复兴和胜利的发展道路。中国共产党开始用无产阶级思想建党建军，把一支以农民为主体组建起来的军队，努力建设成为一支党领导下的新型人民军队。

正如毛泽东同志所说，长征一结束，中国革命的新局面就开始了。长征这一悲壮征程，使得我们的党和军队浴血重生。长征的胜利，是中国革命转危为安的关键，宣告了国民党围追堵截的破产，实现了红军的战略大转移，宣传了中国共产党的政治主张，在沿途播下了革命的种子，鼓舞了广大人民群众。

中国人民革命斗争，由此走向了全民族抗日战争的新阶段。

# 沿着长征的足迹

据史料记载，1935 年 8 月 2 日，为了配合和迎接党中央与红一、四方面军北上，红二十五军经陕甘交界处的双石铺抵达甘肃两当灵官殿，进入甘肃境内。3 日，红二十五军攻占两当县城，揭开了红军长征在甘肃的序幕，并由此成为进入甘肃的第一支长征队伍。到 1936 年 10 月，红军三大主力会师会宁地区，再到红西路军征战河西，红军的足迹踏遍陇原大地，到达了 50 多个县区。俄界会议、腊子口战役、哈达铺整编、榜罗镇会议、会宁会师、山城堡战役等长征历史上的重大事件，都发生在甘肃境内。

一个炎炎夏日，我们出发，沿着秦岭脚下，顺嘉陵江源头，从陕西宝鸡前往甘肃两当，追寻红军长征一路走来的足迹。

## 过境两当

山路蜿蜒，车子在绿树掩映中盘旋，虽然接踵而至的急转弯，让人心里不时一阵紧张，但是窗外的风景实在太美，满眼葱郁。半山腰上，不时有火车露出头来，很快又钻进隧道，像一条灵活的巨龙，在大山间自由游弋。

到达两当县城时，天色已近黄昏，安静的小城，河水潺潺，车流稀少，两当兵变纪念馆前，彩旗飘扬。

两当县位于甘肃省东南部，地处陕甘川交界的秦岭山区，素有“秦陇之捍蔽，巴蜀之襟喉”的称呼。1932 年 4 月 2 日发生的两当兵变，是土地革命战争时期，中国共产党领导下在甘肃发动的较早的武装兵变之一，在陇原大地播下了红色的革命火种，在中国革命史上具有重要意义。两当也是红军长征进入甘肃的第一站，在 1935 年至 1936 年，红军长征两次过境两当，在这里留下了不可磨灭的红色印记。

1935 年 8 月 2 日，一支红军队伍，为迎接中央红军主力北上，正在进行战略转移。他们在军长程子华、政委吴焕先、副军长徐海东的带领下，由陕西凤县双石铺休整后进入甘肃。当天夜里，自两当灵官殿入境后，他们兵分三路，迅速在县城附近的北崖沟、祖师山、贯沟、刘坪一带，完成对县城的包围。当时，两当县城只有敌保安队士兵和警察 70 多人据守。3 日拂晓，战斗打响，一时人声鼎沸，枪声震天。红军的到来，让分布在县城东西两山四个碉堡里的守敌闻风丧胆，只有一队人马在西山顶上的野狐嘴碉堡负隅顽抗，其余三队全都弃堡而逃。见敌占据有利地形，红军战士迂回绕道，直逼碉堡，以猛烈火力摧毁敌人防线，活捉 30 多人，战斗历时 3 个多小时胜利结束。5 日凌晨，红军自前川出境，进入天水。这支英勇的红军队伍就是红二十五军。

时隔一年后，1936 年 9 月 17 日，红二方面军进至徽县，六军团当晚派出先头部队，夜袭两当敌军。18 日凌晨，红军尖兵爬上城墙俘虏了西城门的敌人哨兵，未发一枪，打开城门，占领两当县城，俘虏了全部士兵。9 月 24 日，红六军在两当县城召开群众大会，成立“两当县苏维埃政府”和“两当县农会”，进一步发动群众，开展了打土豪、斗地主的运动。

历史虽已远去，但是今天的两当紧抓“两当兵变”和“红军长征入甘第一站”两个闪光点，已初步形成了完整的两当兵变红色旅游线路。我们被这些红色故事濡染，心情激动地在纪念地的留言册上写下了“永远铭记革命历史”的感言。

## 访腊子口

腊子口是甘南藏族自治州迭部县东北部一个险要隘口，是从四川西部进入甘肃的唯一通道。

1935 年 9 月 16 日，中国工农红军一方面军到达腊子口地区，甘肃军阀鲁大昌奉蒋介石电令，在腊子口设下重兵把守，企图阻击红军北上抗日。红一军团二师四团在团长王开湘、政委杨成武的指挥下，采取正面进攻和侧翼袭击相结合的作战方法，经过一天一夜的激战，于 9 月 17 日清晨，突破国民党的两道防线，全部占领了天险腊子口，打通了红军进军甘肃的最后一道大门，使红军顺利走出岷山地区，到达哈达铺。腊子口战役的胜利，彻底粉碎了国民党企图阻挠红军北上的阴谋。

当我们怀着敬慕的心情来到腊子口，还是被这里的艰险所震撼。

两边的山体居高临下，陡峭嶙峋，让人有一种压迫感。

一条逼仄的马路沿着山脚湍急的腊子河延伸，绕过一个弯，就像是被大山吞没了一样，消失在眼前。这条柏油铺成的马路，是连通川甘和周边县区的主要通道。

当年，那些翻过雪山草地的红军，就是从这里来到腊子口的，只是，他们走过的路，比现在要难走得多。

那些当年激战时的断崖还在，上面的弹孔清晰可见。还有一座后人仿建的石头碉堡，隐藏在山体下，上面的瞭望口像一双老人的眼睛，在风烟里回望着往事。

腊子口战役纪念碑就在不远处。碑体西、南两面镌刻着杨成武将军亲笔题写的“腊子口战役纪念碑”八个大字，北面刻写着甘肃省人民政府撰写的碑文。这座已被确认为省级文物保护单位的纪念碑，宽 2.5 米，象征着二万五千里长征；高 9.16 米，寓意 1935 年 9 月 16 日攻破天险腊子口。当我们正在这里瞻仰时，天色突变，忽然下起了大雨，湿漉漉的雨水也淋湿了我们的心情。

在腊子口战役纪念馆，我们了解到，那天的战斗打得相当激烈，敌人碉堡坚固、火力密集，利用腊子口易守难攻的天险，布下重兵妄图合围红军队伍。红军先头部队在数次强攻未能奏效后，改用正面进攻和侧面袭击相结合的作战方案，由四个连从正面进攻，两个连渡过腊子河，攀登悬崖绝壁，袭击东面山顶守敌，摧毁敌人碉堡。关键时刻，一位苗族战士主动请缨，凭着一根带铁钩的长杆，率先攀登悬崖峭壁到达山顶，放下用绑腿拧成的绳子，

纪念碑前重温入党誓词
（李剑兵摄）

接应其他战士到达指定位置，用手榴弹炸掉敌人的碉堡，为战役胜利立下汗马功劳。然而，这样一位英雄，战友们却不知道他的名字，只知道长征中，他曾走过云贵川，因此亲切地称他“云贵川”。

我们还了解到，那天的战斗中，指挥四个连正面进攻的红军政委就是杨成武。

当我们参观完，在马路边一家小木屋吃饭时，我们忽然想到，当年那些激战的红军战士们是否也曾吃饱了肚子……

## 哈达铺记事

哈达铺是陇南市宕昌县一个繁华的集镇。这里物产丰富，商号林立，人口稠密，早在明代开始就以富甲一方而闻名。

1935 年 9 月，中央红军突破天险腊子口，进入甘南开阔地带，随即来到了哈达铺。在这里，红军不仅得到了物资给养，并通过几份报纸，确定了到陕甘革命根据地落脚的重大战略决策。长征路上“红色加油站”“一张报纸定乾坤”等，都是有关哈达铺的故事。

然而，与红军锅盔、红军鞋、长征饭店等云集的红军一条街相比，我们更喜欢聆听哈达铺红军长征纪念馆里珍藏着的那些人和物的故事。

当声光电组合的天高云淡的天幕下，几位领导人开会的场景活灵活现地出现在我们眼前时，不由地让人回到了那些过去的岁月。

1935 年 9 月 20 日，中共中央在哈达铺毛泽东的住处召开政治局常委会议，讨论组织工作、干部问题及部队整编，正式决定“关于张国焘问题决议”的起草，由洛甫负责。对于俄界会议提出来的对北上红军部队进行整编，会议正式决定组成中国工农红军陕甘支队。

中央红军长征出发时有 8.6 万人，经过十几个月的艰苦转战和穿越雪山草地的煎熬，以及敌人的围追堵截，后勤保障遇到绝大困难，部队日益减员，几乎到了关乎存亡的关口。

据《彭德怀自述》记载：“就在红军往哈达铺走的行军途中，就在已经闻到了阵阵麦香的时候，就有同志无缘无故倒地就死了”，其艰难程度可想而知。

陈赓也记述过类似的故事。长征途中粮食非常紧缺，作为干部团团长的陈赓，曾几次遇见了一个十一二岁非常瘦弱的小红军。看到小红军疲惫的样子，陈赓说，“小鬼，你上马骑一会儿吧”，还要把自己的干粮分给小红军。可是小红军拒绝了，并举着自己的干粮袋说还有很多干粮。甚至还说：“老同志，我的体力比你强多了，你快骑上走吧。”后来，陈赓再一次看到这个小红军时，他已经饿死了，打开他装干粮的袋子一看，发现里面竟然装着几个土块。

当中央红军来到哈达铺时，哈达铺有全国各地知名商号 28 家之多，有着极为丰富的物资储备，也有着为长征中的红军提供相应物资和粮食补充的极好条件，这让许多战士不禁感慨，长征途中从没有遇到过这么繁华的小镇。

在哈达铺，红军持续发扬优良传统，广泛宣传和执行党的群众路线和民族政策，受到了当地群众的热情欢迎。一些当地妇女，专门来给红军炊事员教面食制作；一些大妈大婶看到女红军，拉着她们的手左看右看，不相信真的会有女子去参军。与此同时，红军展开群众宣传，采购物资，发出了“大家要食的好”的别样号召，使得这支困顿的队伍得到了充分的物资给养。

在解决吃饭问题的同时，红军队伍还有一个重要的问题要解决。如同《长征——前所未闻的故事》一书中所说，“毛泽东已率领红军到了哈达铺，下一步要去哪里？他仍然没有一个明确的想法。是的，他们还要北上甘肃，去陕西，甚至去宁夏，他们要去打日本。但这只是笼统的方向，不是确定的目的地。长征以来常常出现这种情况，毛泽东只大略地知道他要去的方向，但缺乏具体的目标。此时也是如此。现在，距江西的出发点成千上万里之遥的哈达铺，长征确切的目标才日渐明确了。红军先头部队在攻占哈达铺时果断地拿下了邮局，这是很长时间以来，他们占领的第一个邮局。他们在那里找到了国民党的报纸，毛泽东和他们的指挥官兴致勃勃，一口气读完了这些报纸。证明他们早些时候在两河口会见张国焘时所听到的传说居然是真的：陕北不但有一支共产党队伍和一片苏维埃根据地，而且毛泽东的朋友、著名的群众领袖、英勇无畏的二十六军军长刘志丹仍然活着，统帅着他的部队。二十五军军长徐海东也在那里。这个有关去向的重大问题终于获得了解决，十天之后，毛泽东在榜罗镇公布了他与陕北红军会师的计划。”

就是通过几份报纸，中央红军在这里确定了到陕甘革命根据地落脚的重大战略决策。我们从讲解员口中得知，有关这些报纸的来源，有着不同的说法。后来，我们在一本陇南市委党史研究室编印的材料中看到，有许多长征亲历者关于哈达铺的回忆。其中，时任红一军团直属侦察连指导员的曹德连回忆，侦察连刚到岷县（当时哈达铺属岷县）附近一个村庄准备宿营，军团部派通信员，来叫他和连队梁兴初同志接受任务。原来，毛泽东指示，要找点精神食粮来！国民党的报纸、杂志，只要近期和比较近期的，各种都搞几份来……研究了完成任务的方法后，曹德连和梁兴初等化装成国民党中央军，戴着军阶，堂堂正正进入了哈达铺。敌人确实把他们当成了国民党中央军，哈达铺镇镇长、国民党党部书记和保安队长等一众人都出来迎接。一位刚从甘肃省城回去的国民党驻岷县鲁大昌部的少校副官，带着几个驮子，有书籍、报纸、衣物等好多东西，也来看他们。这时，他们借口公务和军情，布置好

哈达铺邮政代办所　（哈达铺红军长征纪念馆供图）

警戒，引开敌人注意后，曹德连带一部分人前往邮局。邮局是一个大院，旁边有个旅馆，鲁大昌部少校副官带回的东西都在那里，他们从中找到了一批近期报纸。其中一条消息登载了徐海东率领红军和陕北红军会合的新消息，报纸上还有所谓的“匪区略图”（陕北革命根据地略图）。他们走了两万多里长征路，还没有到过苏区，大家一看陕甘有那么大的地方就十分高兴，在这条消息上画了红杠杠。为了能让首长早点看到这一好消息，及时了解情况，他们将收集到的报纸和俘虏的鲁部少校副官，赶在拂晓时送到军团部和毛泽东那里。毛泽东看了红军会合的消息，和军团首长议论开了，并笑容满面地连声说：好了！好了！我们快到苏区了。

1935 年 9 月 22 日，红军在哈达铺关帝庙召开全军团以上干部会议，毛泽东宣布党中央关于组成陕甘支队的决定。9 月 23 日，党中央率领陕甘支队离开哈达铺，前往陕甘根据地。

## 渭河边上的诗与歌

红军远征不只是行军打仗，他们利用休整时间，也会组织战士们举办丰富多彩的文艺活动。

1935 年 9 月 27 日，党中央率领中国工农红军陕甘支队来到定西市通渭县榜罗镇。

榜罗镇是通渭县西南的重镇，距离县城 100 多里，经济、文化比较发达。

中央领导同志从镇上一所小学里的报纸和杂志上，进一步掌握了全国革命的形势，增强了对陕甘革命根据地的了解。

当天晚上，在毛泽东的主持下，中共中央在榜罗镇召开了政治局常委会议。会议分析了日本帝国主义侵略日益加剧、民族矛盾不断上升的国内外形势，讨论了党和红军面临的任务，研究确定了今后的战略方针。会议决定，将中共中央和红军的落脚点放在陕北，保卫和扩大苏区，以陕北苏区来领导全国革命。

榜罗镇会议，不仅宣告红一方面军长征历程的即将结束，也为中国革命找到了一个新的落脚点。就像一直笼罩在头上的迷雾突然消失了一样，中央领导同志也很开心，沉重的心情一下子明亮了许多。

又是一个未眠之夜。9 月 28 日凌晨 5 点，天还没亮，蒙蒙细雨中，中央领导同志主持召开红军陕甘支队连以上干部会议。

这是一个露天的打麦场，四周有一圈矮矮的土墙。主席台设在两个大麦草垛中间，同志们像波浪一样，半围着台前一圈一圈地漾开，直到矮墙为止。好久都没有开过这么大场面的会了，这些身经百战的红军将士们心里想着，莫名有些兴奋，有些好奇。中央领导同志一一登台讲话，“同志们，我们要到陕甘革命根据地去！我们要会合二十五、二十六、二十七军的同志们去！陕甘革命根据地是抗日的前线！我们要到抗日的前线上去！任何反革命不能阻止红军去抗日！”

洪亮的声音在会场上回荡，从长征一开始就围绕的“到哪里去”的问题，终于有了明确的目标，有了满意的答案。每一位红军战士心里都沸腾了，他们知道，这是一场进入陕甘苏区前的动员会，他们看到了长征即将结束的希望……

各连队立即传达会议精神，纵队与纵队、大队与大队、连与连互派代表，相互检查部队驻地的环境卫生、群众纪律和指战员的军容风纪，展开群众宣传工作比赛。“共产党是无产阶级的政党”“红军是帮助工人阶级、农民谋利益的军队”“消灭国民党一切苛捐杂税”……五颜六色的标语迎风飘扬，榜罗这个黄土筑起的西北小镇，第一次有了缤纷的色彩。

经过一天的休整动员，红军将士们精神振奋，士气高昂。9 月 29 日，雨后放晴，天气明媚，部队再次开拔，向通渭县城挺进。当时，通渭县城内居民不足 2000 人，仅有国民党县长领着 6 名警察和临时抽调的 100 多名壮丁，手持大刀长矛，护卫在破旧的城垣上。当红军先锋部队压境，他们一看声势浩大，无法抵挡，便立即弃城而逃。红军没花什么气力，很快就占领了通渭县城。这是红一方面军爬过雪山、穿过草地三个月以来，占领的第一座县城。

红军一入城，便打开监狱释放被关押群众，在大街小巷张贴布告和标语，宣传红军主张。当地老百姓一看，打消疑虑，商号照常开张，学校照常上课，就像普通军队换防一样，保持平常的生活状态，甚至有些小贩看到红军和蔼可亲，买卖公平，还争着和红军做生意，有些居民还热情地帮红军杀猪宰羊。

当天下午，部队在通渭县文庙街小学召开会议。毛泽东心情豁然，满怀激情，在讲完话后，他又说："我写了首诗，读给你们听听，不知行不行？"在战士们的叫好声中，他用他那独特的湖南乡音，铿锵有力地朗诵了他的新作《七律·长征》："红军不怕远征难，万水千山只等闲。五岭逶迤腾细浪，乌蒙磅礴走泥丸。金沙水拍云崖暖，大渡桥横铁索寒。更喜岷山千里雪，三军过后尽开颜。"他一诵读完，会场上便响起了长时间的热烈掌声。后来，有红军战士回忆起当时的情景，无限感慨地说："那真是激动人心的时刻啊！"

与紧张的行军打仗相比，在红军进驻通渭县城后，主力部队集合整休，还于 9 月 30 日晚上，举行了盛大的全军文艺晚会暨大会餐，这种欢庆热闹的热面，在整个红军长征中都不多见。

那天，工兵营花了一天时间，在县城南边的河滩上，搭建了一座临时舞台，会场周围布满了五颜六色的大标语，会场中央一根几丈高的旗杆上挂着一面大红旗，旗杆四周的绳子上挂满了各色小彩旗，远远望去，各色旗子迎风招展，格外壮丽。傍晚时分，各部队挑着做好的饭菜陆续向会场集合，以人结成的长龙，一条一条地在河滩上汇合，晚会由纵队参谋长张经武主持，全体合唱了《国际歌》。杨定华在《从甘肃到陕西》一文中，详细地描述了晚会的盛况：

> 《国际歌》唱完之后，参谋长立即发出"就地坐下"的口令，于是全体坐下听台上首长的演说。此次大会对我们演说的有杨尚昆、邓发、叶剑英三人。他们三人所讲的主要内容是关于北上抗日的意义，西北的形势和骑兵作战的战术等问题。他们的演说给予战士们无限的兴奋。演说完毕之后就宣布会餐，战士们都回到自己的伙食单位所陈列的席上，照例六人一桌菜，每桌都有羊肉、猪肉、鸡子等，不过各部队的做法不同，口味各异而已。这样大规模的热闹会餐还是在四川会理过端阳节那天曾举行过一次，这次是第二次了。如果不当红军的话，如此大规模的聚餐是不容易见到的。最有趣的是当大家大吃而特吃的时候，在四周发出一种极尖锐的声音。战士们大声叫出："司令员请来我这里，我们有红烧肉。""参谋长请来我这里吧，我们有白切鸡。""陈团长，我这

里有辣子鸡。”“政治委员，你喜欢吃鸭子，请到这里来吧！”诸如此类的声音叫个不绝。各级军事政治指挥员只好拿着筷子像游行似的到每个伙食单位尝一下。红军的生活是如何的活泼和愉快！会餐后即进行娱乐晚会，表演各种戏剧和幻术。红军中著名演员如李克农、黄兴等均登台表演，直至晚十时才宣告结束。

今天，在通渭县城文庙街小学院内，有一座宏伟的纪念性建筑——毛泽东《七律·长征》诗碑。这是2000年7月，在毛泽东《七律·长征》诗发表65周年之际，由上海电视台捐资与通渭人民共同修建完成的。诗碑整体造型如同一个“V”，上面映衬着一个闪闪发光的五角星。诗碑正面两翼，分别镌刻着毛泽东手迹《七律·长征》和红军长征路线略图，无言地述说一首伟大诗篇的诞生和一次伟大的远征。在红军文娱晚会会场遗址——通渭县南园体育场，也竖起了一座特别的纪念碑——红军文娱晚会纪念碑。

## 一位老人的伤痛

我们是在岷州会议纪念馆里听到这个故事的。故事的讲述人是纪念馆里的讲解员刘彩玉。

刘彩玉向很多人讲述过这个故事。每一次讲，她都有一种想哭的冲动。每一个听她讲的人，也都忍不住流下眼泪。

那是1936年8月，一位红军战士随着长征的队伍回到他的家乡甘肃省岷县。

当地各级苏维埃政府成立后，根据组织的安排，这位战士担任岷县苏维埃政府主席。他一上任，就积极宣传革命，负责为部队筹集军粮给养。

他先从自己熟悉的老家西寨乡坎卜塔开始。

那时候，岷县的老百姓还不了解红军，一听部队进了城，就全都跑到山里躲了起来。他在表兄的协助下，找到了躲在山里的乡亲们。大家一看是他回来了，而且还是共产党的官，觉得咱穷人也能翻身做主了，都非常高兴。他也加紧在乡亲们中间揭露国民党的反动统治，向乡亲们讲红军是咱穷人的

岷州会议纪念馆讲解员刘彩玉给参观者讲解张明远将军的故事
（岷州会议纪念馆供图）

队伍，是保护群众的；与此同时，还宣传党的抗日救国主张。经过轰轰烈烈的革命斗争和革命宣传，当地群众对红军有了新认识，他们各尽所能积极为红军捐粮献物，积极把自己的好儿郎送到红军队伍中。为此，他专门组建了一个 3000 多人的新兵团，自己兼任团长。

57 天后，经过休整的 4 万多红军战士离开岷县时，3000 多名岷县子弟兵也随军北上。部队到达会宁后，他向朱德总司令建议，把岷县独立团补充给了红五军团。当董振堂率红五军团转战河西时，这些岷县子弟兵几乎全部壮烈牺牲。

令人辛酸的是，这 3000 余名家乡儿郎的牺牲，成为这位战士心中永远挥之不去的伤痛。他自认无颜面对家乡父老，虽然非常思念故乡，一次次想要回到岷县，但是直到去世，也都没有再回来过。

1996 年 3 月 20 日，他怀着内心的愧疚溘然长逝。按照他的遗愿，亲属把他的骨灰撒在了洮河两岸。

生前不忍回乡的他，伴随着滔滔河水，终于回到了他日思夜想的故土。

这位老人，就是张明远将军。

1911 年，张明远出生于岷县一个贫苦农民家庭。小时候，他上不起学，当过放羊娃，打过工，还跟饥饿的乡亲抢过地主家的粮食。14 岁那年，他把自己卖了 60 块大洋，顶替别人当壮丁，随同新兵入了伍。后来，新兵被西北军冯玉祥部高树勋师收编。1930 年，他随军参加中原大战，所在部队被蒋介石改编为第二十六路军。1931 年 12 月 14 日，他参加季振同、董振堂等领导的“宁都起义”，加入中国工农红军，并加入中国共产党。他还给自己改名张明远，取光明远大之意。在红军长征中，他先后参加过飞夺泸定桥、强占遵义城、四渡赤水、抢渡金沙江、强渡大渡河等著名战役。

1955 年，他被授予少将军衔，并荣获二级八一勋章、二级独立自由勋章、一级解放勋章；1988 年，被授予中国人民解放军一级红星功勋荣誉章。他是一位从甘肃走出去的开国将领。在他的回忆录《雄关漫道》上，洪学智上将题词“从放羊娃到将军”。

听着刘彩玉的讲解，我们仿佛看到了一位戎马将军传奇的一生，仿佛听到了一个落寞老人的叹息。我们的心灵受到巨大撞击，悲喜交加的泪水难以抑制。

## 从会宁到山城堡

每到会宁，我们都要到会师纪念塔下鞠躬，表达心中的敬意和感动。

1936 年 10 月，中国工农红军三大主力高举北上抗日的旗帜，在这里胜利会师，中国革命翻开了崭新的一页。

这是用生命和鲜血换来的一天。这一天的到来，实在不容易。

红军长征胜利纪念馆里，储藏着我们民族的浩瀚记忆。在这里，我们听到许多让人感动的故事。其中一些，是关于普通战士的。

红军战士赵连成回忆班长说，过草地时，一天入夜后，在一棵大树下，他们平了一块地方，铺上树叶子，准备睡觉。生病的班长在黑暗中说："明天我起来做饭，路难走，你多休息一会吧。"夜半，又下起雨来。班长悄悄把被子给他盖上。他一摸班长只盖了半边身子。往常宿营遇雨，班长总是自己淋着，把被单子让给他。今番班长病了还这样。雨停后，天快亮了，他悄悄爬起来，去给班长煮点牛皮汤喝。汤煮好后，盛在碗里，他端着去喊班长。一连几声，班长都没有答应。突然，他心跳加快，掀开被单一看，班长眼睛睁得大大的，全身已经僵硬。

万年积雪的党岭山，是红军长征中遇到的最大、最高的雪山。红军战士吴先恩回忆，走到前卫营宿营的山崖下，发现有许多冻僵了的战友遗体埋在雪里。他们发现雪外的一只胳膊，拳头紧握着，跑上去掰开一看，里面是一张党证和一块白洋。党证上写着："刘志海，中共正式党员，一九三三年三月入党。"他取过党证和白洋，默默地低下了头：志海同志，你的党证和最后一次党费，一定替你转交给党，安息吧，同志！

就在红军欢庆长征胜利的时候，会宁发生了红军小战士飞身救魏煜的故事。1936 年 10 月 9 日上午 10 时许，敌机忽然来袭，一颗炸弹落在了三岁的魏煜身边，年幼的他不知道躲避，就在这紧要关头，一位在街边刷标语的红军小战士，飞身而出，把魏煜扑倒在地，护在身下。魏煜得救了，而红军小战士却永远倒在了血泊中。

讲解员说，"中国工农红军第一二四方面军会师纪念塔"塔名，是由邓小平同志亲笔题写，但是在题写完成时，小平同志没有署名落款。当工作人员提醒他时，小平同志沉思良久，意味深长地说，自己是代表当年参加长征的几十万红军将士题写的，他们大多都牺牲在长征路上了，有好多人连名字都没有留下，自己就不落款了。

是的，这支长征开始时 30 万人的队伍，到最后只剩下了不到三万人，是无数革命先烈的鲜血铺就了党带领人民走向胜利的道路，是无数普通战士的光辉，撑起了中华民族精神的脊梁。

当我们来到环县山城堡战役纪念园时，已近黄昏。远处的山峁，像一道道列队的战士，在夜幕中矗立着。

讲解员说，我们站立的位置，原本是“瓦沟台”，山城堡战役胜利后，群众改称为“凯旋岭”。

那是一次催人奋进的大捷，那是一次酣畅淋漓的大捷。

1936年秋，蒋介石完全不顾日本的侵略，顽固奉行“攘外必先安内”的反动政策，集重兵于西北，妄图歼灭刚实现会师的红军主力。

1936年11月21日下午，山城堡战役打响，红军三大主力配合作战，环县人民捐钱捐粮，积极支前。经过一夜鏖战，第二天早上，山城堡战役取得大捷，共歼灭、俘虏国民党军胡宗南部等1.5万余人，缴获枪炮无数。

会宁会师纪念塔下缅怀英烈

山城堡战役是长征的最后一战，也是结束第二次国内革命战争的最后一战。这次战役的伟大胜利对巩固陕甘苏区，贯彻“逼蒋抗日”的方针、促进国内和平的实现，都起了巨大作用。

站在山城堡的夜色中，我们耳边似乎又响起了《长征组歌》中那雄壮的旋律：“顶天地，志凌云。山城堡，军威振。夜色朦胧群山隐，三军奋勇杀敌人……”

# 探访陕甘边革命根据地

陕甘边革命根据地是20世纪30年代在土地革命战争时期，由刘志丹、谢子长、习仲勋等人，以桥山山脉为依托，先后以正宁寺村塬、照金、南梁为中心创建的一块红色根据地。

甘肃省庆阳市正宁县是最早有红军活动的地方之一。

1931年10月下旬，以中国工农红军晋西游击队为基础组成的陕北游击支队，从陕北转战到陇东南梁林锦庙一带，与刘志丹领导的南梁游击队会合。11月初，谢子长受陕西省委指派来到南梁，传达省委“组织正式红军”，向“陕西关中道移动，首先在三水（陕西旬邑）、淳化、甘肃正宁一带发展”的指示，并对会合部队进行了临时改编。12月中旬，陕西省委派荣子卿来部队巡视，传达了省委关于将部队改编为“西北反帝同盟军”的指示。12月底，部队由庆阳新堡向正宁方向转移。1932年1月初，部队到达正宁县柴桥子村，谢子长主持召开了全体军人大会。会上宣布“西北反帝同盟军”正式成立，谢子长任总指挥，刘志丹任副总指挥，杨重远任参谋长，下辖两个支队。同时，还建立了中共西北反帝同盟军党委，谢子长任书记，刘志丹等为委员。

1932年1月，陕西省委派人到西北反帝同盟军，指示部队立即改编为“中国工农红军陕甘游击队”，执行游击战争纲领，开辟苏维埃区域。2月12日，西北反帝同盟军党委在正宁县三嘉塬细嘴子锦章村召开大会，宣布正式改编为中国工农红军陕甘游击队，谢子长任总指挥，杨重远任参谋长，下辖四个大队。同时，成立中共陕甘游击队委员会。这次改编，正式打出了工农红军

中国工农红军陕甘游击队于 1932 年 12 月，被改编为中国工农红军
第二十六军第二团。图为南梁革命纪念馆再现的红二十六军第二团成立场景

游击队的旗帜。这支队伍，也是甘肃最早的中国工农红军。

我的爷爷辈儿都经历了那个时期。

记得在我很小的时候，就听大人们讲起革命的故事。

比如说，红军的队伍在子午岭的山里面活动，我的爷爷和他的同伴们，有人晚上挑起担子，翻过几道沟，连夜进山给红军送吃的。还有的人在国民党的队伍里干革命，干着干着，就到了共产党的队伍，到了红军的队伍。那时，红军白天隐伏，晚上出来活动。一般在半夜里，红军带领饥饿的贫农到一些地主土豪家里抢粮食。

那时，解决吃饭问题就是天大的事，饿死的人不在少数。当时的人们出去干上一天的活，晚上带回来的吃食，也就仅够一家人喝口稀糊糊，有时遇到心肠好的财东家，才能吃上一口干饭。但是，穷人的命运不能等着别人施舍来改变。陕甘游击队成立后，帮助群众抗粮抗款，维护百姓利益，配合当地“民团”围攻国民党正宁县政府所在地山河城。后因向导迷路，错失战机，攻打失利。1932 年 3 月 19 日晚，陕甘游击队退到了正宁县西坡村，经过周密研究，制订下一步行动计划，包括到南塬一带开展游击战争，打击豪绅地主；将群众组织的“民团”改编为赤卫军；立即实现陕甘游击队的纲领；发动和组织群众，准备再次攻打山河城；成立革命委员会，开辟陕甘边革命根据地，等等。3 月 22 日，陕甘游击队在正宁县湫头乡新庄子村宣布成立寺村塬革命委员会，这是陕甘边建立革命根据地的一次重要尝试，标志着甘肃第一个临时红色政权的成立，对陇东游击战争的发展和红色政权的正式建立起了积极作用。4 月 13 日，陕甘游击队在赤卫军和群众配合下，二次攻打山河城。不久，陕甘游击队到陕西旬邑一带活动，寺村塬革命委员会随之解体。

南梁荔园堡

之后，陕甘边革命根据地分别经历了照金、南梁为中心的两个发展时期。经过红二十六军主力和地方红军的艰苦作战，在陕甘边交界地区，形成以南梁为中心，东西约200公里、南北约150公里的革命根据地。1934年11月7日，陕甘边区苏维埃政府成立大会在南梁荔园堡举行，习仲勋当选为苏维埃政府主席。

我很好奇“根据地”是什么意思，后来一查，才知道有两层，一是赖以存在的基地、基础；二是据以长期进行武装斗争的地方。陕甘边革命根据地也是据此而存在、战斗和发展的。

记得在我上中学的学校操场西北角，有几棵大树，树下有个斜坡，比地面低三四米，可以溜下去，躲到树阴下玩，老师站在操场上也发现不了。有一回雨后，斜坡下面塌了个洞，这时我们才注意到，那下面是个地道，是革命时期用过的。

那时候不像现在盖的房子，当时的大部分人家都住窑洞。我们村里一个大户人家的庄基，进庄院的洞子特别长，走到里面像走进深井里一样，会有回声传来。从洞子一进庄院，就是一个大陷阱，白天自己人通行时盖起来，晚上把防护抽掉，如果半夜有队伍攻进来，稍不留神就会掉进陷阱里。一般稍富裕的人家都做如此防护，看来红军队伍打土豪劣绅也是很不容易的，更何况还要面对国民党部队的围剿。不过，群众对红军和革命工作的支持是显而易见，我的姥爷和一群跟他志趣相投的同龄人，就离家跟着红军闹革命去了。1934年5月，在陕甘边区阎洼子村，红军战士和老百姓为了保护红军留下的枪支弹药和粮食等，先后有42人被杀害，但没有一个人吐露消息。由此可见，革命队伍始终和人民群众保持着血肉联系，人民群众也以自己的血肉筑起了保卫革命的铜墙铁壁。土地革命时期，陇东是很早就发起过成功起义的，比如西华池起义。1932年7月9日，在国民党陆军新编第十一旅特务营搞军运工作的共产党员，在刘志丹和中国工农红军陕甘游击队的指导配合下，发动武装起义，利用营里其他连队出操练拳的机会，收缴了该连的武器，并逮捕了特务营营副。此次起义成功，在陕甘军运史上写下了光辉的一页。

随着岁月的流逝，很多革命遗址遗迹已经成为红色基因库，人们可寻根

庆阳市正宁县关中苏维埃政府旧址

溯源，激励精神。

从正宁县城向东，约一个小时车程，就到了子午岭边缘的南邑村。1936年，这里是中共关中特区党政机关驻地，也是附近一带红色政权的“心脏”。这里现在还保留着一处习仲勋旧居。如果不是有人带路，作为当地人，我也不一定能找到。顺着树林中的小路，下到院子门口，首先看到的是一棵大桑树。树前的介绍牌上说，这是 1936 年习仲勋居住时亲手栽的；2000 年 6 月，习仲勋夫人齐心专程到此参观。院内的窑洞现已改为陈列室，习仲勋当年居住的两孔窑洞，通过中间的一条小通道连通，窑里布置着简单的陈设。随行的工作人员介绍，院里一孔窑洞后面暗藏着一条几百米长的地道，直通外面，连接沟底的堡子。如果有突发情况，可以迅速撤离，或安全转移，直接进入林区。当年战斗的艰险，不言而喻。

我曾多次去过华池县南梁革命纪念馆，记得 2016 年那次去的时候，正下着滂沱大雨，但是参观的人依然络绎不绝。庆阳市宁县早胜镇87岁的方宏泰老人一家四代也在参观的人群里面。近两个小时的参观中，方老先生迈着颤巍巍的步子，一直跟着讲解员，听到有人唱起《军民大生产》时，他连声说："好！好！"

参观者尘强跟我分享感受说，在南梁革命纪念馆，看着刘志丹的巨型雕像，听着他的奋斗故事，触摸着他曾使用的物品，自己仿佛跨越时空看到了他。在艰苦卓绝的革命斗争中，刘志丹将毛泽东工农武装割据思想与西北革命斗争实践相结合，参与组建南梁游击队，成功地解决了陕甘红军和根据地创建中的重大问题。他是一位历经枪林弹雨的英雄，一路奋勇杀敌，声名鹊起，但不幸总是来得那么突然，在一次战斗中，敌人的子弹无情地穿透英雄的胸膛，刘志丹倒在了追求民族解放的路上。英雄的非凡也是在平凡中创造的，但那需要的是特有的魄力与坚定的信仰，是对革命的无限追求，对人民的无私奉献。顺着历史的长河，感受到革命先辈甘于奉献、不怕牺牲的精神

庆阳市正宁县王录村邓小平旧居

浩然长存，指引着我们人生的方向。

1936 年 12 月 12 日，西安事变爆发，为了建立抗日民族统一战线，促进全面抗战，应张学良、杨虎城的请求，中国工农红军第一军团奉命于 15 日南下，策应西安事变。当红一军团行至途中，西安事变和平解决。1937 年 2 月 22 日，红一军团返回北上进驻正宁、宁县一带。红一军团团部驻宫河镇宫河村北头大地窑；政治部驻宫河镇王录村，政治部主任邓小平住王录村农民王振元家。到 1937 年 8 月上旬奉命撤离，红一军团在正宁驻守近 5 个月时间，期间积极宣传党的抗日主张，发展地下党组织，成立抗日救国会，开展禁烟、放脚活动，爱护群众，秋毫无犯，受到群众爱戴。

我家就在宫河镇宫河村，小时候，经常听村里人讲起红军的故事，讲起邓小平在宫河的故事。村民中传言，邓小平离开以后，一直牵挂着村民，还派人专门来看望过王振元一家。孰真孰假已无从考证，但是从中可以看出老百姓对领袖的爱戴和因曾与领袖亲切接触而产生的自豪感。从历史资料中看，邓小平住地旧址两孔土窑非常破旧，一孔窑洞烟囱塌了半个，一孔窑洞山墙没有窗扇。如今这里已经过整修，作为革命遗址对外开放，接受人们的观瞻和敬仰。

走过了九十年的岁月，陕甘边革命根据地依然辉耀史册。党史上评价说，在陕甘边革命根据地基础上发展形成的陕甘革命根据地是土地革命战争后期全国“硕果仅存”的一块革命根据地，为长征中的党中央和中央红军提供了落脚点，为红军北上抗日提供了出发点。

# 朱总司令在会宁

1936 年 10 月 9 日下午，中国工农红军总司令朱德率部到达甘肃会宁。沿南川大道进入会宁城区，穿过一方面军和当地群众为欢迎总司令部和四方面军的到达而搭起的彩门，看着将士们悲喜交加地拥抱，他完全被喜庆的气氛感染了，南征北战、纵横沙场的朱总司令竟激动得嘴唇哆嗦着，一句话也

1936 年，红一方面军在会宁城南关搭建的欢迎二、四方面军的彩门

说不出来。

朱总司令来到县城东北角一家姓邢的居民家里，这是当地群众专门为他腾出的住处，这家院子大门朝西，前面不远处是焦家坑，坑内有做过油坊的窑洞，为便于防空，当年红军的电台就设在那窑洞里。大门门前有两根一米多高的四方石柱，其中的一根当年曾拴过朱总司令的坐骑。斗转星移，朱总司令住过的房子已不复存在，但那根拴马的石柱还保存在县博物馆里。

杨得志的《横戈马上》一书中写道：

> 我急匆匆地去看望朱总司令。一年多不见，朱总瘦多了，胡子老长，两腮塌陷，穿着一件光皮的羊皮坎肩，脖子上围着一条灰黄色的破毛巾，只有那双慈祥纯朴又十分有神的眼睛一点也没有变。“是杨得志同志吧！”他握住我的手，激动地摇晃着。“你胖了嘛！胖了！胖了！好！好！”他拉我坐下，紧握着我的手不放松，发出一连串的问话：
>
> “毛主席怎么样，身体好吧？”
>
> “恩来同志呢？德怀同志呢？少奇同志呢？他们在哪里？怎么样？”
>
> “听说左权和荣臻同志到这边来了，现在在什么位置？离这里远吧？”
>
> “噢！你现在在哪个部队？做什么工作？还有谁和你在一起呀？”
>
> “你们到陕北一年多了，打了些什么仗？打得好吗？取得的胜利不小吧！”
>
> ……我理解总司令这一连串问话中的复杂心情，他是多么想念多年并肩战斗的战友啊！我尽可能详细地回答了老总的问话，特别告诉他：“毛主席、周副主席和彭德怀、左权、聂荣臻等首长，要我们问总司令好，问四方面军的全体同志好，毛主席对我们讲过多次，二、四方面军的同志们受苦了！”
>
> 朱老总沉静了一下说：“谢谢！谢谢！谢谢毛主席和你们大家！其实也没啥子了不得。我们不是过来了么！我们不是会师了么！我们不是胜利了么！好！好！”

晚饭后，朱总司令就急着了解当地的情况，于是，冯青选等贫苦民众的手就和这位威震敌胆的红军总司令的巨手紧紧地握在了一起。朱总司令给他们讲共产党领导的队伍是老百姓的队伍，问他们能不能吃饱肚子，恨不恨地主军阀？还讲老百姓应该起来斗争，要成立苏维埃政府……

10月10日，天高云淡，秋阳分外明丽，大街小巷到处是标语，到处是欢呼，到处是红旗，仿佛这古老的小城就要盛不下这空前的喜庆似的。然而，这份喜庆却使蒋介石如坐针毡，中午时分，三架国民党机狂啸着冲向会宁县城，一颗罪恶的炸弹落在当街。为了掩护一个老百姓的三岁小孩，一位年轻的、我们至今不知其姓名的红军战士，扑上去趴在小孩身上，小孩得救了，只炸断了一根手指，而他却倒在了血泊之中。满怀悲愤的朱总司令冒着炸弹腾起的硝烟和土浪，赶到那位牺牲了的战士身边，沉痛地抱起了这位人民的好儿子……

面对这支秋毫无犯，为老百姓抛头颅洒热血的子弟兵，会宁人民有史以来第一次看到了自己的出路。会宁县苏维埃政府很快成立起来了，在红军的

会宁红军会师楼

支持和指导下积极开展工作，为红军征集粮草，购买准备渡河的木料、门板，动员各界群众抗日义捐，为革命做出了可贵的贡献。

10日黄昏，庆祝会师联欢会在文庙大成殿举行。会前，举行了大会餐。朱总司令看到群众的孩子一年吃不上一顿好饭，心里十分难过。他把门口玩耍的几个孩子叫进来，把自己碗里的红烧肉分给他们吃，而且深情地说：等革命胜利了，你们就会吃饱肚子了。

开会前，朱总司令登上“西津门”城楼，询问古楼的建筑年代。徐向前说，据当地老人讲这是明代建筑。朱总司令说：很有价值嘛，看来这是一座历史文化古城。来到文庙前，朱总司令提议大家照张相，他说，一为庆祝伟大的会师留念，二为这座历史文化古城留念。

在雷鸣般的掌声和山呼海啸般的口号声中，朱总司令操着浓重的四川口音，宣读了中央为庆祝三大主力红军会师发来的通电，并挥动着手臂，激动地号召一、二、四方面军全体指战员，在党中央和毛主席的领导下，紧密团结，努力奋斗，英勇杀敌，坚决完成党赋予的一切任务。这位历史巨人洪钟般的声音，擎天巨臂的有力挥动，永远铭刻在了每一个红军将士的心里，铭刻在了浑厚深沉的黄土地上，永远回荡在“会师楼”风风雨雨的天空……

据韦杰同志回忆：

> 开庆祝会那天晚上……我很久不能入睡。一方面是，三个方面军胜利会师，兴奋激动的心情使我不能很快平静下来。另一方面，我看到总司令骑的马是那样瘦弱，思考着在我们团里选两匹马送给总司令。第二天一起床，我就把我的想法同团里其他领导同志商量，他们一致同意我的意见。于是，我们找了个内行，选了两匹最好的油黑“走马”送给总司令。
>
> 总司令看到两匹膘壮的骏马，非常高兴，问道：“这马是哪里来的？”
>
> “前不久缴获的。”我答道。
>
> “训练过吗？”
>
> “敌人训练过，我们也在训练。”
>
> “这马会做动作吗？”

“会。”

旁边跟随总司令的同志接过缰绳，命令马做了卧倒、立起两个动作给大家看。

总司令看到马很听指挥，动作熟练，十分高兴地对我们说：“这马真好啊！我们有了自己的骑兵部队，你们要爱惜呀！”接着，朱总司令向我们详细询问了骑兵团的情况，一再叮嘱我们要把牲口保护好，要学会驯牲口，把红军这支新的队伍建设好。

当夜，就在邢家院子里的一间民房里，朱总司令、四方面军总指挥徐向前、四方面军总政委陈昌浩等盘腿坐在土炕上，围着一盏马灯，指点着一张皱皱巴巴且标满各种符号、曲线、箭头的地图，向党中央提出了西渡黄河，执行宁夏战役的建议。党中央和中央革命军事委员会及时采纳了这个建议，于 11 日发布了《十月份作战纲领》。

10 月 20 日，朱总司令率领红军总司令部、红军大学大部分学生以及第四军、第三十一军从县城北门出发，浩浩荡荡向北进发。前来送行的群众挤满了街道两旁，依依不舍地向着红军挥手致意，有的人还禁不住流下了热泪。朱总司令握着站在前面的县苏维埃政府的同志和群众代表的手，语重心长地说：会宁人民对革命是有贡献的，我们不会忘记你们对红军的支持，谢谢父老乡亲！红军已把火种播在了这里，你们要让革命的烈火燃烧起来，烧毁旧世界，建设我们自己的新天地。直到这时，人们才知道这位穿着朴素、身材魁梧、慈祥可亲，有空就为房东挑水抱柴火，见了老百姓的孩子总要抱起来亲的中年汉子，原来就是横扫千军如卷席的红军总司令。于是，人们似疾风掠过海面般，一下子涌了过来，纷纷伸出自己的双手，抢着和朱总司令握手。

那时，“西津门”上的红旗在黑云压城秋风呼啸中哗啦啦如一团熊熊燃烧的火焰，闪耀在会宁的红军会师楼上。一批热血青年从人群中站了出来，骄傲地加入了红军，走上了中华民族自我解放的道路……

# 汭河边的枪声

1935 年 8 月 21 日，在甘肃省泾川县王母宫塬四坡村发生了一场激烈的战斗。

交战的一方是红二十五军，另一方是敌军 35 师 208 团。

在这场战斗中，一位年轻的红军指战员永远地留在了甘肃的土地上。

吴焕先

他就是红二十五军政委吴焕先。

红二十五军，是1934年11月开始长征的。在长驱千里，打了许多胜仗以后，为迎接党中央和红军主力北上，红二十五军于1935年8月进入甘肃。之后的一个多月时间，部队转战渭河、泾河两岸，驰骋于陇东高原，截断西兰公路，直捣敌人后方，先后攻占两当、秦安、隆德三座县城，多次打退敌人围追堵截，打乱敌人部署。

当红二十五军攻克隆德县城，翻越六盘山，绕过平凉城，直抵泾河边上时，敌方的数千兵力也正从庆阳西峰方向大兵压境，猛扑过来。得到消息以后，红二十五军灵活作战，决定南渡泾河，佯装夺路前往陕西，试图把敌人从泾河沿岸引开以后，再乘机渡河回北，挥戈北上。

1935年8月21日，红二十五军冒雨急行，翻越地处泾河、汭河交汇处的泾川县王母宫塬，准备从羊圈洼南渡汭河。由于雨天路滑，土路难走，且军长程子华受伤未愈，红二十五军在塬上王村镇四坡村一处村民家的土楼上设了指挥部，由政委吴焕先、副军长徐海东指挥部队过河。

他们指挥战士们在泥泞的坡路上铺上麦草，由躺在担架上的军长程子华率手枪团和一部分队伍先行过河。当部队刚过到一半时，突然下起暴雨，引发山洪，河水猛涨，几个正在过河的战士不幸被卷走，部队也被分隔在汭河两岸。

在塬上生活过的人，都知道汛期河流发大水的可怕。我们小时候，在老家见过几回，好好的天色，只要一变，伴随着几声响雷，大雨就来了，在河滩上的人，一边大喊发大水了，一边快跑。此时，虽然水面还没有变化，但是老远就能听到洪水的轰鸣声。不一会儿，比平时的河面高出一大截的浊浪就从上游翻滚着下来了，裹挟着沿途的泥沙、柴草、枯枝，还有来不及躲避的人。那时，一旦发大水，沿途的村子总会有几个人丧生。

想来，红二十五军遇到的情况应该差不多。

可是，就在这时，敌人35师208团1000余人突然袭来。

此时，红二十五军过河部队已经绝无回援可能。只留下军部直属队和在塬上担任后卫任务的部队还在汭河北岸。

前有敌军，后有浊浪，红二十五军后卫部队背水作战，在塬上与敌人展

兰州市烈士陵园里的吴焕先烈士纪念亭

开激战，形势非常不利。

见此情况，政委吴焕先立即带领军部交通队一百余人冲到塬上，直插敌人腰部。

他向战士们高喊：“同志们，决不能让敌人逼近河边！压住敌人就是胜利！”

在他的带领下，战士们不顾泥泞路滑，一鼓作气，冲上前去，抢占制高点，在敌人侧后方和塬上后卫部队形成夹击之势，对敌展开歼击。

战斗中，吴焕先不幸中弹。

当战士们听到消息，一个个万分悲痛，无比愤恨，更加奋勇作战，把敌人从塬上压到了沟里，几乎把敌 208 团 1000 余人全部歼灭。

然而，再大的胜利，也换不回来政委吴焕先的生命了。

他把自己年仅 28 岁的青春芳华，永远留在了黄土高原。

战斗结束后，战友们抬着他的遗体过了汭河，在当地买来一口棺材，把他埋藏在了汭河南岸的宝盒子山下。

青山巍巍，汭水长流。

这个年轻的红军将士，除了他的精神，他在这个世间几乎什么都没有留下。

吴焕先，1907年出生，湖北省黄安县四角曹门郊人，也就是今天的河南新县人。

他出生于一个地主之家，从小刻苦好学，中学时代接受进步思想，走上革命道路，并于1925年加入中国共产党。1926年，因为领导农民运动，遭到地主恶绅和地方民团的报复，家中六口亲人被杀害。在这场残酷的斗争中，吴焕先认识到，要想取得革命斗争胜利，就得有自己的武装。1927年11月，吴焕先参加黄麻起义，随后坚持斗争并参与创建鄂豫皖革命根据地和红二十五军。

根据他的战友后来回忆，在部队里，吴焕先身先垂范，公而忘私。有一天，他的母亲讨饭来到军部驻地，被警卫员发现。在这艰难的日子里，母子相逢，很不容易，有人提议让他母亲暂留在军部。可是，在当时的情况下，这样的母亲又何止一位呢？他母亲知道部队处境艰难，见了儿子一面，说了几句话，就悄悄走了。从此，他们母子再也没有相见。还有一回，他的妻子听说部队断粮了，就把自己沿路乞讨的大米和十几个鸡蛋，全部送到部队。从部队走后没几天，他的妻子就饿死了，生前还怀着身孕。战士们听到这个消息，都流下了泪水。

在部队作战中，吴焕先坚持“灵活慎重、不要机械”的行动策略，坚持“打不了不打，打不胜不打，要打就打歼灭战”的作战方针，面对数倍于自己兵力的敌人，他和战友们闪电般突围，一路西进北上，彻底粉碎了敌人的“围剿”阴谋。

1935年9月16日，红二十五军抵达陕甘革命根据地，与红二十六、二十七军胜利会师，合编为中国工农红军第十五军团。

清明时节，兰州市烈士陵园，吴焕先烈士纪念亭碑前，一束花黄，随风摇曳。

他用生命播下的种子，开出了鲜艳的花朵。

# 南梁书声

出了南梁革命纪念馆，穿过一座高大的石牌坊，就到了陕甘边区苏维埃政府旧址。这里有一座宏伟的革命英雄纪念碑，上面镌刻着“革命烈士永垂不朽”八个夺目的大字，铭记着陕甘边革命根据地创建和保卫中牺牲的609位烈士的英名。这里面，有一位女烈士，她的名字，可能许多人都不熟悉，但是她的故事，大家都耳熟能详。她就是张景文，小说《白鹿原》中女主人公白灵的原型。

在作家陈忠实笔下，白灵是白鹿原上最纯洁的精灵。她出生时，母亲听见院子里百灵鸟儿在鸣叫，而远方辛亥革命正在打响第一枪。她小时候顽劣异常，却又聪慧可爱，是族长白嘉轩最宠爱的孩子。为了她，父亲一再让步，谁要裹了她的脚，就要砍了谁的手，还让她大摇大摆进了学堂。然而，她性情刚烈，为了进城求学，不惜刀架在脖子上，逼父亲让步。她有才华，组织能力强，一心一意追随革命，是西安学生革命运动中的骨干。痛打国民党陶部长时，她不偏不倚正好抛出半截砖击中陶部长的鼻梁，一时传为佳话。在南梁革命根据地，她做文化教员，用泥巴捏粉笔，用锅底染门板，给战士们教写字，宣传“共产党红军为人民打日本救中国”。白灵去世十几年后，她的父亲郑重地接到一块刻有“革命烈士”字样的牌子。

小说外，张景文的命运同样也让人唏嘘。

张景文是陕西省蓝田县人，出生于一户有名望的农民家庭。她从小性格豪放，聪明伶俐，爱打抱不平。有一年过春节，她把家里刚出笼的包子端出

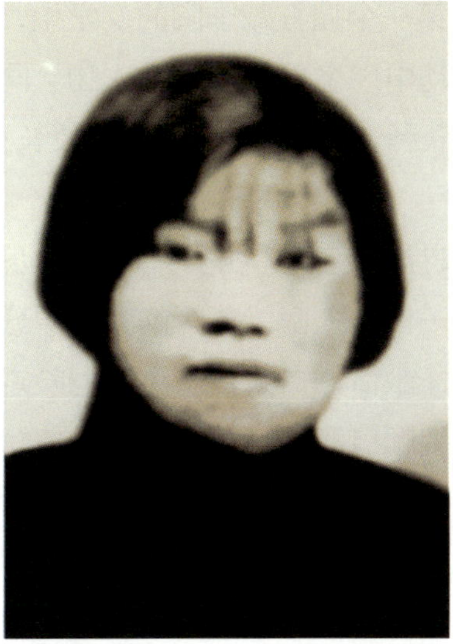

张景文

去分给了穷人。还有一次，在回家路上，看到有商贩欺负农妇，她一脚上去踢翻商贩的担子，把秤杆给折了，让十里八乡的人惊叹不已，这个女娃将来能成大事。

张景文的家里，家风开明、重视教育。她 8 岁进入私塾，13 岁进入陕西省教会学校，1928 年考入陕西省立第一女子师范学校，从此参加革命，于 1930 年加入中国共产党。

她亲和力强，有威信，在同学中间“一呼百应”，很快就成为学生革命运动骨干。九一八事变后，她率领同学走上街头，宣传抗日救国，揭露蒋介石的卖国投降政策，并烧毁了反动分子的住宅。

1932 年 4 月 26 日，根据党组织指示，张景文率领同学和西安高中、省立一中等学校学生 5000 多人，到西安民乐园礼堂听国民政府考试院院长戴季陶演讲。戴季陶在演讲中夸夸其谈，只字不提抗日，引起同学们的不满。大家先是写纸条质问，随后愤怒地将砖头、瓦片等扔向讲台，在戴季陶慌忙溜走后，又掀翻并烧毁了他乘坐的小汽车。这件事在西安影响很大，第二天，军警全副武装，到各学校展开搜捕，张景文等被国民党反动当局以“扰乱社会治安罪”“通共罪”等逮捕。

事件发生后，张景文作为第一个痛打戴季陶的女学生，名字传遍了西安的大街小巷，成为西安学生运动中声名显赫的领袖人物。同年秋，她在家人和社会各界进步力量的帮助下获释，回到学校后，受到校长和学生们的欢迎，并被聘为学校的教师。

1933 年底，张景文和丈夫徐国连离开西安，徒步跋涉，走了十几天，来到南梁革命根据地。作为第一位进入南梁苏区的女知识分子，张景文在这里尽情发挥自己的作用，她满怀激情，白天冒着生命危险走村串户，进行红色革命宣传；晚上刷写标语，编顺口溜，写革命故事，填写小曲，充实宣传材料。她的丈夫写得一手好字，常引来战士们请教学习。后来，战士们才发现，张景文更厉害，提起笔来，双手并用，同时挥毫，往往两天的任务，一个晚上就完成了。没多久，她就赢得了同志们的认可和赞誉，被称为“军中才女”“女中状元”。

1934 年 11 月 7 日，陕甘边区苏维埃政府成立，习仲勋当选苏维埃政府主席，张景文当选妇女委员会委员长。

她开始一边从事妇女解放工作，一边在列宁小学当教员。

列宁小学，由刘志丹、习仲勋等动员发起，是边区第一所工农兵学校，成立于 1934 年 2 月。学校在敌人的“围剿”中几经搬迁，陕甘边区苏维埃政府成立后，搬迁到了南梁转嘴子，也就是现在游客参观时的遗址所在地。

当时，在列宁小学上学的都是穷人家的孩子，学校实行免费教育。学校的教学条件艰苦，办学条件更是捉襟见肘。张景文到学校时，校长是霍建德，有 46 名学生，校舍是刚刚动员村民捐出来的三间瓦房、三孔窑洞，没有桌椅，教学设备也很短缺。面对困难，她不怕苦，不气馁，想着办法总比困难多，只要自己动手，没有什么困难是解决不了的。没有桌椅就自己动手做，她带领学生搬石头、垒土台、支木板，搭起了简易的桌子和凳子。没有教材，她就自己动手编，写诗歌、写顺口溜，以浅显易懂、朗朗上口的形式，给孩子们教文化知识、讲革命道理。

列宁学校校史沿革中记载，列宁小学开设的课程有国语、算术、体育、歌咏。教材都是按照华池的风俗民情和当时的革命斗争形势编写的。他们结合实际，一面教文化课，一面带领学生参加社会活动和生产劳动。他们经常

张景文塑像　（今华池县列宁学校院内）

上集市、进村庄，向群众宣传“闹革命，打江山，穷苦人儿把身翻，要想把穷根剜，跟上红军上前线”等革命道理。“穷苦大众一条心，跟上红军闹革命，打土豪呀分田地，穷人能过好光景，嗨嗨呀呼嗨，穷人能过好光景”，这首歌就是张景文同志教给荔园堡群众的一首革命歌曲。

张景文性格直爽、开朗，总是闲不住。在她任教期间，学校有红二十六军团的十几名少年先锋队员。这些孩子都是孤儿，她给孩子们又是上课，又是做饭洗衣服，当了老师当妈妈，受到孩子们的喜爱。她还经常去给刘志丹夫人同桂荣主持的“红军缝补洗衣站”帮忙，走到哪里就把欢笑声带到哪里，走到哪里就把歌声带到哪里，群众和游击队员也很喜欢和她在一起。

列宁小学的创建，旨在配合革命斗争需要，培养好下一代。刘志丹、习仲勋等边区领导高度重视学校办学情况，经常到学校来给孩子们讲课、作报告，关心过问学校各项工作。1934 年秋，由于国民党反动派的经济封锁，学校教学用品非常困难，得知情况后，刘志丹、习仲勋高度重视。刘志丹从陕甘边军事委员会的经费中挤出 30 元钱送给列宁小学作经费，习仲勋又从边区政府的办公用品中挤出笔、墨、纸送给学校，解决了学校教学的燃眉之急。在边区政府的重视和关怀、群众的大力支持下，到 1935 年春，列宁小学的学生已经发展到 60 多人，学校书声琅琅，歌声飞扬，充满了欢声笑语。

然而，暴风雨很快来临，就在这个春天，国民党反动派调集四万余兵力，发动了对陕甘边革命根据地的又一次“围剿”，列宁小学被迫停课。面对孩子们稚嫩的眼神，张景文心中隐隐作痛，她鼓励同学们：“大家把恨记在心里，把课本藏起来，扛起红缨枪，和乡亲们一起同敌人斗争。红军一定会打回来，学校还一定会再办起来的！”

可是，对这样一位坚强的女性来说，命运似乎总是和她过不去。更糟糕的消息传来，她的丈夫徐国连在作战中牺牲了。

徐国连，1927 年参加革命，1931 年加入中国共产党，随后以小学教员身份为掩护，在陕西白鹿原传播进步思想，撒播革命火种。1933 年到红二十六军后，任红二十六军驻西安办事处主任，扮作商人与杨虎城军中机枪连连长赵希仲秘密合作，为南梁政府购置、运送武器。这一年，面对敌人“围剿”，他受党组织委托，再次秘密潜回西安，寻求枪支弹药，可是当他走到陕西彬县小石崖时，不幸被捕入狱。面对敌人的软硬兼施、百般酷刑，他始终坚贞不屈，毫不吐露自己的身份，最后拖着被敌人折磨得不成样子的躯体，走上了刑场，被敌人以“土匪”的罪名残忍杀害。

听闻消息后，张景文强忍失去丈夫的巨大悲痛，把仇恨埋在心里，随同边区政府转移到陕北洛河川，继续夜以继日地忘我工作，发动妇女自立自强，翻身解放。同一年秋，陕北发生错误“肃反”，就在中央红军到达陕甘革命根据地前夕，张景文被诬陷为白区来的“奸细”，受迫害致死，告别了她短暂而富有激情的一生。

我们在有的资料中看到，张景文出生于1906年，有的则记载为1911年。无论出生在哪一年，她的一生芳华就凋零在了二十几岁的青春岁月里。

庆阳编剧刘德信，以张景文事迹为素材，创作了一部电影剧本，名字叫《南梁书声》。在采访采风中，他深深被张景文的精神打动。他说，这是一位陕甘边区革命教育前辈，思想超前，有斗争精神，很让人敬佩。

# 第三章

# 全民族抗日战争中的甘肃

西安事变和平解决后，国共第二次合作时机逐渐成熟。

1937 年 7 月 7 日夜，日本侵略者在未通知中国地方当局的情况下，径自在北平西南的中国驻军阵地附近举行所谓军事演习，并以一名日军士兵失踪为借口，要求进入宛平县城搜查，遭到中国驻军严词拒绝后，日军随即向宛平城和卢沟桥发起攻击。中国驻军奋起抵抗。震惊中外的“卢沟桥事变”发生，日本侵略者由此揭开全面侵华的序幕，中国抗日战争全面爆发。

为争取国民党共同抗日，1937 年 8 月 25 日，中共中央革命军事委员会发布命令，宣布红军改名为国民革命军第八路军。9 月，国民政府军事委员会按照新的统一序列，将八路军番号改为第十八集团军。同月，中共中央所在地陕甘宁根据地改称陕甘宁边区。接着，中国共产党在南方八省的红军游击队（琼崖红军游击队除外），改编为国民革命军陆军新编第四 军。

1937 年 9 月 22 日，国民党中央通讯社发表《中共中央为公布国共合作宣言》；9 月 23 日，蒋介石发表实际上承认共产党合法地位的谈话。中共中央的《宣言》和蒋介石谈话的发表，宣告了国共两党重新合作和中国抗日民族统一战线的形成。

在抗日民族统一战线的旗帜下，全国各族人民众志成城，同仇敌忾，共同构筑起中华民族抗击侵略的钢铁长城。

甘肃地处抗日战争的大后方，是中国正面战场兵源、物资的重要补给基地之一。尤其是兰州，地处国际援华大通道北方运输线上，苏联援华物资经新疆运送到兰州，中转后再运往前线。抗日战争全面爆发后，因为重要的战略地位，日军飞机不惜远程奔袭，轰炸包括兰州在内的甘肃省内十几个市县，给人民群众生命财产造成重大损失。

1937 年 8 月 25 日，国民革命军第八路军驻甘肃办事处成立；同年，中共甘肃工委成立。在中国共产党的领导下，甘肃人民开展了轰轰烈烈的抗日救亡运动和大生产运动。

1945 年，当抗战胜利的消息传来，甘肃人民欢欣鼓舞。

抗日战争，是近代以来中国人民反抗外敌入侵第一次取得完全胜利的民族解放战争。抗日战争的胜利，是中华民族走向复兴的历史转折点。伟大的抗战精神，是中国人民的宝贵精神财富。

# 兰州八办的红色灯火

兰州八办，是人们习惯上的简称，指的是“国民革命军第八路军驻甘办事处”。

这是一处革命旧址，是抗战期间中国共产党设在国统区兰州唯一的公开办事机构。从 1937 年 5 月设立到 1943 年 11 月撤离，在六年多时间里，兰州八办在党的领导下，在兰州这个没有硝烟的战场上，与国民党当局进行了智慧和胆识的较量，出色地完成了各项任务。

现在这里已改成八路军兰州办事处纪念馆，是兰州市知名的红色教育基地。不过，与其他的纪念馆略有不同，兰州八办纪念馆分设两处，一处是在兰州市甘南路 700 号，一处是在酒泉路 314 号，这都是兰州八办战斗过的地方。纪念馆以原状陈列和事迹展览的形式，珍藏并展示了兰州八办的历史足迹和甘肃人民的抗战历程。

一个下午，我们来这里参观、采访。根据纪念馆里的陈列、讲解，在这里工作过的谢觉哉、彭加伦、伍修权等人的书信、回忆，以及兰州八办纪念馆馆长袁志学的介绍，我们似乎掀起时间的一角，看到了兰州八办初建时的模样以及其战斗的历史。

## 从“彭公馆”到“八办”

兰州八办的筹建，早在 1937 年初就开始了。

1936 年底到 1937 年初，红西路军转战河西，遭到国民党马步芳、马步青等反动军阀的围追堵截，除少数人走出祁连山突围到新疆外，绝大多数战士不幸牺牲或被俘、失散。1937 年 2 月，周恩来提出在兰州设立办事处，营救红西路军被俘人员，收容失散人员。1937 年 5 月下旬，党中央派出张文彬、彭加伦等 7 人，到兰州筹建红军办事处。国民党甘肃当局迫于团结抗日的形势，同意共产党在兰州南滩街 54 号，也就是在今天的甘南路 700 号设立一个半公开机构，进行对外联络和营救红西路军人员。由于没有正式命名，主要负责工作的是彭加伦，因此对外称“彭公馆”。

1937 年 7 月，抗日战争全面爆发以后，为贯彻抗日民族统一战线，共产党与国民党达成协议，在国民党统治区大中城市设立八路军办事处。1937 年 7 月 17 日，党中央决定派谢觉哉作为中共中央和毛泽东的代表到兰州工作。

曾经的“彭公馆”，如今的八路军兰州办事处纪念馆展厅

位于兰州市酒泉路 314 号的八路军兰州办事处纪念馆

7 月 29 日，谢觉哉到达兰州主持工作，“驻甘办事处”宣告成立。张文彬奉命调回延安，谢觉哉任党代表，彭加伦任处长。8 月 25 日，红军改编为国民革命军第八路军后，正式挂出了“国民革命军第八路军驻甘办事处”的牌子，随后，又改称“国民革命军第十八集团军驻甘办事处”。如今，在兰州八办纪念馆门口，还能看到这块饱经风雨的牌子。

当时，兰州八办租用南滩街 54 号西院，地方不大，勉强够用，由于东院住着国民党甘肃省政府的一个局长，前后有国民党特务监视，在对方眼皮底下工作，极为不方便。1938 年 2 月，兰州八办迁到了孝友街 32 号院内，也就是现在的酒泉路 314 号。值得一提的是，这里独门独院，有十来间空房子，还有一栋破旧的二层小楼，地方宽敞，进出方便。房主敬重共产党和八路军，无偿提供给兰州八办使用，多少年来都分文不收。就在同期，彭加伦调往新疆红西路军组成的特种兵学校新兵营工作，党中央调派熟悉俄语的伍修权接替彭加伦，成为办事处第二任处长。

兰州八办人员最多时有十二个人，包括党代表、处长、秘书、副官、译电员、通讯员、警卫员、炊事员等。他们都是从红军部队中选调出来的，非常优秀，承担着开展抗日民族统一战线、发动群众进行抗日救亡活动、营救西路军失散被俘人员、协助甘肃工委加强党的工作，培养输送进步青年到延安参加革命，转运苏联援华物资，接待我方人员往来苏联等工作，任务非常繁重。由于办事处经费紧张，全体人员都没有工资，每月只有几元津贴，大家省吃俭用，出门办事都是步行，多远的路都是自己走着去。伍修权回忆说，由于自己经常外出活动，要同国民党上层打交道，穿着不宜太“寒伧”，就到估衣店买了一件旧呢料大衣，结果嫌小，扣子扣不上，没有钱再买合适的，只好将就着穿，老是敞着怀，别人还以为很“潇洒”，其实是穷得不得已。

1937 年 9 月，来兰州三个月后，彭加伦在给中央的工作报告中说，甘肃封建势力极浓厚，进步思想不易反映进去，加之过去当局的压迫，群众非常怕、生活极苦。谢觉哉也在 1938 年 2 月写给中央的报告中说，政治方面省政府人员优柔鲜断；教育历来拒绝外省人，新的空气不能输入；不易买到新书，过去自生活书店来的书，检查员加以“左倾”戳子，就没收了；对共产党，人说“剿共”时期已过去，代之而为“防共时期”，现在，“防共时期”大概还未过去，外间尚有撤销办事处及（组建）暗杀团的谣言。

这就是兰州八办的日常工作和生活环境。不过，就是在这样艰难的情况下，兰州八办还是出色地完成了党中央交给的各项任务，为抗日战争最后胜利做出了重要贡献。

## 推动国民党上层抗战

彭加伦回忆，初到兰州时，国民党上层态度极其冷淡敷衍，特务监视严密，各方面的线索一点都没有，经过一段时间才站定了脚跟。

伍修权记述，兰州八办看起来是一个被包围着的孤立据点，实际上却是共产党、八路军在西北国民党统治区的一盏闪亮的红色明灯。

兰州八办建立以后，首先利用自己的合法地位，宣传党的抗日救国主张和政策，巩固和发展抗日民族统一战线，特别是针对国民党上层人士做了大量艰苦细致又卓有成效的统一战线工作，使国民党甘肃省政府主席贺耀祖等感受到共产党的抗日民族统一战线政策的感召力，从而在思想上发生了很大的变化。

在这里，不得不说一个人，那就是党代表谢觉哉。

谢觉哉，出生于1884年，湖南宁乡人，曾考取清末最后一科秀才，1921年经何叔衡、毛泽东介绍，开始接触马列著作和进步刊物，用马列主义的世界观要求自己、改造自己，并于1925年加入中国共产党。1933年5月到中央苏区瑞金，曾任毛泽东秘书。1934年，年已半百的谢觉哉参加长征，1935年随中央红军到延安，被列位“延安五老”之一，人称“谢老”。

八路军兰州办事处纪念馆内的谢觉哉雕像

从延安来到兰州八办后，谢觉哉坚定贯彻党中央和毛泽东提出的方针，发展进步势力，争取中间势力，反对顽固势力，同国民党甘肃当局进行了有理、有利、有节的斗争，使兰州的统一战线工作取得了显著成绩。

说起来，谢觉哉和贺耀祖颇有渊源。两人是同乡、同学，往日还有一些私人情谊。贺耀祖早年毕业于湖南陆军预备学校，到湖北武备学堂深造后，被送到日本陆军士官学校留学。作为一个旧军人，国民革命时期，贺耀祖处于湖南军阀纷争中。谢觉哉受共产党组织派遣，去做贺耀祖工作，争取他参加国民革命军，当时贺耀祖并未听取谢觉哉的建议，但对他的感激溢于言表。贺耀祖本人虽然还算比较开明，但毕竟是个国民党官僚，加之生性优柔寡断，办事缺少魄力，左右又没有什么进步分子，使他也很难有所作为。

此番两人在兰州相遇，谢觉哉对贺耀祖做了大量工作。彭加伦记述，谢老到了，常去和贺耀祖谈，提出许多问题，他多半是同意，只是还有些犹豫。据《甘肃通史》记载，1937 年 8 月 13 日，贺耀祖与国民党甘肃省党部委员邓宝珊、田昆山、马愚忱等，在兰州励志社联名宴请谢觉哉一行，这意味着国民党当局公开承认共产党在甘肃的合法地位，以国共合作为基础的抗日民族统一战线已经形成。

我们看到谢觉哉与贺耀祖保持着频繁的书信往来，在谢老 1937 年 10 月 23 日写给贺耀祖的信中，他说："历史巨轮已碾在我们身上，为罪为功判在俄顷，看我们向哪边走吧……今日之患，不在敌强我弱，而在若干亡国观念尚泛滥于统治阶层中。"

1937 年 11 月 4 日，贺耀祖在一次区长、巡长会上发表训词强调，共产党"诚意合作，参加抗敌，这是很好的现象"，"共产党有很好的办法，我们乐于接受"。他特别邀请共产党员给国民党甘肃省政府下属军官教导团当政治教官，并批准兰州的《甘肃民国日报》《西北日报》刊登八路军前线消息，同意公开发行延安出版的《解放》杂志，还特意给了谢老一枚徽章，方便他进出国民党甘肃省党部，如此，等等。贺耀祖逐步解除了对共产党、八路军的疑虑，接受了共产党的主张，并在实际行动中走上了合作抗日之路。

经过谢老和兰州八办同志的共同努力，国民党新编第一军军长邓宝珊不仅赞成、拥护合作抗日，保护我们的同志，还把他的二女儿邓友梅送到延安去学习。邓部团长杜汉三，请彭加伦到他的部队讲话，用革命思想改造队伍，在部队中秘密建立党支部，他本人后来也加入中国共产党。此外，兰州八办还争取团结了国民党甘肃省政府秘书长丁宜中、民政厅厅长施奎龄、国民党驻甘肃特派员李铁铮等人，使他们对开放民运、军运、改造国民党军队，起了一定的作用，这不仅使兰州的抗日民族统一战线工作出现了好的势头，也为甘肃抗日救亡运动的开展和党组织的恢复与建设打下了良好的基础。

## 点燃抗日救亡运动火焰

1937 年 8 月，洛川会议以后，党中央强调，如何把已经发动起来的抗战，发展为全面的、全民族的抗战，成为争取抗战胜利的关键。

在抗日民族统一战线光辉旗帜的指引下，兰州八办协助甘肃地下党组织——甘肃工委，进行了广泛深入的群众发动，团结革命的进步力量，以卓有成效的工作，点燃了甘肃抗日救亡的熊熊火炬，使兰州地区的抗日救亡运动出现了前所未有的高潮。

各种群众救亡团体和组织如雨后春笋般纷纷成立，进步书刊大量出现。其中，影响较大的抗日救亡组织有“妇女后援会”“学生抗战队”“西北青年救亡读书会”“中华民族解放先锋队”“甘肃青年抗战团”“省外留学生抗战团”等，同时，《西北青年》《战号》《妇女旬刊》《回声》《老百姓》《热血》《甘院学生》《抗敌》《民众通讯》《现代评坛》《苦干》等刊物，以及销售进步书刊的“兰州书报社”“生活书店”“同仁合作社”等发行单位也相继建立。其中，“民众通讯社”是由地下党员从德滋、于谦共同主办的一个新闻团体，他们坚持出版油印快报，报道了许多揭露国民党顽固势力的消息和评论，文风泼辣犀利，在人民群众中很有影响。1941 年，“民众通讯社”被国民党反动派查封，从德滋被捕后遇害。“兰州书报社”是由地下党组织在兰州市道升巷开设，秘密散发党的文件《新华日报》，销售延安和全国各地出版的进步书刊，向广大群众宣传党的方针政策，给广大进步青年洒下了革命思想的甘露。

与此同时，巡回于全国各地、具有影响的“新安旅行团”“平津学生演

八路军兰州办事处纪念馆再现的兰州抗日救亡情景

剧队”“西北抗战剧团”等进步文艺团体，也来兰演出抗日节目。文化界进步人士，如茅盾、张仲实、顾颉刚、老舍、萧军、塞克、吴渤等也纷纷来兰演出或出版刊物。茅盾、张仲实曾在兰州讲演，塞克在《甘肃民国日报》副刊上主编《剧运》、萧军主编《西北文艺》，著名历史学家顾颉刚在教学之余主编《老百姓》杂志。萧军曾满腔热情地激励甘肃青年学生：“你们应该把那‘五四’‘五卅’‘一二·九’在北平、在上海那学生运动光荣的传统精神继承下来呀！”“你们应该做这暴风雨里的海燕、民族解放的先锋军。”王洛宾的《达坂城的姑娘》也是创作于兰州，并由此走向全国的。

抗日救亡运动的深入发展，大大激发了兰州地区各界群众的爱国热情。在此过程中，兰州八办贯彻党的政策和主张，给许多抗日救亡团体以具体指导和有力支持，实现了对抗日救亡运动的政治领导。谢觉哉、彭加伦等亲自为进步刊物撰写文章、修改稿件。据统计，谢觉哉在兰期间，共发表文章70余篇。

“妇女后援会”由贺耀祖夫人倪斐君组织与领导，成员大多是进步女学生，有100多人。兰州八办为争取倪斐君，进而影响贺耀祖，就派共产党员去协助，促使倪斐君进步很快。由倪斐君担任社长的《妇女旬刊》，领导权实际也掌握在我党手中，办得十分活跃，唤醒民众、抨击时弊、登载前方战斗消息，深受爱国人士和人民大众的好评。

兰州八办还非常重视抗战文艺宣传工作。谢老认为，戏剧与歌咏感人深，不识字的民众，他们耳目是聪明的，情感是热烈的，一句戏，一曲歌，能使他永世不忘，可把他的人生观改变……应当多组剧团、歌咏队。当时在兰州比较活跃的本土院团有各群众团体联合组织的“联合剧团”，还有兰州的王氏兄妹剧团。在兰州八办纪念馆收藏着一张王氏兄妹剧团在兰州街头演出抗日救亡剧的《放下你的鞭子》的情景，宽敞的演出场地上，观众围得密不透风，王氏兄妹在剧场中央，声情并茂，盛况空前。

这些抗日救亡活动不仅起到了团结人民、鼓舞士气、打击敌人的作用，也使得兰州八办成为许多热血青年的心中崇敬所在。他们常到兰州八办来，聆听教诲，释疑解惑，提出去延安学习或参加革命的迫切要求。对此，兰州八办给予热情支持。据统计，经兰州八办介绍去延安的青年达300多人，他们中多数成为党的优秀干部，有些还成为党的重要干部，如南京雨花台英烈乔映淮、著名作家李满天等。

## 营救和收容红西路军人员

营救红西路军被俘、失散人员，也是一场尖锐的斗争。

据《中国共产党甘肃简史》记载，营救主要通过三种方式：利用国民党上层统战关系营救；利用高金城开设的福音堂医院营救；兰州八办派人寻访，然后收容、营救。

据伍修权记述，兰州八办设立时，营救红西路军被俘、失散人员是重要任务之一，谢觉哉、彭加伦等为此做了大量工作。早在1937年8月，谢老和彭加伦等，就根据周恩来的指示，找到一位支持革命的医生高金城，利用他的声望和马步芳部属关系，与被俘红军的秘密党支部建立联系。首先，高医生以医院需要护士为名，向张掖的马部旅长韩起功指名要出被俘女红军王定国等人。被俘红军秘密支部在高金城的掩护和指导下，陆续找到并救出 200 多位红西路军指战员，将他们分批送到兰州八办，并从这里回到了延安。一些获救的红西路军干部，就是高金城、王定国找到后，报告了谢老和兰州八办，由他们通过统战关系，营救出来的。王定国本人，也是由高金城设法送到兰州，重新回到革命队伍，后与谢觉哉结为革命伴侣的。可惜这位善良而勇敢的高金城大夫，却因为暴露了营救红军、帮助共产党的活动，于 1938 年农历正月初四，被国民党反动派残忍地杀害了。

兰州八办的同志还通过同国民党上层人士的交涉，成批地营救出了许多

高金城用过的棕色提箱

被俘人员。1937 年，马步芳将被俘的红西路军 1500 人，编为一个新兵团，送往河南第一战区，补充卫立煌的部队。经兰州八办和西安八办共同努力，这批战士在陕西三原回归了八路军建制，为我党、我军保存了革命力量。

伍修权回忆，到 1938 年 2 月，他上任以后，这样整批的营救工作已经不多了，但仍有一些零散人员辗转来到兰州，找到八办，要求归队。这些人都是在战斗失利后，历尽磨难，九死一生，才从河西等地陆续逃出来的。他们来到兰州时，一个个都满身伤病，形容枯槁，兰州八办竭尽所能在生活上帮助他们，在精神上给予慰问。在兰州八办纪念馆，当年红西路军失散人员住过的屋子原貌还在，简陋的大通铺，住不下就在地上打地铺，有时所有的房子都住满了人。这样的收容工作，一直延续到 1940 年，先后共有 200 多人被营救。

另外，1937 年冬和 1939 年秋，马步青先后释放被俘的红西路军伤残人员两批，300 余人。这些人到兰州八办后，经办事处请示党中央，积极与贺耀祖、国民党第八战区交涉，要了一些钱，发给路费，开具通行证，帮助他们返回家乡。

就这样，经向国民党当局交涉和多方营救，兰州八办先后使 2000 多名红西路军指战员，重新回到党的怀抱。在兰州八办纪念馆，有一面墙，上面铭刻着西征红军部分将士名录，他们的精神，他们的功勋，永远铭刻在史册。

## 连接苏联的中转站

抗日战争时期，由于东北、海上交通线切断，兰州在政治上、军事上都有着重要地位。1937 年 10 月，苏联政府在兰州设立外交代表处和军事代表处，这是苏联设在中国的唯一办事机构。兰州八办与八路军驻西安办事处、乌鲁木齐办事处连成一线，承担着加强同苏联的联系，接待往返于我国延安、新疆与苏联人员和转运抗战物资的重任。这里是一处重要的国际联络站、接待站和转运站。

我们在兰州八办纪念馆了解到，不仅一批批武器、弹药、医药、皮衣、书籍、车辆等物资被及时安全转送到抗日前线。我党一些领导干部，如周恩

八路军兰州办事处纪念馆陈展的苏联外交代表处

来、任弼时、王稼祥、贺子珍、邓颖超等，还有李德、胡志明等国际友人，都在这里留下了足迹。讲解员说，1938 年 5 月，中共驻共产国际代表王稼祥，带着共产国际的指示回国，途经兰州时，由于乘坐的苏联汽车在榆中县金家崖遭遇土匪伏劫，一度在兰州八办边疗伤边工作，时间长达一个多月。1939 年 9 月和 1940 年 2 月，周恩来因伤前往苏联就医及愈后回国，在邓颖超等人陪同下，曾两度经过兰州，并住在八办。在兰期间，周恩来向办事处及甘肃的党员负责同志作报告，讲到了国际形势、统一战线和党的任务等，还会见了国民党甘肃省政府相关人士，希望国共两党能真诚合作，致力抗战。

我们还在展厅看到，苏联外交代表处是一处二层小楼，青砖建成，木门木窗，非常朴素，门前有棵大树，几乎与小楼一样高，枝繁叶茂，生机盎然。

伍修权曾在苏联学习过，精通俄语，土地革命时期担任共产国际军事顾问李德的俄语翻译。1935 年 1 月，伍修权以李德俄语翻译的身份列席遵义会议。据他在《往事沧桑》中回忆，与苏联驻兰州外交代表处和军事代表处联系，通过他们沟通我党与苏共的关系，传递党的文件、情况和资料，是兰州八办特别是他个人的主要任务之一。由于兰州八办是兰州军政界的重要单位，与苏联代表处可以公开联系，经常受邀参加对方举办的一些友好活动和招待宴会，兰州八办还曾用对方的电台与党中央联系。为了保障往返苏联人员在国统区的安全，兰州八办采取了各种各样的方式，通常是由苏联方面将这些同志经乌鲁木齐用飞机或汽车送到兰州，先隐蔽在苏联驻兰州代表处住处。他们与兰州八办取得联系后，约定好时间，再由汽车将人送到办事处大门口，然后迅速下车跑进办事处。还有的是同苏联代表处约定地点，他们用车把人送到郊外的马路上，兰州八办的同志在指定地点等着，人员下车后，双方装作不认识，互相跟着走到办事处门口，一下闪进去，这样就到了“解放区”。兰州八办马上把他们安置起来，然后发给八路军的军衣，还给每人起一个假名字，根据各人的年龄和身份，给每个人安上适当的军衔和官职，最低的给个少尉，也有中尉、上尉，最高是少校，让每个人有个对外的合法身份。兰州八办还要负责他们的安全保卫工作，直至护送他们安全离开兰州。

## 协助重建地下党组织

兰州市甘南路 700 号的八办纪念馆里，原貌陈列着当时的建筑和陈设。这是一所中国传统的四合院，坐北朝南，东西各有一排枣红色木门木窗的房子，其中一间面朝西的房间里，有这样一段陈展介绍：1937 年 10 月 25 日、26 日，在兰州八路军办事处这间屋子里，谢觉哉和兰州地下党员孙作宾、郑重远、吴鸿宾、刘日修、刘杰召开会议，正式成立“兰州工委”，后改名“甘肃工委”，即中国共产党甘肃省工作委员会。

《中国共产党甘肃简史》中这样评价：甘肃工委的成立，标志着甘肃国民党统治区的中共地方组织正式恢复，是甘肃党组织建设的重大事件，具有重要意义。

我们了解到，甘肃工委的成立与兰州八办的努力是分不开的。

兰州八办刚成立时，人员编制少，干部缺乏，主要做些上层人士统战工作，在发动群众和开展中下层抗日民族统一战线工作中，人手不足，工作不便开展。谢觉哉、彭加伦等多次向中央报告，请求派得力的政治干部来，由于各地均需大量干部，中央回复干部需在本地物色，暂无适当之人可派。于是，兰州八办把“培养进步分子，建立党的组织”作为一项重要工作来抓。1937年夏，党中央派孙作宾等一批共产党员陆续到达兰州，在兰州八办的帮助下，着手恢复和发展党组织，甘肃工委随即成立。

在国统区兰州，兰州八办与甘肃工委，一个是公开合法机构，一个是秘密地下组织，两者之间缜密配合、互相协作。这两个单位在广泛发动群众，宣传贯彻党的抗日政策和路线，培养壮大革命力量，争取言论、出版、集会、结社自由，指导抗日救亡群众团体等方面，做了大量工作，巩固和发展了甘肃抗日民族统一战线，不断掀起民众抗日救亡运动的高潮，把发展党组织的工作面扩展到除陇东以外的整个甘肃国民党统治区。仅以罗扬实、樊大畏、蔺克义等共产党员和万良才为领导骨干的甘肃青年抗战团，就在全省25个县建立了72个分团，团员发展到3000多人，在社会上引起很大的反响。

当时，兰州八办与甘肃工委，虽然双方关系密切，但不能公开往来，即便如此，兰州八办依然利用各种有利条件，帮助甘肃工委开展工作。中央对甘肃工委的指示，都通过八办传达；甘肃工委向中央的报告，也经由八办转报延安。八办通过上层及统战关系，给甘肃工委负责同志和党员安排公开职务，掩护他们的身份及活动。当时，甘肃工委书记孙作宾的公开身份是一名记者。

## 险恶环境中的斗争

在动荡不安的年代，一个人的命运，如同浮萍，即使身处高位，依然风雨飘摇。

贺耀祖就是这样，他对谢老和兰州八办的友好，不免引起国民党最高当局的猜忌。1937年底，他被调离。国民党第八战区司令长官朱绍良接替他，兼任甘肃省主席。

这一天，谢老去看望贺耀祖。分别之际，两人多少有些怅茫。谢老问他，知不知道调离的原因，他回答说，皆因抗战救国，虽然免职，终无可悔。

1938 年初，朱绍良上任后，其险恶的反动用心日益暴露。

1938 年秋，抗战进入战略相持阶段后，国民党的反共投降活动日益加剧。自 1937 年夏开始的热火朝天的兰州抗日救亡运动，也因受到压制而结束。这一段光荣的革命斗争史，时间虽短，但影响深远，它打破了兰州长久以来的封闭与沉闷……

位于兰州市白塔山公园里的中共甘肃工委纪念馆

1939 年冬至 1943 年春，国民党当局先后发动三次反共高潮。在甘肃，朱绍良等人对共产党和进步团体的迫害变本加厉，不仅在机关、团体、学校布下特务网，还在许多地方设立秘密监狱，囚禁、捕杀大批共产党员、进步人士和无辜群众。

兰州八办处境困难，工作很难进行，为了提高斗争本领，办事处紧抓人员学习教育，每天学习三次，一次是时事，学习“报纸”；一次是政治，学习“中国革命史”；一次是文化，学习“习字”。每周，伍修权还要给大家讲一次国际时事。工作人员无事不上街，不问地下人员的姓名、住址等具体情况，大家恪尽职守，遵守纪律，同甘共苦，共克时艰。

1940 年 6 月，甘肃工委遭到国民党特务破坏，主要负责人被捕。事件发生后，兰州八办一面向中央及时汇报情况，组织营救；一面设法与狱中同志联系，安慰并鼓励他们坚持斗争。可惜，由于种种障碍，营救未能如愿。遵照中央指示，为避免造成更大损失，在兰州八办的指导配合下，甘肃工委采取紧急措施，制定隐蔽组织计划，烧毁文件，转移暴露身份和被怀疑的同志，保存革命实力，巩固党的基层组织。回忆起此事，伍修权说：“为保存革命力量，有的同志就到办事处换上了八路军衣，作为办事处的工作人员，避过敌人的搜捕，并分别护送去了延安。”

其实，受形势的影响，兰州八办自 1939 年以后至最后撤销，属于逐步收缩和减少活动状态。1941 年，“皖南事变”发生后，国民党当局加紧反共步伐。5 月，伍修权等奉命撤回延安，兰州八办缩减编制为 5 人，留守工作。这时，面对国民党特务严密监视，出入人员被跟梢，甚至是威胁断粮、断菜、断水、断煤，等等。1943 年共产国际解散后，一些反动军警还经常登门寻衅，强迫摘掉牌子，留守的同志与其进行了坚决斗争，直到 1943 年 11 月 8 日，兰州八办奉命撤离那天，办事处的牌子仍然高悬在门口。

兰州八办光荣地完成了自己的历史使命，被周恩来誉为“革命的接待站，战斗的指挥所”。

## 番　外

全国解放前夕，贺耀祖被蒋介石逼得走投无路，他化装成商人，潜赴香港，继续开展爱国民主运动。蒋介石获知后气急败坏，要对他下毒手。这一刻，他想到了两次帮他的谢觉哉，从香港给谢老发电报，要求前往北京。就这样，贺耀祖投入了人民的怀抱。他的夫人倪斐君也在党组织和谢老的帮助下，早在 1938 年底就加入了中国共产党。

高金城医生生前曾托人转告上级领导，希望在革命胜利之日不要忘记他。中华人民共和国成立后，高金城被追认为革命烈士，被誉为共产党忠诚的朋友。1994 年，张掖筹建红西路军烈士纪念馆；2009 年，更名为高金城烈士纪念馆。

1981 年，兰州八办纪念馆在革命旧址上建成开放。

1983 年，伍修权重返故地，参观兰州八办纪念馆，他心扉激荡，感慨万千……

# 悲喜《大豆谣》

歌曲《大豆谣》是一首诞生在监狱里的歌，也是著名音乐人王洛宾写给一位小囚徒的歌。

这位小囚徒的名字叫罗力立，是中共甘肃工委副书记罗云鹏的女儿，原名罗俐丽。

2020 年末的一天，我们在儿童剧《大豆谣》首演时，见到了罗力立。

这是一部以罗力立的故事为素材创排的舞台剧。她从山西运城来到兰州参加首演式。现场的观众听说罗力立老人来了，所有人都赶紧起身相迎，热情地称呼她“罗奶奶”。

罗力立性格豁达、开朗。谈起往事，她似乎没有把自己小时候受过的苦，过多地放在心上。只是提起父亲，提起母亲，提起大朋友胡润宝，提起大胡子叔叔王洛宾，泪水忍不住从她的脸上流淌下来。

这一年，她已经 81 岁，从兰州大沙沟秘密监狱出来也已 75 年了。

事情还得从罗力立的父亲罗云鹏说起。

1940 年 6 月初，中共甘肃工委遭国民党特务破坏，工委书记李铁轮、副书记罗云鹏、委员林亦青、工委秘书赵子明，以及罗云鹏的妻子、共产党员樊桂英等先后被逮捕。罗云鹏 8 个月大的女儿罗俐丽，也随父母一起被关进牢房。之后，经过三次转移，一家人都被关押在兰州大沙沟秘密监狱。罗俐丽在监狱里生活了六年多，被称为西北的“小萝卜头”。

罗力立是在监狱认识王洛宾的。

1938 年，王洛宾和众多文化界名人来兰州宣传抗日救亡。后来，他被国民党当局以共产党嫌疑逮捕，关押进兰州大沙沟秘密监狱。

王洛宾留着一把大胡子。罗力立喜欢称他“大胡子叔叔”。

在她眼里，大胡子叔叔满口京腔，说话可好听了，人也非常乐观，任何时候都不放弃对音乐的热爱。她特别喜欢这位大胡子叔叔。

放风时，他在院子里跳舞唱歌，她看着可开心了。

她喜欢找大胡子叔叔玩。大胡子叔叔也喜欢小俐丽，教她唱歌、唱京戏，还给她讲故事。他的乐观，影响了她的一生。

小俐丽在监狱里，除了喝黑面汤，其他吃的东西几乎没见过。有一天，她捡了一颗大豆，很稀奇，就舔了两口，高兴地把大豆攥在手心背在身后，去问他：“大胡子叔叔，你知道世界上什么最好吃？”

罗力立与母亲在狱中（兰州战役纪念馆复原场景）

牛奶、面包……他说了好多样，小俐丽都没听过，很茫然。看他实在答不出来，她就很神气地伸出手来，说："看，这就是世界上最好吃的东西！"

她手心里有一颗孤零零的蚕豆。

他一看，快哭了，非常地难过。回到牢房，没有笔，他就用卷起的牙膏皮，在纸烟盒上写下了一首歌——《大豆谣》。

这里面，有对小俐丽的同情，有对黑暗势力的控诉，也有对小俐丽的期望。这首歌，是罗力立一辈子的温暖。

我们在兰州战役纪念馆参观时发现，纪念馆里实景再现了罗力立和妈妈在监狱里的情景，并一直循环播放着《大豆谣》：

蚕豆秆，低又低，
结出的大豆铁身体，
力立牢中夸大豆，
世界上吃的数第一！
世界上吃的数第一！

小力立，笑眯眯，
妈妈转身泪如雨，
街头上叫卖糖板栗，
牢房里大豆也稀奇！
牢房里大豆也稀奇！

小力立，有志气，
妈妈的哭声莫忘记，
长大冲出铁大门，
全世界大豆属于你！
全世界大豆属于你！

那动人而又悲壮的旋律，听得好多人都快哭了。

罗力立念念不忘的，还有她的大朋友胡润宝。

据《黄河在召唤——罗云鹏传》一书介绍，胡润宝是福建人，当时二十几岁，大学毕业，说得一口流利的英语。抗日战争爆发后胡润宝作为西北公路局一名司机，从事苏联援华物资转运工作，因对国民党反动派对外投降妥协、对内积极反共政策不满，被国民党特务妄加罪名，长期关押。

小俐丽没有人陪着玩，就时常从送饭口钻进去，到胡润宝的牢房里玩。他对小俐丽特别好，把她抱在腿上，来回摇晃，说，“小俐丽，这就是秋千”。小俐丽也喜欢他，就叫他“大朋友”。他教小俐丽认字，教她学说英语。

胡润宝牺牲前，想着小俐丽没有玩具，就把自己贴身的毛衣拆了，给她做了一个毛线球玩具。

“而他自己呢，穿着单薄的衣衫，顶着凛冽的寒风，从容地走向刑场，最后就牺牲在他奋斗过的地方，长眠在这片大地上。想起这件事情，我刻骨铭心。”

“我想起他，还能记起他的模样。他个子大大的，眼睛长长的，穿着灰

“大朋友”胡润宝

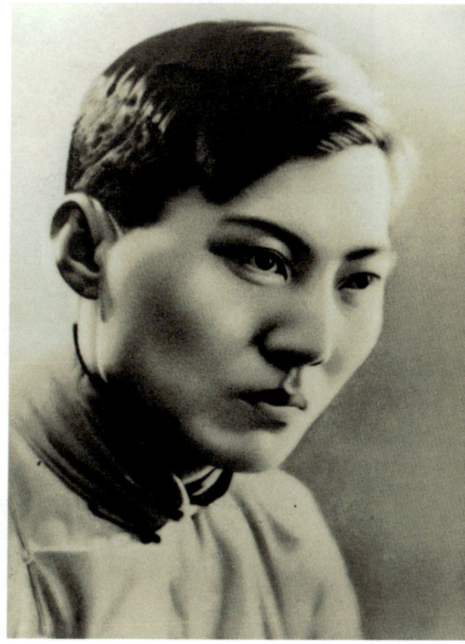

罗云鹏

衣服。他送我球，我不懂，后来我母亲告诉我的。”

罗力立说着说着就泣不成声。我们也感受到了她那锥心的疼痛，跟着流下了眼泪。

罗力立还说，她的父亲罗云鹏，是一个特别英俊的人，是一个非常有才华、有信仰、有坚定意志的优秀共产党员。

她还记得，三四岁时，父亲给她梳头的样子。那时，她营养不良，头大脖子细，父亲就叫她，“大头过来，爸爸给你梳头”。父亲还抱着她摇摇晃晃，给她唱歌。

可能是意识到自己要牺牲了吧，在生命的最后关头，罗云鹏给女儿小俐丽改名“罗力立”，希望她有力量地站起来。

“我父亲给我起的这个名字特别好，是我一生取之不尽、用之不竭的源泉，每当我有困难的时候，都想到要有力量地站起来。”罗力立说。

罗力立印象最深的，是父亲牺牲前。那时候，她和母亲已经与父亲分开关押了。他从她们的牢房前经过，对女儿说：“来，爸爸亲亲你。”

樊桂英

那是生离死别，母亲樊桂英眼泪哗哗地哭着，罗力立不知道她为什么哭，只听父亲对母亲说："你好好带着孩子，将来有机会就'回家'。"

"回家"就是去找党组织。这是罗云鹏对妻儿最后的叮嘱。

罗力立说，父亲那闪闪发光、炯炯有神的眼睛，她一直都记得。那双眼睛，就像是一盏灯，燃烧着她的整个生命。

1946 年 2 月，罗云鹏和胡润宝在同一天，被国民党特务残忍杀害。

关于罗云鹏和他被捕遇害的更多细节，党史专家袁志学介绍：罗云鹏，原名张敬载，1910 年出生于黑龙江省巴彦县一户殷实的农民家庭，从小品学兼优，在南开中学读书时，接受进步思想。1931 年，罗云鹏加入中国共产党；1932 年，高中毕业后，在天津从事革命工作；1934 年，考入北京大学，一边学习，一边在中共北京市委宣传部工作；1937 年，抗日战争全面爆发后，他离开北京大学，奔赴革命圣地延安；1938 年初，受党组织委派，到兰州担任中共甘肃工委副书记兼组织部部长。

罗云鹏来兰州不久，共产党员樊桂英也来到了兰州。樊桂英 20 岁出头，山西安邑人，毕业于陕西省高级助产职业学校，是一名医生。由于当时国民党当局规定，单身男女不能租住民房，考虑到两人的实际情况，组织提议，他们假扮夫妻开展工作。后来，两人产生感情，结为了真正的夫妻。

事发时，罗云鹏一家租住在兰州周家庄 5 号。他与房东合伙开了一座石灰窑，以石灰窑经理的公开身份工作。

甘肃工委机关设在罗云鹏家中。

1946 年 6 月 5 日，甘肃工委在罗云鹏家中召开全体委员会议，会后李铁轮、林亦青住在罗云鹏家中。次日凌晨，国民党特务突然闯入罗云鹏家，以查户口为名进行搜查，把三人一齐逮捕。次日，罗云鹏妻子樊桂英和女儿罗俐丽以及工委秘书赵子明也相继被捕。由于从罗云鹏的帽子里搜出一张写着党员教育计划的纸条，随后身份暴露。1941 年 1 月，“皖南事变”发生，国民党顽固派掀起第二次反共高潮。罗云鹏和狱中的同志意识到被营救出狱的可能性不大，应争取一切机会越狱。1941 年春节，李铁轮、赵子明越狱成功，而罗云鹏和林亦青越狱后不幸又遭捕。林亦青在狱中病亡，罗云鹏继续组织难友斗争，直至 1946 年 2 月遇害。

罗力立老人（左）接受采访

1946 年 8 月，国民党特务在清理积案时，由于缺乏樊桂英是共产党员的证据，便把樊桂英和罗力立母女释放。此时，罗力立已经 7 岁。她和母亲相依为命，辗转两年时间，终于找到党组织，并辗转回到山西安邑解放区。樊桂英被恢复了党组织关系，回到了党的怀抱，又重新为党工作。

由于罗云鹏参加革命后，为了不连累家里，和家人都断绝了联系。樊桂英回到解放区以后，登报寻找罗云鹏的家人。罗力立的叔叔看到消息后，两家人取得了联系。当樊桂英把罗云鹏牺牲的消息告诉家里人后，罗云鹏的父亲经受不住打击，一周后就去世了。罗力立曾多次到东北去看望她的奶奶。她时刻牢记父亲的教诲，自立自强，刻苦学习。1957 年，罗力立以优异的成绩考入山西太原师范大学中文系，毕业后成为一名优秀的人民教师。

罗力立说，自己没有上过幼儿园，在监狱里上小学，也是靠革命先烈的绝食抗议才换来的，但从另一个角度来说，她的学前教育是得天独厚的。因为她的启蒙老师都是革命者，是在精神和文化方面最优秀的人。耳濡目染他们的一言一行，使她从小就树立了理想，知道要勇敢，在监狱的经历培养了她坚强乐观的性格，使她终身受益。“苦难是一种财富，我要感谢命运对我的眷顾。”她说。

再次见到王洛宾，已是时隔半世纪。1994 年 3 月 10 日，王洛宾带着一包大豆，专程从乌鲁木齐到山西运城去看望她们母女。此时，樊桂英已身患重病，中风瘫痪，当她看到狱中难友王洛宾时，仍然禁不住失声大哭。丈夫和难友的身影、狱中的艰难生活，她都久久不能忘怀。他们坐在家里的沙发上，一边说话，一边吃着大豆。说着说着，王洛宾情不自禁就唱了起来：“蚕豆秆，低又低，结出的大豆铁身体……”

他还郑重地对罗力立说，“这大豆就是世界上最好吃的东西”。

2001 年 1 月，樊桂英在家中病逝，享年 85 岁。2014 年 3 月，70 多岁的罗力立，带着母亲临终时的嘱托，把她的骨灰安葬在了兰州市烈士陵园父亲墓前的松柏丛中。

她说：“兰州是我的家，是我的精神家园。”

2020 年，儿童剧《大豆谣》首演结束后，罗力立老人被请上舞台，与观众分享观后感受。她说，监狱里的一颗大豆、一个毛线球都是那么稀罕，

兰州市烈士陵园罗云鹏纪念亭

但对现在的青少年来说，他们的生活更丰富、更幸福。她想以自己的亲身经历告诉小朋友们，现在的美好生活是无数革命先辈用鲜血、用生命、用殊死的奋斗换来的。小朋友们一定要珍惜这来之不易的美好生活，从小树立崇高的信念，为中华富强而奋斗，使我们党的事业能够蒸蒸日上。要抓紧少年时代好好学习，长大以后用自己的勤劳和智慧创造更加美好的生活。

罗立力还改编歌曲《大豆谣》最后一段，来鼓励孩子们："小朋友，有志气，建设祖国齐努力，美好的未来属于你！"

# 兰州空战风云

兰州八办纪念馆，设有一个关于兰州空战的专题展。

我们从中看到全面抗战时期，面对日军疯狂轰炸，兰州街头的人群像潮水一样“跑防空”；看到残暴的日军轰炸机在兰州上空密集投放炸弹；看到中苏空军奋勇出击血战长空；也看到古城兰州一片火海、浓烟滚滚的惨痛记忆和甘肃人民欢庆空中大捷的喜庆场面。

展厅里，有一扇嵌着日军弹片的木门。陈展介绍说，这是2003年，70岁的李文生老人捐献给纪念馆的。1940年，7岁的李文生在空袭警报解除后，跟随家人一起回家，只见邻居家的院落全部被炸成了废墟，而自家院门也永久地嵌进了日军的弹片。

也许，在那个年代，这只是普通人家的生活常态。轰鸣全市的防空警报一响起，人们马上慌乱起来，跑进地下室，跑进防空洞；紧接着，就听到中国空军和苏联援华航空志愿队紧急升空的飞机声，还有地面高射炮、高射机枪发出的声音；然后，双方展开空中激战；不久，就看到日军飞机拖着长长的烟雾从空中坠落，地面上的人们虽然损失惨重，但依旧欢呼取得的胜利……

这是悲壮豪情的记忆，这是苦难辉煌的庆祝。

兰州八办纪念馆馆长袁志学介绍，兰州地处祖国西北腹地，是全国抗战的大后方，也是连接中苏的重要交通运输孔道。特殊的地理位置和战略作用，使兰州成为全面抗战时期中日空中对决的一个重要战场。

这个战略位置到底有多特殊呢？袁志学进一步解释，兰州可以说是中国

八路军兰州办事处纪念馆里，永远留在兰州市民门框
上的日军的弹片，提醒我们不忘历史

抗击日本侵略的后方重要空军基地。比如，苏联飞往中国的飞机，要在兰州加油养护后，再编队飞往各地；苏联援华歼击机、轰炸机等，分解运到中国后，要在兰州等地组装完成，再飞往作战前线；同时，苏联还在兰州设立外交代表处、军事代表处，负责中苏之间的联络协调。而中国空军方面，也把兰州作为重要基地和训练中心，设立兰州空军司令部，统一指挥和协调西北地区防空作战。苏方在此为中国培训了大批空军人员。这里还建立以兰州拱星墩机场为中心，以东古城、西固城、中川和临洮等机场为重要组成部分的机场群，供空军作战部队驻扎。

日军为了破坏西北运输线，摧毁兰州这个战略要地，将兰州列为仅次于重庆的重要攻击目标，不断派遣飞机轰炸兰州。在空中激战中，中国空军和苏联援华航空志愿军联合作战，以优势状态给敌机以迎头痛击，取得了多次空中大捷，为中国抗战和保卫兰州做出巨大贡献。

1939 年 2 月 5 日，日机轰炸兰州后返航，中国空军尾随其后。当日机在山西运城机场降落后，中国空军投弹 60 多枚，炸毁日机 40 余架，有力地打击了敌人的空中作战力量。

而 1939 年 2 月 20 日和 23 日的两场空中大捷，则是抗日战争中国空战史上由被动挨打转为优势出击的一次经典战例，也是自武汉和广州失守后，中国军队在战场上取得的最大一次胜利。不仅挫败了日军企图将武汉、广州、兰州连为一线，进而包抄全国的战略；而且极大地鼓舞了中国人民的抗战意志。

当时，正值中国春节，兰州街头虽然充满了浓浓的年味，但是人们“跑防空”的警惕一点都没有放松。大家都把装着饼子、馒头等吃食的袋子随手挂在身边，一听警报响起，就拎起袋子往防空洞跑。中国空军军营里，也弥漫着大战来临前的紧张气氛。

2 月 20 日，正月初二，中午 11 时许，兰州防空司令部接报，30 架敌机分批进袭兰州。中国空军和苏联援华航空志愿军在中国地面炮兵部队配合下，立即准备，严阵以待，协同作战。当天下午，当敌机侵入兰州上空时，中国空军和苏联援华航空志愿军如猛虎下山，迎头猛击。敌机仓皇应战，当即被击中几架，在空中起火后坠毁，其余敌机无力应战，纷纷投弹后往东逃逸。中国空军分队追击敌机，直到平凉附近。这次战斗，共击落敌机 9 架。

2 月 23 日，敌军再次出动 20 架飞机轰炸兰州，又被击落 6 架。

据《甘肃通史》记载，从 1937 年 11 月 5 日至 1943 年 10 月 4 日，日机先后侵入甘肃领空 1487 次，其中入侵兰州领空 1100 架次，轰炸甘肃包括兰州、皋兰、平凉、靖远、天水、临洮等地在内的 10 多个市县，给人民群众生命和财产造成巨大的损失。

兰州中山铁桥原本是橘红色的，当年，就是为了防范日军空袭，才涂上了今天这种不显眼的灰色。兰州市中心最大的寺庙、始建于唐太宗贞观年间的普照寺，在日军的轰炸中，也同数千卷经卷宝藏一起化为了灰烬。日本的侵略，还给中国人民带来了生离死别的苦难。即使像邓宝珊这样的著名抗日将领，也不能幸免。1941 年 6 月 22 日，在日军空袭中，他的夫人崔锦琴带着两个儿子和一个女儿在兰州黄河北盐场堡防空洞内躲避时，防空洞突然倒塌，四人同时遇难。据悉，邓宝珊看到电报后，双眼含泪，三天滴水未进。

我们从《甘肃省革命遗址通览》中了解到，兰州拱星墩机场，系仓促修建而成，跑道基本没有碾压，通航后每逢雨季，就出现水洼、陷坑，泥泞不堪，严重危及飞行安全。当时，基本上没有机场站建设，几乎没有通信设备，保障能力极低。西固飞机场建设时，没有任何机械设备，全靠数万人次一年苦干，用铁锨、木轮大车运石填土，用人力拉铁磙子，碾压飞机跑道和停机场才建成。

在这样艰苦的环境下，中国空军和苏联援华航空志愿队为保卫兰州，做出了巨大的贡献和牺牲，他们中的一些人长眠在了兰州。在当时的特定历史时期，苏联援华是秘密进行的，苏联援华航空志愿队的壮举鲜为人知。

2015 年，在纪念中国人民抗日战争暨世界反法西斯战争胜利 70 周年之际，兰州市委党史办和兰州广播电视传播中心联合摄制了纪录片《兰州空战》，把这段往事呈现在了电视荧屏上。这部纪录片总编导丁如玮说，苦难是可以唤醒人们记忆的，如果说抗日战争是民族之殇，那么兰州空战体现的就是民族之魂。

写到这里，我想起一句古话，“安而不忘危，存而不忘亡，治而不忘乱，是以身安而国家可保也”。

# 路易·艾黎在山丹

一个来自新西兰的外国友人，与中国，特别是与遥远的中国大西北，有着源远流长的关系和深厚的情感，多少还是让人有些意外，有些好奇。

关于路易·艾黎，在一些公开的介绍中这样写道：路易·艾黎是新西兰著名的社会活动家、作家、教育家和社会改革家，伟大的国际主义战士，中国人民的老朋友。1897 年 12 月 2 日，路易·艾黎出生于新西兰坎特伯雷地区一个小镇——斯普林菲尔德。

我们认识路易·艾黎，是从兰州开始的。

在兰州市安宁区，有一处繁华的广场，名叫培黎广场，是兰州培黎石油学校原址所在地，广场上有一些雕塑墙，上面有艾黎工作的场景。据说，这些以培黎命名的地方或单位，或多或少都与路易·艾黎有关，这个名字上面倾注着他对朋友的情感和对中国美好未来的期许。后来，我们从一部名叫《黄石的孩子》的电影里，了解到故事的原型是路易·艾黎和他的朋友乔治·何克把他们创办的培黎工艺学校从陕西宝鸡双石铺迁往甘肃山丹的史实。电影以艺术化的手法再现了其艰辛的过程，看得我们不禁对他们肃然起敬。艾黎创建的山丹培黎学校，现已升格为培黎职业学院，兰州培黎石油学校并入兰州城市学院。山丹建有艾黎纪念馆，兰州城市学院也建有艾黎纪念馆。当我们完整地了解了艾黎的一生，随着素材的积淀和理解的深入，我们眼前一直浮现着这位高大而慈祥的国际主义战士的形象。我们被他身上那伟大的国际主义精神，被他的无私奉献，被他对中国人民的深情厚谊，还有他在哪里都能亲自动手安家立业的生活态度所感动。

路易·艾黎一生 90 年，其中在中国整整工作生活了 60 年，而这中间最为宝贵的 10 年岁月都是在甘肃山丹度过的。我们寻找艾黎，认识艾黎，更想把他在山丹的故事、把他在甘肃大地上引入现代工业文明星火的故事说给更多的人听。

## 一

1943 年 12 月下旬的一天，路易·艾黎带着三十几个孩子，搭乘一辆破旧的汽车，从兰州出发，一路颠簸，向西行驶。他们的目的地，是河西走廊中部、扼守张掖东大门的丝路重镇山丹。

这是一处半农半牧的县区，有着大片大片的高山草场和亚洲最大的军马场。有人说，这里的风光与新西兰极为相似，艾黎在这里找到了故乡。

也许，这只是一种情感上的揣度。对于艾黎来说，他一定想得比这更多。

路易·艾黎

比如，冰天雪地，冷得手都伸不出来，眼下中国正处于战乱，校舍如何建设，孩子们怎么生活，学校要怎么办，等等。这些问题都需要他考虑，并着手准备。好在，他性格乐观，不畏困难，坚信只要自己动手，任何事情都能解决。不过，这次搬迁，他还是未雨绸缪，凡是能派上用场的东西一样都不丢，车子里塞得满满当当的，有各式各样的行李，还有四大缸咸菜，是他在兰州购买的，用以解决当下的吃饭问题。

他们是要把陕西宝鸡的“双石铺培黎工艺学校”迁往山丹。这次后来被外界喻为不亚于一次“小长征”的搬迁，是他的亲密战友乔治·艾尔温·何克主要组织的，他先期赴山丹调查并打前站，为搬迁做了前期准备。

路易·艾黎从小就有个性，喜欢文史、地理等。第一次世界大战期间，他被送往法国战场，吸过毒气，受过弹伤。战后回到故乡，做了一段时间的牧场工作后，他于 1927 年 4 月 21 日乘坐轮船来到中国。目睹旧中国的黑暗和劳动人民的苦难，他选择和中国共产党、中国人民并肩作战。1933 年，经宋庆龄介绍，艾黎和美国记者史沫特莱、马海德等人一起参加了上海马克思主义学习小组，并和中国共产党建立了联系。他利用自己的身份和关系作掩护，为红军采购无线电器材、药品、医疗设备等物资，帮助掩护遇到危险的同志。1936 年，他还帮助红军把一宗地方钞票兑换成通用货币，使之成为中国共产党在解决西安事变中的活动经费。

1937 年，日本帝国主义发动全面侵华战争后，占领我国大面积国土，中国民族工业遭受毁灭性破坏。如何组织失去土地和被迫迁移到大后方的人民进行工业生产，以满足前线的军需和后方人民的生活需要，成为当时一个重要的社会议题。根据斯诺夫妇的建议，以合作社的方式，动员后方的人力物力，从事各种日用工业品和简单武器生产，以满足军需和民用。1938 年 4 月，第一个工业合作社促进委员会在上海成立；8 月，中国工业合作社在武汉汉口成立，艾黎担任合作社技术顾问，成为中国“工合”运动的发起人之一。

1939 年初至 1942 年，“工合”运动在中国大地如火如荼地开展起来，各种工业合作社覆盖全国 16 个省，多达 3000 多个，容纳社员 30 多万人，生产着数百种产品，有 50 多种军需品直接运往抗日前线。中国共产党对“工合”运动给予大力支持，艾黎曾三次前往延安，都受到毛泽东的接见。

在开展“工合”运动的过程中，艾黎等人意识到要想不依靠政府官僚，保持“工合”的民主性质，就要培养自己的领导人才和技术人才。为此，“工合”组织把目光转向了开办技术学校和培训班。1940 年，艾黎在陕西宝鸡双石铺创办了培黎工艺学校。

说到这里，就不得不提到英国青年乔治·艾尔温·何克。何克出生于英国一个中产阶级家庭，毕业于牛津大学，有着崇高的生活理想。1937 年，他随着环球旅行的姑姑来到中国。1938 年初，何克抵达上海后，目睹日本侵略者占领下上海的凄惨状况，十分震惊，决意留在中国，考察中国社会。1938 年夏，何克在武汉通过史沫特莱介绍，认识了艾黎。经艾黎帮助，何克以记者的身份到延安和晋察冀边区采访。在边区，何克备受鼓舞，他认为，中国共产党带头使中国走向民主和抗战，是具有历史意义的，并根据自己的采访内容完成《我看到了新中国》一书。

双石铺培黎工艺学校创办后，艾黎忙于筹建和发展合作社，抽不出身来管理学校，他邀请何克去做管理工作。当何克抵达时，学校管理混乱，只有十来个学生，而他已经是这所学校一年里的第九任校长了。何克一方面投入教学，一方面着力于基础建设，很快使学校面貌发生变化，学生也增加了不少。在此期间，何克还收养了被国民党追杀的宝鸡中共地下党员聂长林的四个孩子，既当爹又当妈，对四个孩子关爱有加。

1942 年 9 月，艾黎被国民党中央政府解除了“工合”技术顾问的职务。他便投入全部精力，与何克共同创办学校。

随着时间的推移，日军向西推进，国民党将占用校舍，政治形势不允许他们在双石铺继续办学。艾黎萌生了搬迁学校的想法。1943 年，英国科学家约瑟夫·李约瑟前往甘肃玉门考察，正好在双石铺培黎工艺学校修车，艾黎搭乘李约瑟的车，结伴西行。

在张掖山丹，艾黎发现这里空房很多，人民虽然很穷，但是他们勤劳、淳朴。最让他感到振奋的是那些西北少年，他们在冷风中光着屁股，或者身上只披着一个毡片，他完全被他们顽强的生命力和意志力吸引了。有这样经得起风吹雨打的粗犷少年，有什么困难克服不了呢？他认为这是搬迁学校的理想之地。何克也很赞同他的想法。

1944年底，搬迁工作开始。当第一批孩子到达兰州时，艾黎接上他们先行前往山丹。随后，何克率领运输队和其余的孩子，历经千辛万苦，终于到达。1945年春天，老师、学生和设备全部搬迁完毕。艾黎和何克在山丹县城租用废弃的发塔寺作为校址，带领孩子们自己动手，整修校舍，拾砖铺地，严封门窗，安装机器，发电照明，筹备师生口粮，挂出了“工合山丹培黎工艺学校”的牌子，组织学生上课。艾黎担任校长，何克担任教务长。这样一所洋人开办的学校，在小城山丹引起了很大的轰动，不少当地群众都把孩子送到培黎学校来上学。

## 二

艾黎给学校起名“培黎”，有两层寓意。一是纪念他的恩师、美国传教士约瑟夫·贝利。约瑟夫·贝利曾在中国传教并开办学校，艾黎的办学理念就是传承自约瑟夫·贝利。二是寓意为中国的黎明培育新人。艾黎和何克坚信，一个新中国即将出现，他们培养的孩子对新中国是有帮助的。

培黎学校的办学经费都是国际捐款，学生主要是战时流离失所的儿童、农村贫困子弟、合作社社员子弟等。学生不用交学费，学校提供衣食。艾黎和何克坚持“手脑并用、创造分析”的办学理念，在办学形式上实行半工半读，倡导学校应该面向生产活动，在提高教学标准的同时，不应脱离当地人民的斗争。艾黎向国内外争取援助，筹建校舍，开办实验工厂，添置教学设备，并从新西兰、美国、英国、加拿大、奥地利、日本、法国等国家聘请教师和工程技术人员为学生讲课辅导。短短几年里，学校办起了动力、毛纺、棉纺、针织、缝纫、制革、玻璃、陶瓷、造纸、印刷、化工、铸铁、机械、电机、化工、汽车运输、测绘地质、农场等20多个校办工厂。学生上午上课，下午实习劳动，将理论与实践相结合，既提高了技术能力，又能直接从事生产。这不仅为中国工业战线培养了一批技术人才，而且，对石油开发事业功不可没。

在长期紧张而艰苦的工作中，何克总是身先士卒，他抱定为中国人民的解放事业献出一切，甚至是生命的决心。他说，我们必须站在贫苦农民一边，

艾黎与聂氏四兄弟合影 （山丹艾黎纪念馆供图）

我们营垒里都是穷人，我们必须为革命工作，并准备牺牲。

培黎学校非常重视英语、体育等教学。艾黎忙于跟各种国际组织打交道等对外事务，何克主要负责学校教学，他亲自给孩子们上英语课、带孩子们一起上体育课。在一次打篮球中，何克碰伤脚趾，并很快染上破伤风。看着亲密战友病情一天比一天加重，艾黎疯了一样地打电话，到处在找治疗破伤风的药物和血清，然而，尽管他费尽了周折，仍然没有挽回何克的性命。1945 年 7 月 22 日，在生命的最后时刻，何克说："把我的一切献给培黎学校。"何克与世长辞，时年 30 岁。

何克去世后，艾黎和孩子们含泪在山丹南湖边上亲手给他筑起墓墩，并在墓碑上刻下了一首英国诗人的诗句："色彩绚丽的生命啊！光辉而又温暖。为了它，人们一直奋发向前！他已逝去了，从此不再奋战，在战斗中，逝者的生命，却更加光辉灿烂。"

艾黎承担起学校发展的责任，并肩负起何克四个养子中最小的两个孩子的抚养责任。他曾回忆，那时，学校虽然也有中国爱国志士任教，但是动员更多的中国教师到这样一个贫穷落后的地方工作是十分困难的。在山丹培黎学校最艰苦的岁月，一些国际友人给予热情支持，曾有 30 位来自 8 个国家的外籍教师、技师、工程师在这里任教。新西兰外科医生斯宾塞和夫人就曾带着一批药品和器械，在山丹建起河西地区第一家西医院，培养了一批优秀医疗人才，为当地医疗卫生事业发展作出贡献。

如同著名教育家陶行知所说，“工合”运动不仅是一场经济运动，而且是一场伟大的教育运动。培黎学校的办学模式绝无仅有，把西方工业文明的星火播种到了中国西北农村，也开创了中国农村职业教育的先河，而路易·艾黎，则是一位伟大的开路先锋和播种者。在山丹度过的岁月，也成为他一生中最快活、生活最充实的经历。

培黎职业学院校园 （杨君辉摄）

## 三

我们从山丹艾黎纪念馆了解到，1949 年 8 月，随着西北重镇兰州解放，大批国民党军政人员经山丹向西逃窜。面对日益紧张的局势和当地驻军逃窜时准备破坏学校并列出 60 余人杀害名单、艾黎本人赫然在列的传言，艾黎竭力维持学校正常教学，并组织学生开展护校斗争，让运输组同学把学校所有汽车全部拆卸，把储备汽油全部埋藏，昼夜安排学生在校园值守。

1949 年 9 月 21 日，山丹解放。年过半百的艾黎和山丹人民一样高兴，一起欢呼，他和何克憧憬的新中国终于就要到来了。他向全校发起支援解放军西进的总动员。随即，学校热火朝天，灯火通明，医院为解放军伤员治疗，维修厂给解放军修枪修炮，运输组的同学把拆解的汽车全部安装完成，运送部队解放山丹军马场和玉门油矿。学校还倾尽全力向部队支援大量汽油、机油、粮食和羊只等物资。由于培黎学校支前工作成绩突出，彭德怀专门派人到学校表示感谢，请艾黎到酒泉会见，并称赞艾黎“不仅是一个大无畏的国际主义战士，而且是一位满腔热情的无产阶级教育家”。培黎工艺学校培养的首批毕业生也被玉门油田全部接收，成为新中国第一批新型建设人才。

1953 年，山丹培黎学校迁往兰州，艾黎随后定居北京。为了表达对第二故乡的热爱，他把一生收藏的近 4000 件文物全部捐赠给了山丹人民。1984 年，他又向中国政府建议，在山丹重建培黎学校，他的愿望很快实现，在他来华工作 60 周年纪念日，新成立的山丹培黎学校开学。他本人被授予北京市荣誉市民和甘肃省荣誉公民称号。1985 年，艾黎获得新西兰政府颁发的女王社会服务勋章。1987 年 12 月 27 日，艾黎在北京逝世，享年 90 岁。按照他的遗愿，骨灰运往山丹，部分撒在他曾工作过的四坝滩上，部分存放在为他兴建的陵园中。

路易·艾黎在山丹的 10 年办学实践，注重培养学生自主精神、道德品格、管理能力和劳动能力，他所表现出来的创业精神、实践精神、奉献精神和追求教育理想的不懈精神，都给我们留下了很大的启示，他的教育思想是一笔宝贵的精神财富。

学生到山丹艾黎纪念馆接受教育　（山丹艾黎纪念馆供图）

2009 年，路易・艾黎被评为在 20 世纪上半世纪为中华民族的解放事业和民主进步事业做出过贡献的“十大国际友人”。2014 年 11 月，习近平主席在新西兰访问期间指出，“新西兰友人路易・艾黎先生 1927 年远赴中国，将毕生献给了中国民族独立和国家建设事业”。2019 年 8 月，习近平总书记在甘肃考察期间，专程到山丹培黎学校，听取学校情况介绍，参观路易・艾黎故居，观看职业技能实训，并同师生进行亲切交流。习近平总书记指出，山丹培黎学校是一所具有光荣历史和国际主义精神的职业学校。路易・艾黎先生提出“手脑并用，创造分析”的办学宗旨，对今天我们发展职业教育依然有借鉴意义。

百年黄土地

BAINIAN HUANGTUDI

# 第四章

# 改天换地建设新家园

抗日战争胜利后，面对人民渴望和平、休养生息的愿望，中国共产党代表中国最广大人民的根本利益，以“弥天大勇”参加重庆谈判等，为争取和平民主作出巨大努力。

然而，如同梁漱溟所说，“一觉醒来，和平已经死了”。也如同李维汉所说，“国共谈判破裂了，但我党满载人心归去”。全面内战爆发后，中国共产党领导解放区军民坚决以积极防御粉碎国民党军队的进攻，并积极推动国民党统治区的人民运动。土地制度改革，实现耕者有其田，从根本上摧毁了中国封建制度的根基，指引着亿万农民汇入伟大的民主革命洪流。随着形势的发展，中国共产党指挥人民解放军转入战略进攻，经过战略决战和战略追击，领导人民推翻国民党反动统治，夺取了新民主主义革命的全国性胜利，实现了梦寐以求的民族独立和人民解放，为实现国家富强和人民幸福，实现中华民族的伟大复兴，开辟了广阔的道路。1949 年 10 月 1 日，毛泽东在天安门城楼向全世界庄严宣告，中华人民共和国成立。

1956 年底，我国基本上完成了对生产资料私有制的社会主义改造，确立了社会主义政治制度和经济制度，为当代中国的一切发展和进步奠定了制度基础。社会主义建设在探索中开始了良好开端和曲折发展。

在甘肃，1949 年 7 月 26 日，兰州解放前夕，中共中央和中央西北局决定，组建中共甘肃省委员会。8 月 19 日，中共甘肃省委在定西召开第一次会议，讨论兰州解放后的工作及省委机关机构设置等问题，宣布中共甘肃省委正式成立。1949 年 8 月 26 日，兰州解放；12 月 11 日，甘肃全境解放，宣告了国民党在甘肃统治的彻底结束。1950 年 1 月 8 日，甘肃省人民政府成立。陇原儿女翻身当家作主人，进入了社会主义革命和建设的历史新征程。抗美援朝战争爆发后，甘肃人民进行了轰轰烈烈的抗美援朝运动。之后，随着社会主义改造的顺利完成，在社会主义建设道路上，陇原儿女作出了不懈努力。“一五”时期，甘肃成为工业建设重点省份，兰州被规划为西北地区新兴工业城市。20 世纪 60 年代至 70 年代，国家实施“三线”建设，甘肃的核工业、航天工业、军事工业又得到了历史性的发展机遇。以石油化工、机械制造、航天军工为重点的甘肃工业建设为国家的工业化作出了突出的贡献，以至于在全国出现了“哪里有油田，哪里就有玉门人；哪里有石化厂，哪里就有兰化人”的现象。依靠雄厚的国有企业，提升了甘肃在全国的经济地位。据《甘肃通史》记载，改革开放之际，甘肃人均 GDP 高于全国平均水平，与广东、福建等东部省份并驾齐驱。

# 红旗插上兰州城

生活在兰州的人，应当对这里的历史有所了解。如同我们，心里有个执念，一直想去那些战斗遗址上看看。

一个春天的下午，我们来到沈家岭战斗遗址，这是兰州战役的主战场之一。

1949 年 8 月 26 日，中国人民解放军第一野战军经过激战，把红旗插上兰州城，宣告了我国西北第二大城市的解放。

兰州战役是解放大西北作战中规模最大的一次城市攻坚战，打得极为艰难、悲壮和惨烈，人民解放军指战员付出了很大的牺牲。

根据相关史料记载，陇东南战役结束后，1949 年 8 月 4 日，中国人民解放军第一野战军司令员彭德怀发出进军兰州的命令。第一野战军各部队向甘肃腹地挺进。

兰州是通往青海、宁夏、新疆的枢纽，是国民政府西北军政长官公署所在地，也是国民党反动派在西北的政治、军事、经济中心。兰州决战，事关重大。国民党西北军阀马步芳调集 10 万重兵布防兰州，其中，嫡系精锐 82 军、129 军等 5 万兵力据守兰州城区，凭借兰州城外南山顶上修筑的钢筋水泥碉堡群，自东向西在窦家山、营盘岭和沈家岭等部署重兵，作为据守重点。同时，布防 5 万兵力保障兰州左、右翼安全，在北面以滔滔黄河为天然屏障，固守西逃唯一通道黄河铁桥。马步芳儿子马继援作为国民党兰州战役前线总指挥，坐镇兰州黄河北岸指挥部，妄图以“攻不破的铁城”，指挥马部与人民解放军决战兰州。

8月20日，中国人民解放军第一野战军兵临兰州城郊，从东、南、西三面包围兰州。21日6时，兰州战役打响，第一野战军向兰州发起试探性攻击，由于准备不充分，进攻付出了一些代价，没有夺得一个主要阵地。指挥部当即决定停止攻击，总结经验，重新布置兵力。25日拂晓，第一野战军主力分别向兰州城区守敌发起总攻，经解放军指战员浴血奋战，以猛烈炮火摧毁敌人碉堡群，于黄昏时分陆续占领窦家山、营盘岭、沈家岭等主要阵地。26日拂晓前，解放军强攻占领黄河铁桥，截断敌人西逃退路。当日11时，解放军占领黄河北岸白塔山。12时战役胜利结束，兰州宣告解放。

兰州战役歼灭了西北军阀马步芳的主力，粉碎了国民党政府坚守西北、屏障西南、待机重来的战略企图，打开了进军青海、宁夏、新疆的门户，加速了西北解放战争胜利的进程。

对于这场战役的激烈程度，我们从一些纪录片里老战士们的口述中，有所了解。他们回忆说，从来没有遇到这么坚固的阵地，也没遇到过如此顽固的敌人，解放军指战员后勤保障困难，连未成熟的土豆都不能保证，指战员累饿交加，十来分钟就有伤员抬下来。但是，人心凝聚，无坚不摧，解放军指战员以“死也要死在阵地上”的决心，前赴后继，打出了威风，打出了胜利。

我们早前已经去过窦家山战斗遗址。那是2019年1月1日，一部有关决胜兰州战役的纪录片在兰州资源环境职业技术学院开机，我们前往兰州市榆中县和平镇参加，得知学校所处位置正好是窦家山战斗遗址。凛冽的冬日，沿着校园里的台阶往山上走，就到了遗址所在地。风很大，很冷，但是保存完好的战壕和碉堡，似乎仍然浸透着历史的温度和战士们的热血。窦家山紧邻西兰公路，是兰州东面屏障，如果拿不下这里，解放军大军及大批重型武器装备都无法开进兰州城，更不要说解放青海、宁夏和新疆。当时，据守窦家山的是马步芳“王牌师”第82军两个团。1949年8月25日10时20分，解放军向窦家山守军发起进攻，但是炮火只摧毁了敌军前沿工事和防御设施，而敌人地堡工事火力点射出的弹雨压得战士们抬不起头来。危急时刻，中国人民解放军第一野战军第19兵团63军第566团2连副连长王勇禄冒着弹雨抓起两个手雷，冲向地堡。国民党守军用机枪向他扫射，他多处受伤，艰难地匍匐爬行，身后留下一条殷红的血迹。突然，他猛然一跃而起，把手雷扔进敌人地堡，暗堡炸毁了，部队前进了，可是他却倒在血泊中。敌人在窦家山阵地前沿埋下了许多地雷，凭着碉堡、雷区和火力点的集中打击，给解放军冲锋造成很大阻力。进攻突击中，解放军采取步炮协调，突击排战士高举红旗，旗子在哪里，炮兵就往旗子前面打，指引炮兵在步兵冲击前炸毁敌军雷区和火力点。担任红旗手的是第 566 团 1 营 3 连战士周万顺，他在一片猛烈的炮火声中，高举红旗，飞一样地奔跑。敌人的枪炮集中射向红旗，旗杆被打断了，旗面上出现十几个弹孔。他全身多处受伤，鲜血直流，但是，他

今日沈家岭

依然不管不顾，拼尽全力奔跑，直到在将要倒下的时刻，把红旗插在了窦家山山巅。

营盘岭是皋兰山主峰，山势险要，易守难攻，是兰州东南天然屏障。因为明代以来，常为设防驻兵之地，故名营盘岭。营盘岭战斗遗址，位于伏龙坪街道三营村。1949 年 8 月 25 日，解放军向营盘岭阵地发起总攻，以强大的炮火给敌人交叉火力网以毁灭性打击，于当天下午 4 时许占领营盘岭。有亲历者回忆，这一仗，皋兰山都被削平了一层。这里现在还有一座马步芳部修筑的地堡，保存相对完好。

沈家岭战斗遗址位于兰州市七里河区魏岭乡沈家岭村。1949 年 8 月 25 日，兰州战役总攻中，最先打响的是沈家岭战斗。而我们踏访中，最后一个要去的则是沈家岭战斗遗址。

出门，随手拦了一辆出租车，从手机上导航，似乎不是很远，距离我们上车的位置兰州市白银路只有十二三公里的路程。给司机师傅报了目的地，我们跟着导航出发。车子沿着华林路向南一直走到尽头，从兰州市殡仪馆门前左拐进入乡道，行驶几百米后，右拐进入一条逼仄的山路，绕到殡仪馆后面的山上，然后一直沿着山路往上走。除了路口有几户人家外，山里一个人影都没有，路面好像要修整，刚刚挖开，没有人施工，到处都坑坑洼洼，尘土很大，特别难走。眼前不时有不知名称的黑色鸟群飞过，声音很是瘆人。走了一段路，好不容易看到有座高大的牌坊门楼，驶近一看，是一座公墓陵园。问门口的管理人员，说沈家岭战斗遗址还要往山上走几公里。当时心里就打了退堂鼓，给师傅说要么不去了，我们回吧。好在司机师傅不嫌劳累和难走，鼓励我们说，都走了这么远了，再坚持一下，往前走看看。到了沈家岭，我们才明白，所谓的岭，就是山的最高处。我们是从北面上的山，走到山顶，这才发现沈家岭战斗遗址，从山顶一直往下，延续到南面半山腰。

沈家岭像一把横放的长柄葫芦，位于兰州城西南五六公里处，是敌人三大主防御阵地中距兰州城和黄河铁桥最近的一个阵地，地势天险，最窄的地方，仅容一辆车经过，素有“兰州锁钥”之称。敌人在阵地前沿削坡成壁，高四五米，许多暗堡和地堡分布在削壁之上，以环形堑壕相连，纵横交错如网的交通沟又同堑壕相接，修筑三道战壕。阵地前沿设有横沟和布雷场。攻

沈家岭战场遗址沙盘

克这一阵地，就打破了敌人的整个防御体系，堵死了敌人退向黄河铁桥的唯一退路。

1949 年 8 月 25 日拂晓，兰州战役总攻从沈家岭率先打响。第一野战军第 4 军第 11 师第 31 团担负正面主攻任务，第 32 团和第 33 团负责助攻。各团按照既定部署，利用黑夜隐蔽，进入攻击阵地。担任主攻任务的是第 31 团第 5 连，然而，就在发起攻击前，该连炊具被敌人炸飞，指战员们饿着肚子跳出战壕，向敌人阵地发起勇猛冲击，炸塌绝壁，首个突破敌人第一道战壕。

我们从山顶下到南面山坡位置最低的第一道战壕处，然后打算再往回折返。

第一道战壕所在的地方是沈家岭村尖角地村小组，朝西正对狗娃山有一段狭长的坡道，不知道是不是当年的突破口所在。旁边有一个模拟地形沙盘，以立体形式还原了沈家岭战场全貌。沙盘不远处，竖立着一块标示牌，上面详细介绍了解放军攻克第一道战壕的情况：解放军第 4 军第 11 师的 10 门山炮、2 门重迫击炮、52 门八二迫击炮组成强大炮群，向沈家岭一齐发射，敌人的正面工事很快就被摧毁了，战士们一拥而上，迅速攻到第一道绝壁前，架起梯子就上。梯子不够，就踩着战友的肩膀上，冲在前面的战士受伤了、倒下了，后面的战士继续冲上去。经过 30 分钟猛烈攻击，解放军终于攻破了敌人第一道战壕，在敌人前沿阵地上打开了几个缺口。

那个炮火连天的清晨，曙色微露，晨露未晞，通向胜利的道路已经打开。

我们顺着山路朝北，往山顶方向走，很快就到了沈家岭村漫湾村小组的第二道战壕遗址。这里西面是悬崖，东面是土壁，稀稀拉拉长着一些荒草，裸露的黄土层，饱经风雨。那个早晨，许多解放军指战员的生命都定格在这里，

沈家岭第三道战壕遗址

鲜血都流淌在这里了。当天上午 6 时 20 分左右，第一野战军第 4 军第 11 师主攻团 31 团及两翼策应的 32 团、33 团开始攻击敌人第二道战壕。上午 10 时许，当解放军突击队越过外壕时，一个原本没有被发现的敌机枪暗堡突然从葫芦形的弯曲部猛烈开火，排长曹天和中弹负伤，十几名战士伤亡，突击队前进受阻，匍匐在外壕边上。正在这紧要关头，身负重伤的二连连长李应般，挣扎着向敌堡投出手榴弹，并乘爆炸硝烟掩护，冲上前去，炸毁了暗堡，而他自己却壮烈牺牲了。四连 19 岁的司号员孙明忠，在连排干部全部伤亡的情况下，拿起了连长的驳壳枪，吹着冲锋号，带领十几名战士，突入了敌人的第二道战壕。经过反复拉锯式的争夺和近距离肉搏，从拂晓到中午，31 团打退了敌人集团式冲锋十余次，自己也遭受了巨大伤亡，全团 1500 多人只剩 170 多人，营连排指挥员几乎全部阵亡，战斗打得极为惨烈。就在这关键时刻，第 4 军首长及时派出第 10 师 30 团增援，与第 31 团并肩打退敌人多次反扑。下午 2 时，经过 8 小时的鏖战，第二道战壕终于得到巩固。

第三道战壕，设在沈家岭村，是一处三丈高的绝壁，光看地形，就知道要攻克下来得有多么不容易。战斗当天，在这里的反复争夺战达十次，从凌晨一直持续到下午，敌人拼命抵抗，不断向沈家岭增援兵力，反扑越来越猛烈，越来越频繁。一次又一次的激战，都是以解放军指战员的生命为代价，不少同志倒在了血泊中。战斗在持续，新的伤亡不断在增加。下午 4 时，当解放军雨点般的炮弹在山梁上爆炸时，主攻部队乘势出击，不断从敌军阵地中突破。下午 7 时，各部队发起全线冲击，攻克了敌人第三道战壕防线，取得了战斗的胜利。然而，就在战斗即将胜利的时刻，敌人一发炮弹在第 31 团团长王学礼身边爆炸，一块弹片穿透了他的左腰部。这位身经百战的陕北红军战士，为兰州解放献出了自己的生命。临去世前，他还惦念着自己没有完成任务，没有打到兰州去。

今天，硝烟已经散去，当我们坐着汽车行进在这条路上时，依然感受到了艰险，从心底里生出了许多对英雄的人民解放军、对为了国家和人民解放事业付出艰辛努力的革命先辈的敬慕。

沈家岭村的范相清，是一位老人。那时他才十五六岁，仗一开打，满村的人都走了，到山底下或外面去躲避。因为要拉牲口，靠牲口耕地吃饭，他

攻战沈家岭制高点

没有走远，拉着牲口给解放军磨面，目睹了激战的全过程。他说，“解放军的日子苦得很呐，真的苦”。部队一部分人在打仗，一部分人在休整，只要号子一响，无论是谁，顾不上吃饭就上战场了。敌人在绝壁上能爬上去的口子上都埋了地雷，解放军靠炮轰击。沈家岭地形狭长，炮打得高了，弹头落过去了，打得低，又落在自己阵地上。部队的补给也跟不上，粮食是边找边吃，山坡上的洋芋、扁豆子，挖谁家的，都有数，后来都给群众补上了，共产党不拿群众一针一线。他还回忆说，那几天一直在下雨，柴火都下湿了，找不到干草，做饭点不着火，指战员们吃一顿热乎饭都不容易。

之后，我们拨通了老战士徐长前的电话。2021 年，老人虚岁 92。他是华池人，1946 年 9 月参军。1949 年，打完扶眉战役后，他随军挺进兰州，在第一野战军第 2 兵团第 4 军 11 师 33 团侦通连（后改为通信连）担任骑兵通信兵。兰州战役期间，老人所在的 33 团主攻狗娃山，策应 31 团正面进攻沈家岭。

老人清楚地记得兰州解放是 8 月 26 日。他说，攻打沈家岭，第 2 兵团

4军11师是主攻部队，前几天打了以后，解放军伤亡很大，没有拿下来地方，彭德怀司令员就喊停了，发扬军事民主，从上到下讨论怎么个打法。讨论以后开始总攻，敌人火力、部署、重点在啥地方，一般解放军指挥员都清楚着呢。他提到，一直在下雨，山底下挖的窑洞下塌了，压死压伤的战士也有。部队吃的也不行，没时间磨粮食，囫囵的麦子、洋芋、玉米在老乡那里煮上就吃了。战士们吃不饱，几天几夜，吃不上一顿正儿八经的饭。有时候，把馍馍晒干背上，抽空吃上一口，早上饭吃了，中午饭能不能吃上还不一定。

徐长前所在的侦通连，有两个班，一个是骑兵班，一个是步兵班。骑兵

兰州战役纪念馆里再现的兰州战役情景

兰州解放，解放军入城

班跑得比较远，传递紧急的信息。沈家岭战斗中，他主要是送信，往返设在前线的团和营指挥所之间，向营长、教导员传达团里的命令。在他看来，马步芳的部队非常顽固，解放军进攻的时候，伤亡很大，他所在的营，一共 4 个连、600 多人，这场战斗打下来，没有负伤的只有七八十人。

历史已经远去，经过几十年的岁月涤荡，老人语言平和而又克制，但是在这份平静后面，我们感受到了波涛汹涌的情感。我们问他，在枪林弹雨中，害怕过吗？他说，自己当兵以后，就把整个人都豁出去了。他所在的部队是一支硬核部队，打了许多胜仗，他自己参与打的仗也多了。

老人回忆，31 团团长王学礼牺牲后，战士们把沈家岭改叫“学礼岭”。沈家岭攻下来以后，马步芳部溃不成军，部队乱了，往中山桥方向逃跑。解放军发起围攻，在交战中黄河铁桥着了火，烧成铁架子，敌军跑不过去，上万人被解放军俘虏。

黄河铁桥素有“天下黄河第一桥”之称。1907 年，清政府请德国公司修建，1909 年竣工，是黄河上第一座钢架公路桥梁，初名兰州黄河铁桥，1928 年，改为中山桥。我们在相关史料中证实，兰州战役进行到 8 月 25 日下午时，

1949 年 8 月，技术人员和解放军战士抢修黄河铁桥

兰州南山各要点已被解放军攻破，马步芳儿子马继援于当天傍晚 5 时许，下达了撤退命令，命令部队从黄河铁桥往北撤退。激战中，炮弹击中马步芳部正在通过铁桥的军车，车上弹药爆炸，引起大火，致使铁桥南端两孔 18 节木桥面全部被烧毁，一根斜拉杆被炮火击断，两岸交通中断。兰州解放当天深夜，彭德怀接见兰州地下党负责人时，对抢修铁桥工作作出指示和安排。当夜，300 多名技术人员和解放军战士当即赶往现场，开始艰巨的抢修任务。其间，彭德怀司令员两次到现场慰问，给了同志们极大的激励和鼓舞。经过八天九夜奋战，他们终于完成维修任务，铁桥畅通，为解放大西北开辟了重要通道。

1958 年，徐长前从部队转业，到永昌和民勤交界处的八一农场工作，离休后在张掖定居。老人说，看了纪念中国人民抗日战争暨世界反法西斯战争胜利 70 周年阅兵式，非常感慨，那时候要是有这么好的现代化武器，能少死多少人呐，牺牲的人实在是太多了。

老人说，回忆是悲伤的，好多去世的战士都不知道名字。他们准备打仗时，都在衣服里子上写上名字、单位，但是有的被炮弹打伤了，有的衣服被打烂了。再说，牺牲的人那么多，最后战场处理，也找不着谁是谁了。

中华人民共和国成立以后，我们的国家发展很快，越来越强大，全国人民过上了幸福生活，老人很是感慨。他说："我挺自豪的，我们当年牺牲的同志，我们出过汗、流过血的同志，付出都是有价值的。"

# 抗美援朝烽火记忆

“雄赳赳，气昂昂，跨过鸭绿江；保和平，卫祖国，就是保家乡！中国好儿女，齐心团结紧，抗美援朝，打败美帝野心狼……”

当抗美援朝老兵杨万昌紧握拳头，挥动胳膊，很有节奏感地唱起《中国人民志愿军战歌》时，我们非常感动，觉得有一种豪情在胸腔里涌动。从这位身居甘肃省张掖市山丹县的88岁老人身上，我们看到了中华民族的风骨和精气神。

1950年，新中国刚成立不久，美帝国主义就打到了我们的家门口。

1950年6月25日，朝鲜内战爆发。美国政府从其全球战略和冷战思维出发，随即进行武装干涉，派遣海军第七舰队公然侵入中国台湾海峡。美国还操纵联合国安理会通过决议，组成以美国军队为主，英、法等15个国家有少量部队参加的“联合国军”，扩大侵朝战争。10月初，美军不顾中国政府一再警告，悍然越过三八线，把战火烧到中朝边境。侵朝美军飞机多次轰炸中国东北边境地区，给人民生命财产造成严重损失，中国安全面临严重威胁。

应朝鲜党和政府请求，中国党和政府以非凡气魄和胆略作出“抗美援朝、保家卫国”的历史性决策。1950年10月18日晚，毛泽东向中国人民志愿军下达入朝作战命令。10月19日，中国人民志愿军在彭德怀司令员兼政治委员率领下入朝作战，拉开了抗美援朝战争的序幕。志愿军入朝后，全国人民开展了轰轰烈烈的抗美援朝运动，有力地支援了志愿军前方作战。1953

年 7 月 27 日，美国在朝鲜停战协定上签字。历时两年零九个月，中国人民志愿军取得了抗美援朝的伟大胜利，19.7 万多名英雄儿女为了祖国、人民与和平，献出了自己宝贵的生命，书写了可歌可泣的战争史诗。

杨万昌是 1951 年参军后，进入朝鲜战场的。在一次作战中，他的胳膊、大腿等多处受伤，经医院治疗八个月康复后，又回到部队，继续参加战斗，直到战争结束。

与杨万昌一样，在甘肃省张掖市，还有王忠厚、章跃林、鲁玉辉、张如珠、韩洪儒、王世悌、郑玉功、杨积珍等一大批老兵，都曾经历过抗美援朝战争的洗礼。根据他们的讲述，我们了解到，在当时的历史条件下，新中国刚成立，才开始恢复建设，各方面都比较落后，因为美国欺负得太甚，人们都气愤至极，成千上万的中华好儿女都坚决要求抗美援朝。

老兵郑玉功（左）回忆抗美援朝往事

如同老兵章跃林所说，“有决心，啥困难都能扛过去”。也如同老兵王忠厚所说，“虽然困难得很，但中国人民坚强得很”。抱定“宁叫人亡，不让战败”的信念，战士们投入战斗。

老兵们的回忆，将我们带回了抗美援朝的烽火岁月里。整个战场没有前方和后方之分，敌人的飞机、大炮、炸弹每天轰炸。敌人飞机一来，先是一阵怪声，怪声过后炮弹就打过来了。炮弹皮子和子弹像天上下暴雨一样，到处都落着呢。上甘岭战役打完，山上一棵树都没有了，山都是黑的，阵地整个下去了几米，战士们也牺牲了不少。由于我们的部队武器装备落后，白天打仗不占优势，一般都是晚上打，敌人的大小探照灯，把山照得亮亮的。

有老兵说，美国人倒不厉害，美国人的武器厉害得很；也有老兵说，美国兵怕死得很，武器就发挥不了它的作用。中国人民志愿军战士以随时准备牺牲自己的决心，坚守阵地。

老兵韩洪儒回忆，一个加强连 200 人，打完仗下来只剩 6 个人，自己胳膊打折了不能端枪，敌人冲上来，他就把枪架到树杈上继续打。“人只有一条命，没有说怕与不怕的，我们是为了抗美援朝、保家卫国去的，既然去了就要为党为人民办些事情。”他如此认为。

老兵郑玉功，出生于 1934 年，1951 年 4 月参军，1952 年入朝作战，参加了抗美援朝战争最后一次战役——金城战役。战斗打得很威风，有力地配合了停战谈判。1953 年 7 月，当停战的消息传到战场，他和战友们高兴地从坑道里出来活动，因为白天长时间没有出来过，战友们一晒太阳就脱了一层皮。

战争结束后，郑玉功随部队在朝鲜驻扎了几年，帮助朝鲜人民重建家园，受到朝鲜群众的热情欢迎。1956 年，他因技术发明，荣获部队颁发的“一级技术能手”称号，并经党组织严格考察后，被批准入党。面对鲜红的党旗，郑玉功庄严宣誓，自此树立了“为共产主义奋斗终身”的坚定信念。1957 年回国后，郑玉功回到家乡甘肃省张掖市高台县，在家务农。他一辈子勤勤恳恳，无怨无悔，始终把自己作为一名战争中的幸存者，热情地拥抱生活。2021 年初，随子女进城居住的郑玉功，在接受我们采访时说，抗美援朝战争意义非常深远，这一战，打出了我们的军威和国威，让西方国家对我们刮目相看，从某种意义上说，我们的祖国自此成了“强国”。

2020 年 10 月 24 日，因为工作需要，在连续刷了一整天的抗美援朝题材影视剧后，我们晚上去看电影《金刚川》。看完已近夜里 11 点，当影片一结束，观众就陆续离开，等我们看完片尾字幕、听完片尾曲再环顾四周，影厅里只剩下我们和一对母女。老人家白发苍苍，因为坐得太久腿抽筋，站不起来。我们随行的人中有学医出身的，赶快过去帮忙。出于职业的敏感，我们觉得对于一个深夜仍坚守在影院的老人来说，电影之于她肯定是有故事的。果然，在简短的几句沟通中，老人说自己已经 84 岁，曾是常香玉剧社的一员，1953 年随常香玉赴朝慰问演出，在常香玉的著名豫剧《花木兰》中饰演花木兰的弟弟花木力。当晚，她在女儿的陪同下看电影，是为了追忆往事。老人说，那个时候，英雄辈出，中国人民志愿军都是祖国的好儿女，要不是他们参加抗美援朝战争，美国就打到我们家门口了，我们就没幸福日子了，也没有我们国家的繁荣和富强了。

常香玉捐赠的常香玉号飞机

中间这位老人曾随常香玉赴朝慰问演出

老人一再感慨，1950 年，志愿军出国作战时，我们国家多穷啊，物资、生活用品供应不上，就靠我们这些英雄儿女的骨气、勇气，把敌人打败了。我们现在的年轻人更应该好好学习志愿军保家卫国的精神，听党的话，勇于为了祖国和人民去“堵枪眼”。

听完老人的话，我们也很感慨，是中国人的血性、是民族的力量，构筑起了我们保家卫国的钢铁长城。遗憾的是，短暂的相遇，我们没有留下老人的姓名，只记得她是兰州市豫剧团的退休干部，留下几张她在影城里的照片。

# 共和国一号烈属

她的父亲在兰州惨遭国民党反动派毒手时只有32岁，英年早逝；而另一位才23岁的革命青年从此与她们一家生死与共。

1951年，共和国诞生伊初，毛泽东为她家签署了由中央人民政府颁发的编号为“00001”的烈属光荣证。

为人正直的谢觉哉老人，坚持正义，始终不忘革命战友之情，一生为保护她们这个革命家庭两次拍案而起。

她一见邓小平就号啕大哭，可小平同志却说，“别劝，让孩子哭个痛快！”临出门小平同志不忘给她留下地址，关切地说：“孩子，以后有什么事就直接给我说。”

年逾花甲的她，每当回首往事依然泪光莹莹，现在她最大的心愿就是四方奔走，竭尽自己绵薄之力，为后人留下一段真实的历史。

## 背　景

1942年4月19日，在国民党兰州大沙沟秘密监狱，一位年轻的共产党员被秘密杀害。

这位党员叫丛德滋，1910年出生于辽宁凤城一个贫苦的满族农家，东北大学毕业后，曾担任张学良将军的机要秘书。“西安事变”发生的当夜，国民党陕西《西京日报》更名为《解放日报》，丛德滋出任总编辑，最早刊发了张学良兵谏蒋介石的经过和张、杨“八项主张”。张学良被囚禁后，他辗转北平、上海、山西等地积极投身抗日救亡运动，到兰州后创办了民众通讯社，团结了白危、萧军、王洛宾、塞克等一大批文化界进步人士。

1938 年秋，在八路军驻兰州办事处经谢觉哉、伍修权介绍，中共中央直接批准他为中共特别党员，担任中央军委情报部甘肃特派员，从事隐蔽战线的工作。

1941 年 1 月，从德滋被捕，党组织多方营救，均未获成功；张学良的老师莫德惠派人前往重庆向蒋介石说情，也被蒋介石拒绝。第二年 4 月 19 日，在受尽了酷刑折磨之后，敌人逼从德滋喝下了放有毒药的污水……

## 高高的华家岭

1942 年的 4 月，春天还没有真正来到西北高原。华家岭上稀疏的白杨树，仍在寒风中瑟瑟发抖。坑坑洼洼的公路上忽然跌跌撞撞地开过来一辆汽车。车，是商用车模样的卡车。车上坐着的十几个年轻人，除了在颠簸中紧紧抓住车沿，一个个紧咬着嘴唇，没有一个人说话，他们时不时地把关切的目光投向一位文静秀气但满脸悲愤的青年妇女和偎在她身边的两个孩子身上。

这位青年妇女叫王竹青，她就是从德滋的妻子，此时，她的脸上还挂着泪水。她身边的两个孩子，大的叫丛丹，是个女孩，刚刚三岁；小的叫丛甘，是个男孩，才一岁左右。不懂事的孩子，刚从兰州出来，用好奇的目光看着满目荒凉的华家岭。

王竹青，这位出身书香门第，毕业于上海沪江大学，受从德滋影响而投身革命的山西才女，此刻她心里只有对亲人的怀念和对敌人的仇恨。一个星期前，从德滋牺牲后，惨无人道的敌人把他的遗体扔在白塔山下的一个窑洞里，当她在敌人的严密监视下，把亲人掩埋在五省义地墓区的黄土下时，她感到从她眼里流出的不是眼泪，而是鲜血和烈火……

掩埋了丈夫七天之后，当王竹青还沉浸在巨大的悲痛中时，敌人就下令驱逐她母子三人离开兰州。于是，她们在组织的安排下途经华家岭，准备奔赴延安。

忽然，车“吱”地一下猛地刹住，车后扬起的黄尘立刻笼罩了车身。坐在司机旁边的高克明（当时叫高扶风），敏捷地翻进车厢，告诉王竹青，有可靠消息说特务的小车追上来了，他们早就预谋要在荒无人烟的华家岭斩草除根。

高克明，这位年仅 23 岁的共产党员，此刻感到肩上的担子比这高高的华家岭还重，他是受组织的指派来护送王竹青一家的。望着远处躲在山沟沟里的稀稀落落的村庄，他急中生智，命令大家立即下车，到附近的老百姓家里躲藏，只留下他和司机与敌人周旋。

当王竹青他们刚刚隐没在山沟里，敌人的吉普车就堵在了卡车前面。特务用枪指着高克明问：“干什么的？”高克明说：“做生意的。”特务又问：“为什么不走了？”高克明说：“车坏了，派人回兰州买零件去了。”特务爬上卡车鼓捣了几下，发现车真的坏了。在找不到可疑迹象之后，敌人只好垂头丧气地回去了。

摆脱敌人的追捕后，王竹青他们又在华家岭下整整隐蔽了半个月，这才启程奔向西安。

## 风雨洛阳行

在西安八路军办事处，林伯渠热情接待了王竹青母子和高克明等随行人员。林老想起几年前，他介绍丛德滋夫妇这对革命青年人去兰州的情景，仿佛都在眼前。

转眼，西安已是夏天。燥热和压抑的空气，让人在这座文化古城几乎喘不过气来。让王竹青感到更为沉重的是，由于胡宗南的严密封锁，去延安已没有可能。于是，按照林伯渠的指示，随行的其他进步青年分散行动，各自寻找机会进入延安。而王竹青母子暂时住在西安，投靠在一个亲戚家里。高克明因曾在郑太铁路当过工人，便在西安铁路上找到了工作，留下来保护王竹青母子。

一天傍晚，正是山雨欲来之时，空气异常闷热，下工回来的高克明躺在院子里的树下乘凉，王竹青在里屋的地铺上扇着扇子哄孩子睡觉。忽然从门外闯进来三个人，恶狠狠地问高克明：“王竹青在哪里？”高克明警惕地打量着来人，马上意识到敌人又找上门来了，就说王竹青刚刚出去了。

特务问高克明是干什么的。高克明机灵地回答，他是王家的亲戚，也是来找王竹青的。

特务半信半疑地对高克明说，等王竹青回来，让她到太阳庙门去一下，那里有人给她带了一些面粉。可愚蠢的特务却忘了，共产党隐蔽战线成员都知道太阳庙门就是当时国民党特务组织在西安的据点。

特务出门后并没有离开，而是一直在外面转悠着。情况紧急，高克明三步并作两步，奔进屋里，来不及给王竹青细说，就抱起两个孩子带着王竹青翻过后院的大墙，直奔火车站而去。

天，是黑沉沉的天；路，是蜿蜒曲折的路。当他们气喘吁吁、不由分说地挤上一辆火车后，才发现这是去河南的车。高克明想，不管去哪里，只要是车就上，先离开西安再说。然而，车到洛阳时，警觉的高克明发现特务已经尾随上车了。这时，火车正缓缓启动，车外又是滂沱大雨。高克明和王竹青略一商量，决定立即下车。第一个跳下车的是王竹青，接着从窗口里接出去了两个孩子，因为车已启动，王竹青从车上跳下时，车窗划破了她的右腿，鲜血染红了她的裤腿，染红了地面的雨水。车越走越快，高克明由于照应她们母子下车，还留在车上。直到车就要开出洛阳站时，他才从车尾处跳了下来。

当晚，他们冒雨在车站一个角落的屋檐下躲了一夜，天一亮赶紧逃到了洛阳乡下。

## 辗转回西安

在出生入死的斗争环境和颠沛流离的生活中，高克明始终是王竹青母子的坚强保护者。当他们辗转到陕西富平时，在亲友的劝说下，结成了一对革命夫妻。提起这位继父，丛丹说：“对于我们，继父的恩情远胜于生父，不论在战争年代还是在生活困难时期，他都尽到了一个父亲的责任。”1919年3月，高克明出生在天津武清县一个封建家庭，因不愿忍受封建礼教的束缚，11岁就离开家，当过银号店员、铁路工人。他目睹过九一八事变后的东北沦陷，更目睹过七七事变后日本鬼子在郑太铁路用刺刀活活挑死中国儿童的暴行。当亡国奴的耻辱让他痛彻心扉。

1938 年，他来到兰州，结识了丛德滋等共产党人，开始从事隐蔽战线工作。

1944 年，当抗日战争进入最后的阶段时，国民党反动派也加强了对共产党隐蔽战线的破坏。就是这年夏天，国民党特务以“庇护共匪家属罪”将高克明抓走。

从丹回忆说，那天夜里，母亲不在家，继父在灯下工作，她趴在被窝里正玩时，忽然闯进来三四个人，不由分说就给继父戴上手铐将他押走了。那夜，只有 6 岁的丛丹和弟妹们吓得瑟瑟发抖，大声地哭喊着，在那个无尽的狂风之夜，显得那么脆弱与无助。

第二天，王竹青得到消息后，不顾一切从西安赶回来，赶到县衙一问，高克明已被押往西安了。于是，王竹青只带了一床被子，领着孩子，弃家来到西安。她整天牵着丛丹、丛甘，抱着小女儿去找国民党西安市的市长，她要问一问高克明到底犯了什么罪。市长先是躲着不见，王竹青一等就是一整天。一直就这样等了六七天后，市长才答应见王竹青。最后由于组织的多方奔走以及国民党反动派苦于没有充分证据，只好以莫须有的罪名，把高克明关进了监狱。

高克明入狱后，王竹青也被她任教的学校辞退，她们的生活陷入极度的困难中。为了把子女养大成人，王竹青四处奔波，找了两个学校去兼课。丛丹回忆说，那时一家五口人只有两床被子，冬天也没有炭生炉子，孩子们的手脚都被冻破了，骨头露在外面。有时母亲晚上不能回家，丛丹就和弟妹们挤在破屋里，饥寒交迫，胆战心惊着熬过一个个漫漫长夜。有时，有好心人送一个馒头，丛丹就分给弟弟妹妹们，自己一口都舍不得吃。白天，丛丹除去每天到狱中送饭，还要照顾弟妹，拾柴、捡煤渣和烂棉花。和狱卒混熟后，她就常常在狱中陪着继父，帮着传递消息，听他讲故事和革命道理，跟他背诗词，学文化。作为诗人的丛丹，她说她喜爱文学就是从那时开始的。

为了减轻王竹青的生活负担，高克明在狱中不仅坚持斗争，而且以乐观的态度学纳鞋底，用勾针勾鞋帮子，纳好、勾好后让丛丹带回家。在狱中，敌人严重摧残了高克明的身体。中华人民共和国成立后，高克明担任了兰州造纸厂的第一任厂长和一段时间的兰州市政协学委会主任后，终因身体的原因，病退在家。

## 一号烈属证

1948 年底，随着革命形势的迅猛发展，党组织决定让王竹青带孩子回到兰州。随后，坐了四年牢的高克明也被释放。然而，他们一回到兰州，刚在金石巷住下，特务就又开始追捕他们。从丹回忆说，那时全国就要解放了，也正是敌人垂死挣扎的时候。在黎明前最黑暗的时候，他们不断与敌人周旋，曾一个星期就搬过五次家。有一次，晚上他们刚刚从一个住处搬到另一个住处，东西还在院里放着，特务却已爬上房顶，于是又马上转移。最困难的时候，一连几天都没有水喝，孩子们渴得嗓子都沙哑了。而高克明与地下党的同志，白天躲在郊外的墓坑里，晚上出来工作，与敌人进行顽强的斗争，为争取兰州解放做着最后的努力。

中华人民共和国成立之初，虽说国家各方面都处在非常困难时期，但党中央和人民政府一刻也没忘记那些为中国革命事业牺牲的烈士和他们的家人。

1950 年冬，中央就开始着手确证革命烈士，寻找烈士家属。这期间，中央军委联络处多方打听从德滋一家的下落。尤其是时任中央人民政府内务部部长的谢觉哉老人，更是不忘从德滋这位早逝的革命战友留下的孤儿寡母。当谢老经过许多努力，得知从德滋的遗属在兰州时，他马上亲自写信给王竹青询问情况。为了证实从德滋的两个孩子还活着，谢觉哉还特意叮咛拍一张照片寄给他。

于是，王竹青领着从丹和从甘去兰州葆真照相馆照了一张两寸黑白照片寄给谢老。谢老从照片上看到两个可爱的孩子衣着破旧，从丹的脚趾都露在外面，心里很难过。想起与自己出生入死一起战斗过的战友从德滋，他说，从德滋的过早牺牲，是我党的一个损失。

之后，谢觉哉把从德滋烈士遗属的情况报告给毛泽东主席时，毛主席说，在西安事变时，他就知道从德滋。就这样，1951 年 1 月 15 日，毛主席签署了共和国第一号烈属证，即“革命牺牲工作人员家属光荣纪念证”，编号为“00001 号”，由中央人民政府颁发给从德滋烈士的家属。

面对保存了近 50 年的一号烈属证，从丹说，那年春日的一天，兰州市政府组织人员敲锣打鼓将这张烈属证送到家里，并在门口贴上“革命烈属”的牌子。面对这样隆重而热烈的场面，她并不知道这是怎么回事，更不知道从德滋就是自己的生身父亲，因为那时她叫高锦明，弟弟叫高锦茂。直到那天晚上，高克明、王竹青才含着热泪向两个孩子讲述了他们的身世。高克明立即决定，将他们的名字重新恢复为从德滋当年起的从丹、从甘，以告慰老战友的在天之灵。

从丹说，就在那一天，她忽然感到自己长大了。她为自己有个革命烈士的生父而感到自豪，也为有高克明这样一位了不起的继父而欣慰。

## 谢老拍案而起

中华人民共和国成立后的七八年里，王竹青一家过着平和幸福的生活。从丹上了兰州医学院，她的几个弟妹也相继上了中学和小学。

当年延安整风时期，康生等人借着整风运动批判从德滋，说从德滋是假共产党，是叛徒特务。谢老看出了康生等人的险恶用心，挺身而出，仗义执言， 他说：“从德滋是怎样一个同志，敌人在监狱中都替我们审查清楚了，现在他都牺牲了，你们还要批他，真是岂有此理！”这才使从德滋烈士免遭死后受污。有了老一辈革命家的关怀与爱护，再大的挫折，也没有使他们一家灰心。

从丹说，1965 年 11 月，母亲突然倒在了她热爱的教育岗位上，次年继父在疾病与思念中又撒手而去。

1970 年初冬，她带着孩子被下放到了施家湾苗圃，从此开始了长达八年的漫长而又艰辛的劳动改造生活……

回想当时的情形，从丹说，“那时除不时地担心弟妹们的情况外，更要为生活穷窘而发愁。那些年，由于没钱，油票、布票、肉票等全都送了人，最为揪心的是孩子饥饿时的哭声”。有一年大年初一，她没有什么好吃的给孩子过年，就用仅有的一点豆腐包了几个饺子，与孩子一起吃过后，便领着孩子早早地去了黄河边，一边与孩子一起捡石头，一边给孩子讲故事，一直拖到午后才回家。她说：“那时每年过年心里都很矛盾，既怕家里来人，因为没有什么好吃的招待；又希望家里有人来，特别是希望有长辈来，好给孩子一点压岁钱，以解决生活中的窘迫。”试想，一位承受着如此重负与屈辱的柔弱女性，那时，她是多么盼望早日迎来真正自由的春天。

## “你长得真像你父亲”

1977 年 10 月，丛丹带着对多年失去联系的革命前辈的思念和为父亲平反昭雪的赤诚心愿，专程来到了北京。

当丛丹来到北京一座小四合院，见到思念已久的伍修权老人时，伍老紧紧握住丛丹的手说：“孩子，这些年你受委屈了！”听到这话，丛丹的眼泪哗地下来了。这泪水中饱含着多少委屈、多少磨难。伍老夫人问寒问暖，亲手给她去剥荔枝。当丛丹急切地想知道伍老这些年的经历时，伍老说：“我被他们整了八年，但我在牛棚中的所作所为没有任何可指责的。我是站着走过来的。我的精神、我的信念始终没有垮。”说罢，伍老爽朗地笑了。

丛丹告诉伍老，她因为父亲被诬为“苏修特务”而受到株连，受到了不公正的待遇时，伍老鼓励丛丹说：“害人者最终只会落得个可耻下场。不要怕受挫折，这样可以锻炼人的意志。”丛丹那次去北京，还发生了一件特别的事，令她终生难忘。

一天傍晚，踏着遍地霞光，丛丹陪伍老夫妇在院子里散步时，伍老说领她去见一个人。于是，丛丹跟着伍老来到了另一个四合院。一进门，令丛丹吃惊的是，穿着白色短袖、一脸慈祥的邓小平正笑盈盈地站在院子的中间。伍老走上前去对小平说：“今天我给你带来了一位小客人，她就是丛德滋的女儿啊。”小平同志握住丛丹的手，上下打量了一阵后，深情地对丛丹说：“你长得真像你父亲！”一听小平同志的话，丛丹再也忍不住郁积的感情，“哇”的一声号啕大哭起来，直到走进屋里，她还在哭，就像在外面受了委屈的孩子终于看见了自己的亲人，一任声泪俱下。卓琳抚着从丹的肩头安慰说，孩子，别难过。但小平同志却说："别劝，就让孩子哭个痛快！"小平同志是1937年与从德滋在山西认识的。那是西安事变后，抗联西北军委被迫解散，东北军也被解散，从德滋过了一段流浪的日子。

八一三事变后，他到山西从事抗日救亡工作，在八路军总部与邓小平、杨立三等一起共事，并任八路军115师团级文职干部。说起与从德滋共事的日子，小平同志记忆犹新。看到烈士的女儿，他倍感亲切。小平同志不仅详细询问了从丹一家这些年的生活情况，关切地询问她加入组织没有，而且以自己的经历鼓励她要经得起挫折。临出门时，小平同志还不忘给从丹留下地址，关切地说："孩子，以后有什么事就直接给我说。"邓小平，这位饱经沧桑的伟大的无产阶级革命家的宽阔胸怀，以及对革命后代无微不至、春风化雨般的关怀，从丹始终铭刻在心。

1979年秋天，在伍修权的帮助下，从丹见到了中组部分管老干部工作的副部长曾志，曾志热情地接待了这位烈士的女儿。她一边给从丹倒水，一边像一位慈祥的母亲一样安慰从丹说，今天下午的时间就全给你了，你慢慢说，不要急。从丹的话就像决堤的江水，整整说了一个下午。

当从丹还在北京时，中组部已发函给甘肃省委，将从丹姐弟的申诉信件与伍老等写的证明材料一并寄了过去。这年，甘肃省委为从德滋冤案彻底平反，其家属受株连的问题也得到全部纠正。

1982年4月19日，是从德滋烈士牺牲40周年，伍修权、孙作宾、郭维诚、徐彬如、吴鸿宾、任震英等联名撰写了题为《抗日英名代代传——纪念从德滋牺牲四十周年》的文章，发表在当天的《甘肃日报》上，道出了他们对战友的深切怀念之情。

谈起伍修权对从家的关怀，从丹还深情地讲述了这样两个片段：

1942年春，从德滋牺牲后，他身上裹着一条红毛毯，这条毛毯是当时苏联设在兰州的代表处处长阿基莫夫中将送给伍修权的纪念品。从德滋被捕后，伍修权一边千方百计组织营救，一边托人把这条毛毯转交给王竹青，由王竹青设法送进狱中给从德滋御寒。组织的关怀，战友的深情，给在狱中坚持战斗的丛德滋以极大的鼓舞和温暖。1958 年，这条毛毯作为革命文物，被甘肃省博物馆收藏。

1956 年，谢觉哉和伍修权委托时任中国驻苏联大使馆参赞的丛德滋的弟弟丁丹（丛润滋），接丛丹、丛甘姐弟去北京上学，希望能给两个烈士子女以更好的教育。但丛丹表示愿意留在埋葬着父亲的这片热土上学习和生活。丛丹说，虽然她们没有去北京，但他们一直觉得与伍老、谢老很近，一直就工作生活在他们的身边，时时能感受到他们的关怀与温暖。

## 尾　声

2002 年 9 月，大雁南飞，北方已是秋高气爽。

在丛丹朴素的家里，面对"一号烈属证"，聆听着丛丹大姐饱含真情的讲述，除去泪水一次次模糊了我们的视线之外，我们更感到的是历史所具有的沉甸甸的分量，是历史对于我们年轻人珍贵的启迪。

谈到目前的生活，丛丹说，他们姐弟几人现在都生活得很幸福。虽然她一直是孑然一身，但生活得很充实，在老一辈革命家的关怀和有关方面的支持下，她搜集整理了大量有关丛德滋的资料，目前她正在撰写《丛德滋传》和整理《丛德滋文集》。同时，还搜集整理撰写了不少党史和文史资料，新疆军区在筹建王洛宾纪念馆时，她就曾将自己搜集整理的王洛宾资料全部寄了过去。除此而外，她还创作了数百首格律诗词，诗集《苦竹集》即将出版。看着丛丹桌上那 20 多本厚厚的资料，我们不由地对这位满头华发的老人肃然起敬。

告别丛丹，已是万家灯火，走在兰州的大街上，我们心潮起伏，思绪久久难以平静……

# 李满天与《白毛女》

说起临洮，就想起那首著名的诗歌：“北斗七星高，哥舒夜带刀。至今窥牧马，不敢过临洮。”心想这次去临洮蹲点采访，一定要看看哥舒碑。当然，临洮可看之处很多，马家窑文化遗址是要看的，辛店遗址、寺洼遗址是要看的，战国长城的西端起点是要看的，四季“流珠”的洮河是要看的，传说中的“貂蝉洞”是要看的，岳麓书院是要看的，那里的美丽乡村也是要看的……然而，到了临洮，别处都没去，却首先被县里举办的一个展览所震撼，展览的主题是党史学习教育，其中的一个板块是临洮的杰出人物。或许因为自己是一位文学写作者的原因，在那些星辰样灿烂的人物中，有一位作家引起了我的格外关注，他就是李满天。不仅因为这位临洮籍著名作家是河北省第一届作家协会主席，更重要的是孤陋寡闻的我此刻才知道，他是第一位记录、整理了《白毛女》故事的人。

说起《白毛女》，我们就会想起“北风那个吹，雪花那个飘……”的歌剧名段，就会想起《白毛女》“旧社会把人逼成鬼，新社会把鬼变成人”的生动主题。白毛女的艺术形象影响了几代人，至今还在影响着我们。小时候看《白毛女》时，对白毛女的深切同情，对恶霸地主“黄世仁”的强烈仇恨，至今记忆犹新。

那天，站在临洮县文化馆的展览大厅里，讲解员告诉我们：白毛女的故事是当年流传在太行山区的一个真实故事。

李满天在担任《晋察冀日报》和《冀晋日报》编辑、记者期间，经常深入太行山一带进行采访，写了大量的新闻稿件和文学作品。他既是一位优秀的新闻工作者，也是一位优秀的作家。采访中，李满天从当地老百姓中听到这样一个故事：有一个贫苦农家的姑娘，17 岁时被当地一个恶霸地主看中，以讨债为名抢走。后来因为忍受不了地主及地主婆的凌辱和毒害，姑娘逃居太行山深处的一个山洞里，以采食野菜野果为生。多年来不见天日的非人生活使她长长的黑发变得雪白，被不明真相的当地百姓误当成“白毛仙姑”。后来，八路军打到太行山区镇压了恶霸地主，姑娘才被八路军从山洞里接回村里，得以重见天日，头发也由白再次变黑……李满天敏锐地捕捉到了这个故事的意义，他多方搜集资料，采访了几十人，反复修改，先是根据故事写了报告文学《白毛仙姑》发表在《晋察冀日报》上，后又写成短篇小说《白毛女人》发表在 1944 年 6 月的延安《解放日报》上。

时任鲁迅艺术学院副院长的周扬看到这个小说后，觉得小说的题材很有意义，于是在他的主持下，由贺敬之、丁毅执笔以“白毛仙姑”故事为题材创作出了歌剧《白毛女》，张鲁用河北民歌《小白菜》为基调，写出了《北风吹》。1945 年 4 月 28 日晚，歌剧《白毛女》在延安中央党校礼堂首演，立即引起较好的社会反响。1950 年，东北电影制片厂改编拍摄了彩色故事片《白毛女》。1964 年，在周总理的关心支持下，上海舞蹈学校又编创了芭蕾舞剧《白毛女》，自此，白毛女的故事传遍海内外，白毛女成为了一个世界级的艺术形象。后来，周扬在讲到《白毛女》的创作过程时，曾多次讲到李满天对这个艺术形象的贡献。

我注视着展览馆墙上李满天的照片，他满头青丝，双目炯炯有神，这是他中年时的一张照片。他仿佛也真诚地望着我。我想如果他还健在，会给我们这些从事文学创作的后生们讲些什么呢？他可以讲讲他的恩师何其芳的艺术才华及其代表作《生活是多么广阔》和《我为少男少女们歌唱》，可以讲讲他创作《白毛仙姑》的过程和周扬看到这篇小说时的兴奋，也可以讲讲现实生活与文学创作的密切关系……当然，他的讲述早已在他的作品中了。

讲解员还深情地告诉我们，作家李春雷在报告文学《朋友》一书中有七处写到了李满天。20 世纪七八十年代，李满天到正定县深入生活，发现和培养了后来成为著名作家的贾大山，从此，他们之间结下了几十年的友谊。

从临洮回来，我多方查找与李满天有关的资料，其间读到了李满天的挚友、曾担任过河北省作家协会主席的尧山壁先生的《怀念李满天》一文。文中比较详细地描写了李满天坎坷的人生经历、高尚的人格，以及对文学事业的深情和贡献，尤其是作为一个革命者、作家对人民的深厚感情。

据有关资料介绍：李满天，原名李春芳，又名涓丙，笔名林漫。1914 年，生于临洮县城线市街毛家巷。少年时就阅读了大量进步书籍和革命文学作品，接受了先进文化思想，曾主办过地方报纸《新临洮》。1935 年，考入北京大学中文系。1938 年赴延安参加革命，进鲁迅艺术学院文学系二班，任班长。毕业后，曾任《晋察冀日报》和《冀晋日报》编辑、记者等职。于 20 世纪 40 年代开始创作并发表文学作品。中华人民共和国成立后，历任新华社湖北分社总编辑、河北省文化局副局长、河北省文联副主席、中国作家协会河北分会主席等职。1953 年，加入中国作家协会。著有长篇小说《水向东流》（三部曲）、短篇小说集《家庭》《绊脚石》《安元和小宝》《哑巴讲话》《力原》《李满天短篇小说选》及歌剧《太平桥》等。其中，《水向东流》被誉为河北平原的“创业史”，《力原》受到茅盾先生高度评价。1990 年，李满天在河北石家庄病逝。

尧山壁先生在怀念文章中说，1990 年，李满天曾带妻子回临洮，去看他魂牵梦绕的故乡，老宅已经改造成楼房，只有他上过的养正小学还在。“母亲不在了，杨明堂不在了，东山依然在，洮河照样流，椒山祠修葺一新，洮惠渠又在延伸。”我想，李满天看到故乡的变化，想起离开故乡时母亲送他的情景，想起他离开家乡后摸爬滚打几十年的经历，这位老作家一定会感慨万端。遗憾的是，我几经周折，都没能找到一位当年在临洮陪同过李满天的人，问一问当时的情形。好在县委宣传部的同志告诉我，县里已经拍摄了一部纪录片《李满天》，可以看看。

这次去临洮，正好赶上深秋的第一场雪，雪落七道梁，雪落洮河，雪落在临洮的土地上，或许这场雪还可以落到临洮的历史中去。这雪先是轻轻地落着，有些羞涩，有些胆怯，似一个人第一次去临洮的心情。后来，雪就在大地上挥洒起来，有些酣畅淋漓的感觉了，在这样的雪中是适合唱一唱《北风吹》的，只是当时没有想到，直到今天才想起这场雪的寓意。

离开临洮好几天了，心情还有些不宁静，似对临洮有所牵挂。我在想李满天的人生经历，在想当年白毛女的故事流传了那么久，为什么只有他才发现了这个故事的意义而动手去写呢？在想作为经典的《白毛女》，对我们今天的文学创作应该有怎样的启发呢？

以后，每次看《白毛女》时，我一定会想到那个叫李满天的作家。

# 寻访“铁人”王进喜

认识一个人，一定要走进他的灵魂深处。认识一个人，也是需要漫长时间积淀的。这样，你才有可能更加深入地理解他、读懂他。就像我们认识“铁人”王进喜一样。

“铁人”王进喜，是全国家喻户晓的劳模。我们很早就从书本上、文艺作品中认识了他。可是，2019 年，庆祝中华人民共和国成立 70 周年前夕，也是他去世 49 年后，又一次受到表彰，荣获“最美奋斗者”称号时，我们再次被他的青春之歌、被他的创业史，还有他那“燃爆”了的口号式的铮铮誓言所感动。

这是一个穿越历史时空，依然历久弥新的先进人物。这也是一个时至今日，依然以他的精神和光辉激励着我们的平凡劳动者。

我们在人物事迹简介中看到，是这样介绍王进喜的：

王进喜，男，汉族，中共党员，1923 年 10 月生，甘肃玉门人，曾任大庆油田 1205 钻井队长、钻井指挥部副指挥。他是新中国第一代钻井工人，是中国工人阶级的先锋战士、中国共产党人的优秀楷模、中华民族的英雄。20 世纪 60 年代，他率领 1205 钻井队“有条件要上，没有条件创造条件也要上”，人拉肩扛运钻机、破冰端水保开钻、勇跳泥浆池制井喷，以“宁肯少活二十年，拼命也要拿下大油田”的顽强意志和冲天干劲，打出了大庆石油会战第一口油井，创造了年进尺 10 万米的

“铁人”王进喜

世界钻井纪录。他把短暂而光辉的一生献给了我国石油工业，他身上所体现的铁人精神，成为中华民族的宝贵精神财富。2009 年当选“100 位中华人民共和国成立以来感动中国人物”。

简短的文字里，“玉门”两个字深深地吸引了我们。寻访“铁人”的足迹由此开始。那一年的冬天，我们穿越长长的河西走廊，前往玉门。祁连雪峰在远处闪耀，坚如磐石，又晶莹剔透。因石油而声名鹊起的玉门市，已是一座新型现代化城市的模样，但石油的印迹无处不在，就像“铁人”的印迹也无处不在一样。我们甚至还知道，出了玉门城区，穿过一片辽阔的戈壁滩，在小金湾民族学校，这里的少数民族孩子，也会跳“我为祖国献石油”的欢快舞蹈。从那一张张稚嫩的脸上，我们看到了建设祖国的豪情壮志。

在玉门市赤金镇，有一座远近闻名的铁人村。这里是“铁人”王进喜的诞生地和成长地，也是铁人精神的发源地。

一个春日，我们联系铁人村支部书记毕林兵，了解“铁人”成长轨迹，追寻铁人精神孕育而生的源头所在。

根据毕林兵介绍，故事的源头要从清道光年间说起。那时，王进喜的祖辈从陕西同州一带辗转来到玉门赤金定居。王家勤勉，家风一代代传承。到王进喜祖父那一辈时，家境殷实，牲畜成群，还开有一家典当铺。然而，在一次土匪马队抢劫中，王家损失惨重，王进喜的祖父身受重伤，不治而亡，留下 3 岁的儿子与母亲相依为命。

这个苦命的孩子就是王进喜的父亲王金堂。他在母亲的扶养下长大成人，能识文断字，热爱戏曲，28 岁时娶了当地有名的秀才家的女儿何占信为妻。何占信知书达礼，勤劳恭孝。此时王家日子虽苦，但也有好的发展势头。王进喜就是在这个时候出生的。王进喜的父亲心里高兴，按当地习俗，把孩子和包孩子的筐子放在秤上一称，正好是十斤，于是王进喜就有了一个乳名

“铁人”王进喜故居　（毕林兵摄）

"十斤娃"。说是十斤，那是连娃带筐在一起，娃娃实际身材瘦小且单薄。

王进喜5岁时，父亲被村里的地主恶霸勾结陷害，家里几亩薄田被夺走，父亲被抓进牢房，出狱不久便双目失明。

在那个备受压迫的旧社会，王进喜吃尽了常人所不曾经历的苦难。他领着失明的父亲四处乞讨，给地主家放牛放羊，勉强度日。生活的苦难锻造了他异常坚毅的品格，也在他心里埋下了不屈的种子。

玉门赤金老君庙一带盛产石油，王进喜自八九岁起，就在石油河坝给人看油池、捞石油，从此便与石油结下了一辈子的缘分。

玉门油田是在抗日战争的特殊历史条件下投入开发的。1938年，地质学家孙建初等一批爱国知识分子来到石油河畔，艰苦创业。1939年3月13日，赤金老君庙一号井开挖，3月27日以人工的方式打出了第一口油井——老一井，由此拉开了玉门油田开发的序幕。

然而，此时的王进喜，还只是一个穿着破羊皮袄、浑身沾满黑色原油的"黑油娃"。与许多曾在老君庙前采集原油的赤金乡亲一样，玉门油矿被国民党政府经营管制以后，他们就成了油矿长工。王进喜修过路，挖过油池，做过驮夫，干着重体力劳动，稍有不慎就会遭到工头毒打。他虽然一心想当钻井工，但始终未能如愿。长期的压迫使工人们自发起来斗争。1941年，中国共产党在玉门油矿成立地下党组织，在工人中进行广泛动员。石油工人的思想意识开始觉醒，王进喜受到感召，逐渐懂得了斗争的意义。1949年，中华人民共和国成立前夕，他积极参与玉门油矿护矿斗争，阻止国民党反动派的破坏企图。1949年9月25日，玉门油矿和平解放，王进喜和各族群众一样欢天喜地，迎来新生。

1950年春，玉门油矿开始招工。日思夜想成为钻工的王进喜，成功通过考试，光荣地成为我国第一代石油工人。面对身份变化，他的兴奋溢于言表，那些充满大智慧和大哲理的话，经常从他嘴里不经意地说出来，"我从小放过牛，知道牛的脾气，牛出力最大，享受最少，我要老老实实地为党和人民当一辈子老黄牛"。

当然，他"这辈子最大的理想，就是当个好司钻，不达目的死都不甘心"。王进喜没上过学，没有多少文化，他感觉工作开展起来很困难，便积极参加

中国铁人第一村　（毕林兵摄）

玉门市赤金镇铁人村一角 （毕林兵摄）

扫盲班，从27岁开始识字，学文化、学技术、学社会发展史。这个过程应该是艰难的吧，他说，“我学会一个字就像搬掉一座山，我要翻山越岭去见毛主席”。看着他一笔一画写下的字，“党”“革命”“油田”“群众”“王进喜”“学习”……我们似乎看到了他的热情和赤诚。

1953年，玉门油矿建设被列入国家“一五”计划重点项目之一。同年底，王进喜调到贝乌5队任司钻。由于钻机是刚刚从苏联进口的，石油工人经验不足，工作开展缓慢，贝乌5队被人称作“豆腐队”。王进喜不甘落后，带领工人学技术、练本领，很快就使贝乌5队成为赫赫有名的钻井先进。1956年，王进喜光荣地加入中国共产党，随后还当上了贝乌5队队长。他决心带领全队工友打一个漂亮的翻身仗，提出“月上千，年上万，钻透祁连山，玉门关上立标杆”的宏伟目标，随身不离“三件宝”（笔记本、炒面袋、羊皮袄），没日没夜拼命干。饿了，吃几口工人从食堂带来的饭；困了，就盖上羊皮袄打个盹。队长带头干，全队学队长，贝乌5队接连实现虎口拔牙的攻坚任务，在报废的319井废墟上打出新油井，还首创钻机“整体搬家”的奇迹，实现当天搬家当天开钻，被称为“一次重大的工艺改革”。1958年7月，石油部提出在石油战线开展钻井竞赛。王进喜带领贝乌5队冲锋陷阵，奋战三十昼夜。于9月30日零点，完成钻井进尺5009.47米，创全国最高纪录、世界少有纪录，实现了“月上五千米，标杆立祁连”的宏伟目标。当年，在新疆克拉玛依召开的全国石油工业现场会上，王进喜被誉为“钻井闯将”，他所带领的贝乌5队，被授予“钢铁钻井队”称号。

1959年，在中华人民共和国成立10周年之际，王进喜作为代表参加全国群英会，并在天安门城楼上，受到了毛泽东的亲切接见。

在北京，王进喜发现街上行驶的公交车尾都背着一个“煤气包”，经同伴解释，他才知道当时国内石油燃料紧缺，因此公交车只好用煤气代替石油作燃料。得知这个消息，王进喜流下了难过的泪水，他没有想到自己在玉门年年超额完成打井任务，我们国家的石油还如此紧缺。那一刻，为石油而战，已成为深深烙进他心里的誓言。

1959年9月26日，松基三井喷油，大庆油田宣告诞生。一场震惊中外的石油大会战打响。1960年3月，王进喜带领贝乌5队从玉门赶赴大庆，被统一编号为1205队。一到工地，王进喜顾不上休息，就先问："我们的钻机到了没有？我们的井位在哪里？这里的钻进最高纪录是多少？"在他看来，石油大会战，也像打仗一样，只能上，不能停；只能干，不能等，天大的困难也不怕。他带领工友硬是靠人拉肩扛把钻机卸下，运到9公里外的井场，拉上2米多高的钻台，把40米的井架竖立在茫茫荒原上，创造了大庆会战的第一个奇迹。井架立起来以后，打井没有水，王进喜就组织工友用脸盆端、水桶挑，硬是靠人力端水50多吨，保证了按时开钻，创造了大庆会战的第二个奇迹。当时，王进喜被安排住在赵大娘家，看着他拼命的样子，赵大娘心疼地说，"王队长可真是铁人啊"！1960年4月，大庆召开石油会战万人誓师大会，王进喜被树立为大会战标兵，随后成为大庆油田"五面红旗"之一。从此，一场"人人学铁人，人人做铁人，为会战立功"的活动在油田上开展起来。一个响亮的名字："铁人"王进喜，也开始传遍全中国。

在大庆油田，王进喜以"宁肯少活二十年，拼命也要拿下大油田"的宏伟气魄，以"石油工人一声吼，地球也要抖三抖"的响亮口号，激发出了石

王进喜和工人们用身体搅拌水泥，制伏井喷

油工人的巨大能量和坚韧意志。当钻井发生井喷时，他顾不上伤病，扔掉拐杖，带头跳进泥浆池，以自己的血肉之躯搅拌泥浆，并最终制伏井喷。在《中国共产党的九十年》一书中，我们看到了王进喜在泥浆中奋战的图片，这也是他以自己的平凡劳动在党的历史上留下的光辉一笔。

王进喜说："干工作要为油田负责一辈子，要经得起子孙万代的检查！"

他吃苦耐劳，坚持"三老四严"，即：对待革命事业，要当老实人，说老实话，办老实事；对待工作，要有严格的要求，有严密的组织，有严肃的态度，有严明的纪律，体现了中国工人阶级"爱国、创业、求实、奉献"的精神风貌，铸就了铁人精神。

春暖花开时，玉门市赤金镇铁人村宛若花园，绿树摇曳，芳草青青，漂亮的二层民居和各种景观水系交相辉映，现代化的设施农业富足一方。这座荣膺"全国乡村治理示范村"的河西乡村，已成为许多人寻根铁人精神的目的地之一。铁人王进喜故居、铁人事迹陈列馆、赤金客厅等，游客川流不息。毕林兵介绍，铁人精神是一股力量，融入了对事业的执着追求、对祖国的深切热爱；铁人精神是一面旗帜，凝聚着艰苦奋斗、甘于奉献的朴素情感；铁人精神是一个标志，象征着奋斗不止、创造未来的民族气概。作为铁人家乡人，他们将始终以铁人精神为魂，激励全村群众艰苦奋斗、自强不息，在乡村振兴的伟大实践中，打造百姓的幸福家园，打造游客的休闲乐园和精神学园。

# 第五章

## 红色热土的巨变

2019年10月，我们在甘肃省档案馆展出的“不忘初心、牢记使命”主题教育档案文献展上，看到一份珍贵的文献档案——1978年12月13日邓小平在中央工作会议闭幕会上讲话提纲手稿。在这次会议上，邓小平作了题为《解放思想，实事求是，团结一致向前看》的重要讲话。

讲话指出，首先是解放思想，只有思想解放了，我们才能正确地以马列主义、毛泽东思想为指导，解决过去遗留的问题，解决新出现的一系列问题。他强调：“再不实行改革，我们现代化事业和社会主义事业就会被葬送。”讲话提出了一个“大政策”，就是要允许一部分地区、一部分企业、一部分工人农民，由于辛勤努力成绩大而收入先多一些，生活先好起来，一部分人生活先好起来，就必然产生示范力量，就会使整个国民经济不断地波浪式地向前发展，使全国各族人民都能较快地富裕起来。

《中国共产党简史》中说，这篇讲话是解放思想、开辟新时期新道路的宣言书，实际上成为随后召开的党的十一届三中全会的主题报告。

1978年12月18日至22日，党的十一届三中全会召开，实现了中华人民共和国成立以来党的历史上具有深远意义的伟大转折，开启了我国改革开放和社会主义现代化建设新时期。

在甘肃，改革开放犹如一声春雷，唤醒了陇原大地。紧随时代步伐，甘肃进入到改革开放的新时期。在这历史转折关头，甘肃在探索家庭联产承包经营责任制和以国有企业改革为主的城市经济体制改革中，都走在了时代前列，带来了新变化、新气象。甘肃的文学艺术事业，也焕发出崭新的艺术活力，在全国取得引人瞩目的成就。

2000年，随着国家西部大开发战略全面启动实施，一系列利好政策加持，有力地推动了甘肃经济社会的发展。

忽如一夜春风劲，万户千村笑开颜。对于每一位工作生活在甘肃的人来说，只要你稍作留意，就会发现，改革开放以来，甘肃正在以肉眼可见的速度发生着翻天覆地的惊人变化。

# 改革开放的报春鸟——《丝路花雨》

自 1979 年 5 月 23 日在兰州成功首演以来，经典舞剧《丝路花雨》已经走过了 40 多年。

这是一段值得铭记的日子，也是一段值得庆贺的日子，2880 余场演出，出访 40 多个国家和地区，观众达 450 多万人次，被称为“二十世纪华人舞蹈经典作品”“中国舞剧史上里程碑”“中国舞剧之最”“东方的《天鹅湖》”……细数《丝路花雨》的演出年轮，既浓墨重彩书写了中国舞剧史上的经典案例，也以常演常新、永葆青春而深受世界各国人民的喜爱，给舞台艺术领域留下了让人探究的广阔空间。

## 思想解放的过程

舞剧《丝路花雨》由甘肃省歌舞剧院创演，全剧以敦煌画工神笔张和女儿英娘悲欢离合的人生境遇为主线，讲述了父女二人与波斯商人伊努斯生死相助、患难与共的感人故事，形象地再现了敦煌文化的博大精深和古丝绸之路繁荣昌盛的辉煌景象，弘扬了丝绸之路“友好通商、互惠共融”的优良传统。

晏建中是 1979 版《丝路花雨》编导之一。他回忆说，1977 年 8 月，院团新编剧目接受审查时，时任省委宣传部部长的吴坚和副部长陈舜瑶都出席了，但演出完没有一个人评论新剧目。陈舜瑶提出，同类节目在全国有 30 多部，“敦煌就在我们甘肃，为什么不搞敦煌呢？”吴坚介绍，“今天给你

《丝路花雨》在日本的演出海报

们请来了常书鸿，让他给你们做顾问，搞一个敦煌的节目。”

面对创作敦煌题材的新要求，当时人们的思想还被禁锢着，辩论了好长时间都争执不下。省委宣传部了解到情况后，让把“主战派”的同志组织起来，先到敦煌去。

当年 11 月，晏建中和赵之洵、刘少雄等艺术家一行 6 人首批抵达敦煌，在为期半个月的学习中，跟随著名的敦煌学专家段文杰、史苇湘、施萍婷等老师轮流“上洞子”，学习敦煌壁画和佛经故事，了解丝绸之路和当地民间传说。

1977 年 12 月，晏建中和他老师辈的艺术家赵之洵再赴敦煌。经过大量学习和积累后，于 1978 年创作编年史体《敦煌曲》，以上、中、下三个篇章讲述敦煌莫高窟从建窟到新生一千多年的发展历程。

“讲到第三个篇章时，敦煌研究所的专家们都笑了。”晏建中说，“《敦煌曲》结构形式很图解，人物和故事都没法贯穿，排不下去，也没办法，思想就停留在这。”

此时，还有一种声音，创作一部完整舞剧。几经波折，《丝路花雨》在《敦煌曲》上篇《建窟》的基础上，开始了最初的孕育。

随着时间的推移，创作人员逐渐认识到，敦煌莫高窟是中外文化通道上的宝库，是在丝绸之路上形成的，应该把剧目放置在更大的时代背景下来开掘主题、构思故事、设置人物。由此，故事框架初步形成，主题也改为表现丝绸之路上各国人民的友谊和文化交流。

“《丝路花雨》的创作，是一个思想解放的过程。这是时代给我们的。”晏建中以“春风播花雨”来描述这个过程。

“《丝路花雨》是改革开放的‘报春鸟’，体现的是中国精神、中国故事。”2008 版《丝路花雨》艺术总监、原甘肃省歌舞剧院院长陆金龙说。

## 集中优势的举措

舞剧《丝路花雨》的最大贡献，被认为是“复活了敦煌壁画”，开创了一个全新的舞蹈种类——敦煌舞。

今天，当我们再次回溯历史，该剧创作中的一些开拓性举措，依然被大家津津乐道。

陆金龙认为，该剧创作根基深厚，在当时省委、省政府主管领导开放创新精神的引领下，第一次打开了我们的艺术视角，把我们带到了世界文化艺术的海洋中。创作人员冲破自我藩篱的约束，以敏锐的艺术洞察力和超脱的艺术创造力，将艺术触角延伸到莫高窟壁画艺术中，七进敦煌，数易其稿，

《丝路花雨》剧照：贺燕云（右）饰演英娘

坚持艺术创作规律，使之具有世界艺术的高度和敦煌艺术的深度。同时，“集中优势，优势整合”，完全按照精品创作模式来打造。

晏建中认为，该剧的成功，首先要归功于我们的祖先。是我们的祖先创造了这样一个无比丰富的敦煌艺术，后来者才能受其启发，挖掘出可做的东西，没有敦煌艺术就没有《丝路花雨》。其次，创作过程凝聚了很多人的心血。一是敦煌研究所的专家们，特别是该剧顾问之一的段文杰，为剧情和人物设置出了很多精彩的点子，神笔张、英娘、伊努斯等人物名字，都是他给起的。二是主管部门非常支持，主要负责同志经常到团里和大家一起商讨创作、给予指导，该剧剧名《丝路花雨》就是吴坚起的，寓意“丝绸之路，花雨飘飘”。三是动员全省戏剧专家参与进来、给予帮助，省话剧团姚运焕、胡耀华等参与了剧本讨论。甘肃省著名话剧导演刘韧对舞蹈演员内心戏进行指导，而且在这个过程中，大家一心为戏，从来没有人要过报酬，甚至连这个意识都没有。另外，还得益于一个具有战略意义的举措，那就是排演出来以后，邀请吴晓邦、沈从文等全国舞蹈界和文化界的重量级专家专程来甘肃为该剧把脉会诊。专家们看了以后非常赞许，也提了许多宝贵的意见。

1979版《丝路花雨》化妆设计杨树云介绍，沈从文看完该剧以后对他说，表现大唐盛世的繁华，人物头上不要太多的装饰，金钗也不宜过长，因为唐朝的一尺比现在的一尺短。根据这些意见，他把能减的都减掉，最后露出了黑发。

“专家用他们的口碑在北京宣传开了，甘肃搞了一台了不起的节目。”晏建中说，为国庆30周年献礼演出在人民大会堂举行时，该剧是唯一一个没有经过节目审查的剧目。演出取得巨大轰动后，第一轮巡演也随之揭开序幕。

## 传承创新的路上

《丝路花雨》为什么能常演常新、永葆青春？

1979版编导之一朱江认为，主要得益于以下四个方面。一是创造了新的舞种——敦煌舞。中国古典舞是从明清戏剧舞蹈发展起来的，《丝路花雨》

1979 版《丝路花雨》演出合影

里仿唐的舞蹈，把中国古典舞向前推进了好几百年，具有突破性、划时代的意义。二是在 40 年前的中国舞台上，还没有像《丝路花雨》这样的舞美设计，飞天、驼队、飞毯等呈现出来很新颖，让观众感觉特别新奇和震撼。三是该剧的音乐，把古代的《月儿高》音乐改编以后，成为《丝路花雨》的主旋律，是古为今用的典范。四是在表演上精益求精，每一个人物都刻画得十分到位。《丝路花雨》的这些特色历久弥新，传承至今，背后蕴藏着的是一代又一代“丝路花雨人”的精品意识，包括精品表演意识和精品管理意识。

陆金龙见证了该剧 40 多年的发展变化。他说，《丝路花雨》一直走在改革创新的路上，永不停步；“丝路花雨人”也没有躺在过去的功劳簿上，而是一直在不断地超越自我。秉承“传承经典，不断续写新辉煌”的主旨，该剧在演出的同时，一直着力进行提升、修排。其中，2008 版和 2016 版是在保留精华前提下的全新“变脸、换装”，既坚持了“经典剧本、人物和人物关系、主旋律曲子、敦煌舞特色”的不变，又按照时代和观众的审美需求，不断地注入新光泽、新生命，创新发展，越演越新。

编导与五位英娘合影（1981 年）

甘肃省歌舞剧院创编室主任、舞蹈学校校长王琼，有着十年的英娘饰演经历。她把自己在舞台上的经验和心得体会整合浓缩，转换成学生们能理解的方式，对后来的六七位英娘，还有神笔张、伊努斯等角色进行了指导排演，使得演员能够真正吃透角色、抓住人物特征，取得了让人意想不到的效果。“我觉得我们彼此都是老师，互相在教，有一种精神在传递。”王琼说。

李莉，也是英娘的扮演者之一。她说：“我心甘情愿将自己艺术生涯最宝贵的‘黄金十年’献给了英娘，献给了舞剧《丝路花雨》的观众。每一位曾经在舞台上奉献青春、挥洒汗水的艺术家，都是值得尊敬的人。我愿意用剩下的青春，培养出一个个优秀的舞蹈人才，这才是一代代英娘传帮带精神的完美体现。”

让我们记住这一个个闪亮的名字：从 1979 版《丝路花雨》的主创人员赵之洵、刘少雄、张强、朱江、许琪、晏建中、张聚芳、安建、徐成华、易炎、陈泓、韩中才、呼延天助、焦凯、李明强、郝汉义、杨树云、周文钦等，到 2008 版的主创人员阎红霞、赵小刚、赵栩可、张浩、陆金龙、张稷、牟瑜、樊玲等，以及英娘扮演者贺燕云、史敏、付春英、张丽、韩晶、王琼、韩煦、李莉、康琦，神笔张的扮演者仲明华、柴怀民、杨传弘、安宁，等等。40 多年来，一大批“丝路花雨人”坚持传承、继承和弘扬，以《丝路花雨》所蕴含的包容、进取、创新、跋涉、锲而不舍等精神，历练自己的艺术品质和艺术品格，以优秀的传统精品指导现实的艺术创作，让历史的精品延续发展。

如今，舞剧《丝路花雨》已成为“一带一路”上的文化友好使者，是向世界讲好中国故事的艺术精品。

# 党员何鄂的足迹

我能够奉献给中华民族的——唯有雕塑。

我能够给予我们这个时代的——唯有雕塑。

——何鄂

说起何鄂之前，我们先来看看她的履历：1937 年出生，祖籍上海金山，1955 年毕业于西北艺术学院美术系雕塑专业，1955 年至 1959 年在甘肃省美术服务社工作，1960 年到 1962 年在兰州艺术学院美术系任教，1962 年至 1974 年在敦煌文物研究所工作，1974 年至 1993 年在甘肃省工艺美术公司及甘肃省工艺美术研究所工作，1984 年加入中国共产党，1992 年当选为党的十四大代表，1994 年创立甘肃何鄂雕塑院，2016 年获全国三八红旗手标兵，2019 年庆祝中华人民共和国成立 70 周年时受邀到天安门广场观礼。

何鄂是著名雕塑家。联系采访时，她说我们运气好，她平常很忙，正好那天有空。当我们穿过三月的阳光，走进何鄂雕塑院，她已经等在那里。看着她清澈的笑容，还有说起艺术时的严谨和抱负，我们感受到了一位艺术家的温煦和光辉。

她把自己定位为一个共产党员，以“一个共产党人的足迹”，给我们讲述她的雕塑人生。

## “埋下艺术为人民的种子”

何鄂用三个阶段，来说自己这一辈子的艺术追求。

第一个阶段，是在西北艺术学院上学时。她上学的时候是供给制，进学院就是参加革命。学院的前身是贺龙领导的西北军政学院，因当时国家急需艺术人才而成立。进学院学的第一本书，是《毛泽东在延安文艺座谈会上的讲话》，再一个就是到农村和农民同吃同住同劳动。在那个阶段，埋下了一颗艺术为人民的金色种子。换句话说，是党培养了她。

第二阶段，是 1962 年到 1974 年，她在敦煌这个阶段，艺术为人民这一颗金色的种子在民族文化的母体里得到了孕育。她解释，不是说在敦煌待了 12 年，就等于在母体里，而是对民族文化学习的一种感悟和领悟，使她对古代雕塑家的杰出创造有了深刻的顿悟，这才形成了母体的孕育。何鄂在敦煌临摹了许多作品，但是在临摹 194 窟两座唐代天王像的时候，无意中发现两三处不一样，引起她极大兴趣，追溯下去，发现了 13 处不一样。“这两尊天王像相隔三米，但是这个优秀的工匠做了创造性的发挥，做出了完全不同的性格，我充满了敬意，这个发现是我对灿烂文明的一个深度认识，找到了古代雕塑家的杰出创造在哪里。”后来，她又在重庆大足石窟参观时画了宝顶山 25 米长的《牧牛图》，试想按考古学上的排年法，把 10 个人 10 头牛分别画在两张纸上做个比对，又意外地发现了古人的杰出创造。何鄂常说发现很重要，因为发现让她举一反三，终身受益，知道了应该怎么在现实中去创造。不过，这还不够。后来，西安电影制片厂拍《丝路花雨》，她的任务是调过去做里面的道具敦煌彩塑。这个阶段，她正好看到一本日本出版的中国敦煌壁画的画册，其中有她临摹的 4 件作品。当时看到上面写的“何鄂摹制”，她本来是很高兴的，但是忽然意识到，我们能临摹，我们的儿女也能临摹，孙子也能临摹，这个光辉永远是古人的，不等于我们的创造。就在那一刻，她意识到自己生活在这个时代，怎么没有一点点自己的感动，因而对自己极度不满，开始寻找自己的感动，寻找自己的创造，寻找时代的创造。“老祖宗留了千千万万遗产，遗产上写满了密码，这个密码就是‘创造’两

何鄂在莫高窟复制彩塑（1960年代）

个字。现在我们看到五千年文明留下来的所有宝贵财富，实际上就是老祖宗在告诉我们这个精髓——创造。所以，我后来把自己一辈子押到创造上。”

第三个阶段，何鄂心里这颗得到母体孕育的种子，终于在改革开放中开花结果。她的大多数作品都是改革开放以后做的。“改革开放对我来说，是一种文化的新生；对我们国家来说，打破了很多旧的观念、旧的体制，很多阻碍社会进步的东西都被打破了。”“改革开放使想跑的人跑起来，我就是那个想跑而且已经跑起来的人。”

她最深刻的体会是在做《黄河母亲》之前，到珠海去看《珠海渔女》。那一天，她在深圳的街头等了40分钟，公共汽车一直没有来，有人告诉她，白颜色的小汽车是招手停。她当时心想：“这派头太大了，你手一举一辆车居然能为你停下来，这么一想以后，胳膊像中了铅一样，怎么都抬不起来。

后来时间一秒一秒地过去了，我想再不看，那天晚上又要多掏 20 块钱的住宿费，后来我把手勇敢地举起来了。”她把这一举称为“打破旧观念”的一举。“其实周围的人根本不认识我，可是我觉得周围的人好像都在看我，自己的观念把自己紧紧地束缚住了。后来我不断地让我的思维有一个大的开阔，在 57 岁的时候，我做了一个决定，建立用自己名字命名的雕塑院——甘肃何鄂雕塑院。这 27 年来，雕塑院在全国 20 多个省、市、区建造、陈列了 200 多件（套）雕塑项目，这些作品寄托了我的无限深情。我觉得没有改革开放，我不可能成立雕塑院，也不可能有这么大的平台和机遇。”

## “灿烂文明把你推了一把”

从 1955 年到 2021 年，至今 66 年，何鄂从没有停止过脚步，连她自己都觉得真的是一个奇迹，她常常被自己感动。

她认为，这个产生用不完力量的奇迹，是“老祖宗灿烂文明把你推了一把，你必须这么做，你也是自觉自愿这么做”。简而言之，就是希望五千年灿烂文明不断延伸下去，我们延伸我们这个时代，我们的儿女将来再延续他们的时代，这样中华民族的灿烂文明才能生生不息。“站在灿烂文明的高度，就明白自己应该干什么。”

《黄河母亲》就是何鄂当时意识到要做事，脑子好像真的有个声音：“要做事，要做事……”最初创作的《黄河儿女》，站在自身的角度思考，表达黄河和甘肃人民结下的不解之缘，构图为一个西部汉子、一个母亲、一个孩子，好像是一家人，设计图出来后，她又觉得儿女们一代代更替，母亲是永恒的，所以把西部汉子去掉了。她说：“这个作品是源于对我们民族文化的深刻认识，把自己的情感寄托在黄河儿女身上，后来转化为《黄河母亲》。应该准确地说，没有在敦煌的 12 年，特别是没有后来的感悟和顿悟，不可能有《黄河母亲》的诞生，也不可能有现在这个全新的自我。”

何鄂的雕塑作品《黄河母亲》，1986 年建造于兰州黄河之滨，2016 年被确定为甘肃省省级文物保护单位。雕像建成 30 多年里，何鄂一直关注它，搜集到了大量参观过《黄河母亲》的观众写的文章和诗篇。她表示，通过这些参观者的文字，她挺感动，觉得我们中华民族有着巨大的凝聚力。参观者通过看雕塑，寄托的是他们对民族的情感。何鄂说自己是一个黄河儿女，通过雕像寄托了自己对民族的情感。这个雕像因为象征了中华民族，因而享誉海内外。“它产生的巨大的精神力量，是由我和所有的中华儿女共同谱写的。”她如此慨叹。

## “把所有任务都当创作”

谈及传统文化，何鄂说了这么一段话：他们静静地屹立在世界民族艺术之林，却以巨大的推动，呼唤着一个民族新的未来。

她认为老祖宗留下来的所有遗产，就是让我们创造，也就是文化复兴。

黄河母亲　（甘肃何鄂雕塑院供图）

她庆幸自己有这样的机遇，根植民族文化的沃土，孕育了创造的生机。

这些年来，何鄂与她的雕塑院创作了大量雕塑作品。这里面，有以红色革命历史为主题的，有她献给上海金山老家的，也有历史文化题材和表现民族风情的，还有表现现实生活的。何鄂给我们讲述了一些主要作品的创作经过，她提到，自己有时候挺激动，光做雕塑不够，还想用文字写下来，因此，我们得以有机会看到她的大量诗篇。在这些雕塑和文字里，我们读到了何鄂的灵感源泉和深情。

何鄂雕塑院的宗旨是：弘扬民族文化，创造时代精品。27 年来，她一直这么做，把所有接受的任务全部都当创作。

1992 年，何鄂给山丹培黎学校创作了《艾黎、何克与中国孩子》。何鄂查阅了大量资料，看了路易・艾黎传略，了解了他和何克的关系后，何鄂认为路易・艾黎和何克在修校舍时最难的是修墙脚。她选用了这个情景，用墙角把两个人组合起来，表现他们创办学校的艰辛，表现国际友人对中国教育事业做出的卓越贡献。当时路易・艾黎和何克收养了好多孤儿，艾黎在自传里写道，每天要给孩子们清理干净，何鄂在构图中设计了一个孩子。艾黎和何克的教育理念是创造分析、手脑并用。怎么样表现手脑并用呢？在艺术创造上，何鄂想到自己小时候的体会，她的祖母是个知识分子，把家里吃的大米撒到桌子上，祖母边拣米，边给何鄂教在米里写字。她把这个情节借用到这里，两位作为教育家的国际友人在谈论学校教育，靠在艾黎怀里的孩子在教育家的手心里写字，想到这个创意恰到好处地表现了手脑并用的教学理念，何鄂很兴奋，她把自己对两位国际友人的崇敬，通过雕像表达了出来，一个朴实，一个健壮，穿着草鞋，用花岗岩定格下来，成为一件永恒的作品。

《永恒祁连》，原本是何鄂为兰州八路军办事处纪念馆创作的群雕，她把其中的一位女战士单独提取出来，又塑了一件，参加了全国庆祝建党八十周年美展。何鄂在雕像背后恭恭敬敬刻上了“向西路军烈士致敬”八个字。我们看到，这位倒下去的女战士，依然伟岸如山，红五星本来是紧握在手里的，此时，她的手指已经渐渐松开，另一只手试图要站起来，她已经走了很多的路，眼睛没有闭，没有瞑目，好像还有些眼泪，特别年轻。何鄂说，她在高台烈士陵园见到过一张年轻的烈士被残害的照片，令她难以忘怀。她在

《艾黎、何克与中国孩子》（甘肃何鄂雕塑院供图）

塑像的同时写了这首诗：

她，还那么的年轻，又那么纯净

她，如今已经长眠，在西路军决战的沙场

她，是来自天南还是海北，没有人知道她出生在哪一个村庄，或是哪一座豪门深院

她，一定是翻过了许多山，因为那双带扣的布鞋，已经很旧很旧

她，一定是越过了草地的坑洼泥潭，因为她的衣袖已成碎布残片

她，无疑是刚刚倒下，倒在敌人罪恶的枪口下

她，曾直视着邪恶的豺狼，不然她不会微张着永不瞑目的双眼

她，一定试图站立过，那双不屈的膝告诉我们

她，一定有话要说，那干裂的双唇告诉我们

她，终于倒在，祁连山下，左手伸展开指骨，像与死神抗争，就在她心脏停止跳动的瞬间，曾经紧握的右手渐渐地展开

看啊，那是什么

看清楚了，那是一颗五角的星星

热血沸腾了，心儿震撼了

那不是她生命的支柱么？

这真是革命人崇高的信仰！

她去了，已经有好几十个年头了吧

不，她没有去，她永远凝固在青春的年华

她，长眠在祁连，有太阳辉映，有雪山为伴

她没有去，共和国不会忘记，我们不会忘记

她，活在我们心里，永远那么年轻，依然那么纯净

何鄂出生于抗日战争全面爆发那一年，老家上海金山，曾是日本侵略者登陆的地方，中国军民在此进行了顽强抵抗。2015 年，她为金山卫抗战遗址纪念园，以虚实相间、动静结合的艺术表现手法，创作了《金山卫风云》，以此表达铭记历史、缅怀先烈、珍爱和平、开创未来的民族心声。

《永恒祁连》（甘肃何鄂雕塑院供图）

除此之外，何鄂做了大量古今中外精英人物的雕塑，从中，她汲取力量，并不断变成自己的力量。

2006 年，为内蒙古鄂尔多斯市政府创作的《成吉思汗雕塑群》，是何鄂艺术历程中规模最大的创作。接受委托时，对方只叮嘱了一句话：希望你留下一件精品。作为这五组群雕巨大工程的创作者、工程总指挥、艺术总监，何鄂看了很多版本的人物传略后，在内容上，提炼闪光点，以雕塑的交响乐，表现成吉思汗一往无前的大无畏民族精神，并从中提炼民族文化精髓；在艺术表现上，吸收摩崖造像的特点，吸收古代传统造像的叙事性表现，用造像讲故事，让雕塑有可读性、可看性。其中两组大的雕像长 32 米，宽 10 米，高 16 米，五组群像共用铜 480 吨，用泥 900 多吨，焊接铜像用气 6637 瓶，经一年零两个月设计，800 人参与制作，耗时 8 个月完成。雕像安装用了 66 辆车，这一数字与成吉思汗 66 岁惊人偶合。作品体现出了巨大的集体创造性，被誉为新时期雕塑的奇迹。她说：“做这些历史人物雕像，希望我们走向历史人物，历史人物走向我们，而这中间的内容，一定要有现实意义。”

2020年初，新冠肺炎疫情期间，出生于湖北的何鄂创作了《2020疫·殇》等作品，致敬白衣天使，致敬普通志愿者。

正在创作中的《战风沙》，是何鄂雕塑院的最新作品。我们看到她画出来的一些手稿，这部以获得“时代楷模”称号的甘肃省古浪县八步沙林场“六老汉”三代治沙造林先进群体为原型的作品，着力传承“前人栽树，后人乘凉”的祖辈恩泽，激励人们为创造美好生活而自强不息。

何鄂说，治理沙漠是一件非常了不起的事，“首先要学英雄，才能塑英雄”。2019年春，她带着年轻的雕塑家到八步沙去种树，给其中的三位治沙老人塑像，专程到石满老人的坟头上去拜祭，还带雕塑家到六个家庭去拜访。她想把自己在学校里学到的“始终和老百姓在一起”，传承给年轻人。

《永恒祁连》（局部）（甘肃何鄂雕塑院供图）

## “像文艺战士一样”

“文化战线，是看不见的战线，要像文艺战士一样。”何鄂多次提到，创作也是战斗。

改革开放40多年来，她最深切的感受是，国家好了，才有雕塑文化的发展。她是个幸运儿，走向民族文化传承创新之路，而且越走空间越大。

何鄂平常喜欢思考。她悟出一个道理，所有人每日每时都在享受国人的成果、人类智慧的成果，没有一个人只为自己在做事，都是在为别人做事，是我为人人、人人为我，所以“我们该干啥，有啥本领就应和盘托出”。她说，此生最后一个梦想，是做《女性的永恒》雕塑展，站在人类命运共同体的角度、站在世界女性的角度、站在“一带一路”建设的历史背景下，雕塑古今中外为人类文明、世界文明做出重大贡献的60位杰出女性，向世界发出一个声音：世界因女性而精彩。

采访最后，何鄂带我们参观了她的雕塑院，这里硕果累累，陈列着她几十年来塑造的众多人物。站在他们中间，就像站在一群平凡而伟大的灵魂中间，让人莫名有些震撼，受到感染。何鄂穿行在这些人物中间，她一边娓娓说着，一边用手轻轻婆娑着他们的脸庞、身体，如同一位母亲抚摸着她的孩子。当她在这些人物中间站定，我们感觉，如同一位将军，检视她的队伍；也宛若一位老农，看着她辛勤劳动颗粒归仓的粮食。那一刻，时光仿佛静止，何鄂身上洋溢着一种温煦的艺术光辉。

我们问她，是不是一个人也经常这样看看。她说，不能老是回忆，更多的还有做不完的事，越做越喜欢，停不下来。

“我把人生比作叶子，一片叶子来到世界上就是展示绿颜色，拼命地展示自己的绿，把你所有的智慧才华都要奉献出来，不要舍不得。我把人生比作春蚕，吃了一辈子桑叶就是为了吐丝，我觉得自己也有一种把丝吐完的感觉；我把人生比作一滴水，把自己融进历史文化的长河中去，河永生了，这一滴水也永生了。如何把自己融进去，就是用最好的作品。”这是何鄂的人生感悟。

何鄂
（甘肃何鄂雕塑院供图）

“人生如此美好，一分一秒地珍惜它；人生如此美好，一点一滴地用好它。”她对我们说，“人到老了，感悟到人生真的特别短暂，所以，你们的年龄就是你们最大的财富。”

# 甘肃电影先驱焦炳琨

当党旗覆盖在棺木上时，不少人都流下了眼泪。一个为甘肃影视事业奋斗了一辈子的老人就这样走了。

“一到哪儿跟人家谈起电影来，我就眉飞色舞，心情立即开朗起来。”

“电影就是寻求不同，你只要有了不同，你的电影就成功了。”

“看片、审片，还有看剧本，给大家出主意、出点子……我这么多年一直在电影上摸爬滚打，对一些新发现的东西，我就特别珍惜，就四处宣传……”

“电影和生活，有时候我都感觉有些分不清了……”

爽朗的话语音犹在耳，斯人已经远去。

他，就是焦炳琨。

1933 年 11 月，焦炳琨出生于一个普通人家。家在北京井儿胡同，胡同两旁各有一排长长的铺面，日子快乐而富足，焦炳琨喜欢在胡同里玩，也喜欢吃一种名叫小人酥的糖果。糖果酥酥脆脆的，咬进嘴里，沁出淡淡的甜，那味道让他一辈子都难以忘怀。

然而，好景不长，抗日战争全面爆发，北京城沦陷，一家人辗转来到天津。

焦炳琨从小就喜欢读书和写作。在那个混乱的年代，命运并没有给他这样的机会。时隔不久，父亲就生病了，需要长期住院治疗。少年的焦炳琨，作为家里的顶梁柱，被推到了生活的前台，靠贩卖报纸、花生豆等补贴家用，日子异常艰难，直到 1949 年，才迎来转机。

天津解放后，焦炳琨参加了革命，同年参军。1964 年，焦炳琨转业到甘肃酒泉。这中间他从未放弃创作，小说《山花花》还被收录进当时的甘肃省中学语文课本，但真正进入影视行业，是在 1990 年。

这一年冬天，焦炳琨调任兰州电影制片厂厂长兼书记。谁也没有想到，职业生涯尽头的一次寻常调动，竟然是他光影人生的新启幕。

当时，正值经济转型期，中国电影市场几近萧条。面对发展困境，如何把影视创作生产推向市场，焦炳琨进行了多方面探索，先后完成《关于影视创作生产市场化的调研》《关于影视中如何准确地学习、把握政策的调研》等四个调查报告，并多方奔走，宣传推荐影视创作生产市场化的经验、体会以及发展前景。

1994 年，焦炳琨离休。摆脱了繁忙的行政事务，有了闲暇时间，他顿时精神抖擞起来，几乎整天都驰骋在创作的疆场，有时最多一天写一万字，休息时手往往像鸡爪子似的伸都伸不开。

他还开始进行独立影视制作，自己当撰稿，自己当编导，自己做剪辑，

焦炳琨

自己做后期，全国各地到处跑着拍片子。

拍片是个苦差事，有一次去陇南山区拍摄原始森林，山里没有路，焦炳琨就踩着野兽的蹄印往上爬，爬到最陡处，鼻尖几乎都碰到路面了。那种陡，可想而知。偏偏下山时又赶上下雨，经常一脚踩不实，就往下滑，有几次幸亏被树阻挡，才幸免于难。

他就像一只出笼的小鸟，拼命地飞。

多年来，焦炳琨先后发表各类文学作品 500 余万字，出版小说和报告文学集 15 部，拍摄各类短剧和纪录片、专题片百余部，先后荣获甘肃省德艺双馨文艺家、优秀电影工作者、甘肃文艺终身成就奖等。甘肃电视台公共频道专门为他开设一档栏目《老焦走四方》，节目持续播出一年多时间。至今，依然有电视同行评价认为，“焦老出镜，现场跟踪，外加往昔与当下的画面交替穿插，从而在甘肃首创了‘外聘专家 + 现场主持’的节目形态”。而十多年后，其他电视台才推出类似的节目，不知老之将至的他，无意间创造了历史。

1999 年，甘肃省影视作品审查委员会成立，焦炳琨成为审查专家。这一年，他 66 岁。在此后的人生历程中，审看影视剧本和完成片，成为他工作的主要内容。

这是个很担责任又很辛苦的工作。焦炳琨的一天，大概是这样过的：电视剧，最多时一天要审看 10 余集，从早看到晚，一连看上两三天，看得脖子都不合适了，老眩晕，时不时就得摇一摇。眼睛还要盯着屏幕，注意每一个画面、动作和台词。发现的问题，都拿个小本子记下来。遇到拿不准的地方，多次回放，反反复复地推敲。看完了，写审看意见，少则几百字，多则一两千字。他不会用电脑，一般都先手写，再和老伴坐两站路的公交车，到打印店，请人录入下来，校对完，然后请人发送给影视剧审查主管部门。

影视审查，主要是把好政治、导向和艺术三大关口，要求作品必须符合国家法律法规，坚持正确导向，坚持艺术品格，符合艺术规律，写出新意和不同。

其中，政策性要求很强。为了提高自己的政策水平，焦炳琨走出去，到相关单位去研讨、请教；同时，有计划地学习国家法律法规和相关知识，还每天坚持读书、看片、做笔记。

2012 年，甘肃省庄浪县农家妇女柳云霞自编自导拍电影的事迹，经媒体报道后，在全国引起很大的反响。影视主管部门介绍让焦炳琨给她做辅导。当时，柳云霞心想，自己一个没有文化的农村妇女，焦炳琨肯教吗？没想到，在学习的过程中，他像慈父一样，非常随和，还经常举很多国内外优秀影片的例子仔细给她讲解。在焦炳琨的帮助下，柳云霞创作的 26 集当代农村题材电视连续剧《三十年不是梦》出版发行。这一段经历，让柳云霞终生难忘，当听闻焦炳琨生病时，她带着家里的土特产，专程从老家坐班车赶到兰州来探望。

拍电影故事片《面向群众》时，是甘肃八月潮影业有限公司制片人陈彬第一次拍摄电影，心里没有底，请焦炳琨指导。从故事结构，到具体细节，焦炳琨提出了许多修改意见。剧中有一场戏，夜晚，一场沙尘暴突然来袭，第二天早晨，工程建设者起来发现，住的地窝子被沙子埋了，人困在里面出不来。这是焦炳琨根据自己在戈壁滩上的生活经历，指导创作的。

文学编辑赵东华说，任何时候到焦炳琨家去，他都在看剧本、写评语。每一次，他都会在说好的时间之内，把评语都写好，而且详细到每一个剧情、每一个细节应该怎么改，这一点太佩服他了，特别真诚，不像其他人，泛泛而谈，没有具体意见，没法修改。

就这样，伴随着中国电影产业化的浪潮，焦炳琨一路走到了 80 岁。甘肃影视发展的长河里，涌现出的一大批作品，都浸透着他的心血。有朋友跟他开玩笑，说他努力的样子，像个“80 后”，他听了很开心。

有业界人士认为，当了审片专家以后，焦炳琨言传身教，把他所有的东西，都想传授给影视从业者。也有人认为，经历了大半生的艰辛，是一个信念在支撑着焦炳琨，那就是咱们国家好、党好，他觉得组织对他不薄，他只有无私地奉献才安逸。

其实，回顾焦炳琨人生前 80 年走过的路，这是一个淬火成钢的过程，这是一个厚积薄发的过程。他吃过的苦，他受过的累，都变成了他工作和生活中的养分。他一生坚持阅读和创作，这使他有了扎实的文学功底、敏锐的观察力、丰富的想象力、快速的故事结构和讲述能力，以及扎实的影视理论素养。他丰富的创作经验和实践基础，使他给人辅导、修改起剧本来，有着强烈的针对性和可操作性。还有他的热情达观和奉献精神……这一切，其实很难在一个人身上集中体现。然而，当它真的集中在一个人身上时，他就有了独特性。这也奠定了焦炳琨在甘肃影视界的地位。

2013 年以来，甘肃影视发展进入一个新阶段。随着一系列扶持政策的出台和中国嘉峪关国际短片电影展、纪录片大省建设、西部影视剧本工程等相继实施，全省注册影视制作公司从 2002 年的不到 5 家，迅速增加到 300 多家，覆盖全省 14 个市州；影视创作数量和质量稳步增长，创作个性日益鲜明，创作类型日益多元。

面对丰硕的发展成果和甘肃影视人火热的创造力，焦炳琨发自内心的高兴，他以满腔的热情来拥抱这一份事业。

焦炳琨是《甘肃日报》影视版的顾问和特约撰稿人，他一方面在媒体上大力推介甘肃影视，一方面系统地思考如何推动甘肃影视发展。

他反复呼吁，要加强编导人员的基础培训，开展优秀电影观摩，出版优秀剧本选，加强影视评论，强化微电影的创作管理，提升本土影视原创能力，推动影视精品创作。

影视作品的商业性，是焦炳琨一直关注的话题。他认为，电影本身就是商品，商业性应该贯穿影视创作、拍摄、宣传、发行的全过程。

2015 年 10 月，焦炳琨就寻找甘肃电影发行放映多元化的新渠道、加强微电影的管理和引导问题，专门给当时的甘肃省委宣传部文艺处负责同志写信。他认为，只有发行放映渠道打通了，甘肃电影才能实现良性循环，并且提出要与农村院线牵手、与城市院线联姻、借助网络平台、扩大民间发行等，打通影视产品的营销渠道。

在多方推动下，以播映为导向，甘肃省委宣传部开始试行《影视精品“以奖代补”办法》。之后，甘肃省委宣传部、甘肃省电影局正式出台《精品剧目“以奖代补”管理办法》，对在重要平台播出、社会影响大的作品进行一次性奖补。这里面，焦炳琨提出的不少建议都被采纳。

80 岁以后，焦炳琨陆续推出 4 本影视评论集。收录其中的《二十年看片的思考》一文，是焦炳琨电影创作理念的系统论述。他在文中指出，电影是寻求不同的艺术，要坚持求新和反思的创作理念与创作冲动；电影是表现过程的艺术，意境尤其是哲理意境是我们的最高追求；电影是表现深度的艺术，要真实地表现出人与自然和谐共生……这些观点，既呈现出强烈的专业性、理论性和前瞻性，又对影视创作者有着非常实用的指导意义。

谈及焦炳琨对甘肃影视事业产业发展的贡献，不少人认为，他是甘肃影视剧创作摄制的亲历者、见证者，也是甘肃影视事业创新发展的护航者。

电影策划人张家昌认为，焦炳琨突出的表现，一个是文化情怀，另一个是文化责任。

影视管理者王银军说，焦炳琨坚信电影是人民的艺术、是大众的艺术，即使经济相对落后的甘肃，也应该有精品电影。

时间进入到 2017 年底，在一次检查中，焦炳琨查出了肠息肉。2018 年 1 月，他做了第一次手术。手术后两三个月，他又一次活跃在了电影创作领域……

他说："我已经 80 多岁了，不管我还能活几年，身体状况怎样，为了回报国家、回报关怀我的领导和同志们，我都会实践我参军时写下的誓言：战斗到生命的最后一刻！"

2019 年下半年，焦炳琨病情突然恶化，卧床不起。

中华人民共和国成立 70 周年前夕，兰州电影制片厂负责人史永兵和办公室同事，一起来到焦炳琨家。他们把一枚由中共中央、国务院、中央军委共同颁发的"庆祝中华人民共和国成立 70 周年纪念章"挂在了焦炳琨的胸前。

焦炳琨非常激动，眼角噙着泪水说："我什么都没做，怎么能接受这么大的荣誉。"

这是党和国家对他做出的历史贡献的高度肯定，也是他一生无上的荣光。

躺在病床上，焦炳琨还一直在看剧本。

"我特别心疼，也特别自责，我一边在给他送着剧本，一边在给他爱人说让他少看一点剧本，身体吃不消。"文学编辑赵东华说，"我有时候一直想，真正缺了焦厂长，谁来为甘肃电影把关？很难找到像焦厂长这么认真、这么负责的人。"

2020 年 3 月 17 日，焦炳琨家里来了几位陌生的客人，拉走了三大纸箱子的东西。

此时，许多人才知道，这已经是焦炳琨自 2008 年以来，第四次给甘肃省档案馆捐赠影视资料，包括个人资料、影视剧本、照片、录音录像，以及各种证书和证章等实物。

焦炳琨的儿子焦峙哽咽着说："他自己给档案馆打电话，让我母亲摆在什么位置，都有什么东西，怕人家不好拿，准备个纸箱子，按道理这个事情他可以委托给我，我不知道他是不放心我，还是不想留遗憾，他一定是不想留遗憾，我想他一定是这样的。"

"他把细小的东西积累成河……他对我们殷殷嘱托，把他捐赠的东西保管好、利用好。他说艺术是人民的，他想把更多的宝贵的财富留给后人。"甘肃省档案馆收集整理工作人员如此述说焦炳琨的心愿。

2020 年 4 月，焦炳琨又一次住进了医院。在病床上，他坚持让老伴和儿子轮流给他读完电影剧本《血战高台》，并直言不讳地提出修改意见。

2020 年 5 月初，是焦炳琨生命中最后的日子。他的口齿已经不是很清楚。他两度对前来探望他的影视界朋友吐露心声，甘肃影视能取得今天的成绩，真是来之不易，他重复了好几遍，说着说着，他就哭了……

他希望，后来的人，能继续努力，把这个成果更加地扩大。

2020 年 5 月 13 日，是焦炳琨生命中的最后一天。

这天下午，兰州电影制片厂负责人史永兵和几个朋友一起去看他。

焦炳琨躺在病床上，在他个人的传记纪录片创作授权书上，签下了自己的名字；还有几家影视机构和影视创作者的作品，通过焦炳琨转赠给甘肃省档案馆，这些资料，都放在病房里，焦炳琨叮嘱史永兵，让替他把这些资料转交给甘肃省档案馆。

史永兵说："我们一定把这个资料送到，您放心。"

焦炳琨特别欣慰，点了点头。

这天深夜，焦炳琨永远地离开了我们。因为直肠癌，享年 87 岁。

焦炳琨去世后，甘肃省电影局在唁电中说：

先生在全省影视界德高望重，贡献卓著，殊有盛誉，是甘肃电影的先驱者。长期以来，先生致力于电影创作和影视评论，培养、影响了一批又一批致力于讲述甘肃故事、传播甘肃精神为己任的电影工作者，为甘肃电影事业的进步发展作出了重要贡献。

先生的逝世，是全省影视界的重大损失！

2020 年 5 月 26 日，甘肃省档案馆接收焦炳琨转赠影视档案资料仪式在甘肃省档案馆举行，共转赠焦炳琨生前收藏的 8 张光盘、3 个 U 盘拷贝的 28 部影片。

焦炳琨一生向甘肃省档案馆捐赠影视资料档案累计 1617 件，他为甘肃影视事业留下了一份珍贵的历史记忆。

# 读者心目中的《读者》

这是一本陪伴我们多年的杂志。几十年来，我们常常深陷那些文字。犹记得，大学校园里，生机勃勃的日子，躲在树阴下，钻进被窝里，细细吸吮那如水一般清冽的文字，澄明清澈，又深不见底，给我们的青春增添了一份别样的温暖和深邃。及至后来，我们长大，成家，有了孩子，《读者》也成了一本家庭共同拥有的读本。每月，总有那么几天，一定要去书报亭，问问新一期《读者》来了吗，如果有，则喜笑颜开，如果没有，则过几天再去，因为，即使我们自己不看，孩子也要看。对于这一份小小的牵挂与惦念，似乎让我们也与《读者》亲近起来，有了丝丝缕缕的情感。

《读者》就是这样，是我们生活的这座城市的名片，是一张走向世界的中国品牌，也是一份甘肃人的骄傲。

## 办刊历程

2021 年，在总出版期数为“734”的《读者》上，我们看到一朵意蕴盎然的水墨画封面，上面竖排着这样一行字：“《读者》创刊四十周年”。一晃之间，这本陪伴我们走过青春岁月的杂志，已经步入不惑之年，你说，它能没有故事吗？它的读者又经历了怎样的代际传承呢？

中铁西北科学研究院潘博，1977 年出生，是一名《读者》的资深读者，阅读这本杂志已经几十年，如今，这一习惯也延续到了他的孩子身上。

《读者文摘》创刊号封面

潘博祖籍浙江，父母支援大西北，来到甘肃敦煌。20 世纪 80 年代后期，潘博在敦煌上小学，他的哥哥在兰州读大学，每到假期，哥哥都会带回去几本《读者文摘》。那时，没有多少课外读物，潘博虽然年少，但有了一定的阅读能力，开始对这本杂志爱不释手。

关于《读者》与《读者文摘》的渊源，我们从《兰州百年图志》中看到：《读者》杂志创刊于 1981 年 4 月，是甘肃人民出版社主办的一份综合类文摘杂志。《读者》原名《读者文摘》，1981 年创刊时只有 48 页，双月刊，新闻纸黑白印刷，售价三角。杂志创刊一年，发行量达到 16 万。1982 年底，发行量达到 42 万，1983 年，发行量突破 136 万。1982 年初，美国《读者文摘》来函指出：甘肃人民出版社使用《读者文摘》中文名是不正当的，不符合国际版权规定。中美两家《读者文摘》长达数年的版权之争从此开始。从

1982 年《读者文摘》第一张“全家福”（左起郑元绪、胡亚权、彭长城）

1990 年开始，中美两家《读者文摘》版权之争再次升级。1992 年，美国《读者文摘》委托律师致函中国《读者文摘》，要求停止使用中文商标《读者文摘》。为化解商标纠纷，1993 年 3 月，《读者文摘》刊登征名启示，在读者中引起强烈反响，共收到应征信 10 万多封。信中提到新名有：读者、读友、读者之家、谈天说地、共享等。最后使用了“读者”一名。1993 年，第 7 期《读者文摘》正式改名为《读者》。

从中，我们看到《读者文摘》是《读者》的前身，改名风波，只是《读者》发展道路上泛起的涟漪。这本杂志的创办过程，也曾一度传为佳话。1980 年秋，甘肃人民出版社计划创办一本新杂志，此事交给了编辑胡亚权、郑元绪等人。正当他们思绪万千，不知道该办一本什么样的杂志时，一日，在图书馆里，看到堆积如山的报刊，顿时灵光闪现，几经思想碰撞，创办者确定了思路，即办一份综合文摘，且坚持高起点、高品位、高格调、高水准。以“博采中外，荟萃精华，启迪思想，开阔眼界”为宗旨，一本新的杂志就这样诞生并快速发展起来。1986 年，彭长城被任命为《读者文摘》副主编。这位具有诗人气质的青年，常为文所动，含泪编稿，他的加入和提升，不仅为《读者文摘》带来青春与朝气，也为其注入激情与细腻的风格。之后十年，《读者》风格逐渐成形，一跃而成全国期刊之冠、国内外知名品牌。1994 年，《读者》杂志社成立，增设经营部，开始进入新发展阶段。这中间，《读者》历经多次改版和风格调整，内容开始关注社会和时代，注重加强文章的深度、广度和力度，适应读者的不同需求和欣赏品位的高档次趋势。

刚开始阅读，潘博没有意识到《读者文摘》是甘肃出版的，都是直接翻开看内容。因为版权纠纷，《读者》在这场危机公关中，成功化危为机，扩大了知名度，更重要的是，让许多人知道，这是从甘肃兰州走出来的一本杂志。

1998 年，潘博到兰州上大学，后来参加工作，2011 年结婚，2021 年他的孩子已经 8 岁。这二十多年来，他从未放弃阅读，《读者》也一直是必选项，有时是买，有时是借，有时全家挤在一起看。他介绍，《读者》还曾推出“电纸书”，如同平板电脑一样，过期刊物也能从中看到。

“《读者》内容周全，老幼皆宜，考虑到每一个年龄阶段的受众需求。文摘类杂志，虽然不是原创，但摘也要摘到读的人心坎里。”潘博说，“当下互联网经济是一种注意力经济、流量经济，需要把人的注意力、关注度抓住，而《读者》几十年来一直如此，是一个老牌‘网红’，是大家心目中‘最红’的杂志。”

## 心灵慰藉

启迪思想、温润心灵，是《读者》留给许多读者的印象。在那些脱俗的文字里，人总是能很快地沉静下来，洗尽铅华。

潘博也常常有这种耳目一新的感觉。他认为，《读者》是一本有温度的杂志，这么多年，一直坚持用心选题，涵盖文苑、人物、社会、人生、生活、文明、悦读、言论、影像、幽默小品、漫画等多个方面，内容古今中外都有，集萃精华，有些文章值得反复看，有些可以分享给朋友，还有些能引发自己思考，给人以深切的心灵慰藉。

给潘博印象最深的，是上大学时读到的一篇文章，标题他已经不记得。文章大意是说，一个男人，年轻气盛，因为停车跟隔壁邻居发生争吵，他很愤怒，想去揍人家，结果反被人家揍了一顿，最后，他幡然醒悟，是自己不对，鼓起勇气去给邻居道歉。潘博最先从《读者》上读过这篇文章，不久，在学校的阅读理解作业里，他看到其中一道题就是这篇文章的英文翻译，因为熟悉，那道题，他全做对了。

在潘博看来，《读者》还是一本以人为本的杂志。这些年来，《读者》还出版海外版、大字版、校园版、乡土人文版、盲文版、《读者欣赏》等，给不同需求的读者以人文关怀。他曾带孩子到甘肃省图书馆盲文阅览室，了解盲文版杂志，并且告诉孩子，这是通过触摸来阅读，而我们能通过双眼，看到一个五彩斑斓的世界，是多么幸福的事，要珍惜这份生活。他认为，《读者》关注用户体验，关注各方面真实的需求，在满足不同群体读者方面，做得非常成功，这也是《读者》给他冲击最大的地方。因为，“如果做不到这一点，还是文字搬运工”。

我们曾在《读者》和《读者欣赏》上发过稿件，编辑的贴心服务让人如沐春风。当精致的样刊和稿费寄达手上时，捧着它，如同捧起丰收的果实，喜悦是发自内心的。

“40 年坚持做好一件事不容易，是非常了不起的。”潘博说，“包括许多前辈，他们择一事，终一身；终一身，择一事。这种执着，让我特别敬佩。”

现在，潘博给家里订了一份《读者》杂志。当快递员把杂志送到家时，孩子便兴奋地对他说：“爸爸，你看，杂志来了。”当他和孩子一起捧起《读者》阅读时，那种感觉，与在电子设备上阅读完全不同。

也许，这就是《读者》的个性特征和文化意义之所在吧。它是人性的，是理性的，是知性的。它崇尚人性的真善美，中西兼容，雅俗共赏，有一点雅致，有一点感伤，也有一点小资，但更多地倾向普通读者。

潘博期待，《读者》能推出儿童绘本版，让孩子们的阅读、感知更直接、更具体，更接近孩子们的心灵世界。

## 人生小站

近年来，我们还惊喜地发现，身边多了一些命名为“读者小站”的文化场所。这些“小站”，从表面上看，形似大都市里流行的书吧或者文化沙龙，集阅读服务、分享体验、阅读讲座、知识服务、产品销售与咖啡茶语等功能于一体，形成一个多功能、复合式、开放型的街区公共文化空间。不过，与一般的书吧又有所不同，这里可以进行公共借阅，又有点类似群众身边的微型图书馆。

我们理解，这种新型服务模式和服务理念，是《读者》文化品牌向市民和街区的延伸。

进入 21 世纪以来，受互联网和数字阅读冲击，传统书城、实体书店都经历过大体相似的阵痛，有的涅槃重生，有的改造升级，以多元业态打造“网红”打卡地。我们曾凑热闹，相继去过几家新崛起的书城，不过，过于宽阔的场地和喧闹的人群，使其中不少失去安静阅读的雅逸，更像是挤进繁华商业圈里蹭流量的商业体。而“读者小站”恰恰相反，它往百姓身边走，往群众生活中走，出现在公园、街区、菜市场、学校附近，有的甚至开进居民区，

读者小站·江南书房

或者进驻社区党群服务中心，送文化到家门口，便捷、就近、方便，配之以琳琅满目、种类丰富的文化产品，恰似老百姓身边的文化便利店，或者说是城市书房。

据说，“读者小站”策划者在创意初期，曾受一部有关旅途和车站的苏联电影的启发，想给行走在人生旅途中的人们，提供一个温煦的港湾、一个歇脚的地方、一个放松的去处。在他看来，阅读是回家，是心灵的还乡，是人生的旅行；而小站，是走向远方的车站，是港湾，是灯光，是长椅，是人在路上的留驻和歇息，是灵魂的安放处和心灵的休憩地。读者小站，为走进这里的人，带来诗意的回归。

读者小站采取“读者品牌冠名 + 市场化运营”的建设模式，采用“公共服务 + 经营”的全新运营模式，是读者 IP 的社区化、生活化，也是文化

读者·晋林
工作室
Duzhe Jinlin Studio
兰州大学艺术学院
研究生实习
实践基地
俄羅斯聖彼德堡列賓美術學院
海外實習基地
Зарубежная база практики для студентов
Санкт-Петербургской
Академии художеств
им. И. Е. Репина
西北民族大學
美术学院研究生教学实践基地
蘭州大学
新闻与传播学院
实习基地

读者·晋林工作室　（潘博摄）

体验和文化消费服务融入街区公共文化空间的创新探索。

以上，只是我们窥得的《读者》之一斑。

早在2006年，读者出版集团在原甘肃人民出版社基础上，以《读者》杂志品牌命名改制而成。2009年，集团完成股份制改造，发起成立读者出版传媒股份有限公司。2015年12月，读者传媒在上海证交所上市，成为西北地区首家在国内主板上市的出版传媒类企业，主营图书、期刊出版发行。2017年，读者出版集团与飞天出版传媒集团实施战略重组，读者出版集团成为集编、印、发于一体的综合性文化企业。目前，集团合并口径资产总额近62亿元、净资产近38亿余元，在职员工4500多人。

2019年8月21日，习近平总书记到读者出版集团考察调研，殷切嘱托："要提倡多读书，建设书香社会，不断提升人民思想境界、增强人民精神力量，中华民族的精神世界就能更加厚重深邃。为人民提供更多优秀精神文化产品，善莫大焉。要牢牢把握正确导向，在坚守主业基础上推动经营多元化，努力实现社会效益和经济效益双丰收。"

目前，读者出版集团持续深入贯彻落实习近平总书记重要指示精神，凝心聚力，守正创新，攻坚克难，着力推进精品出版，推动实施"点·线·端+全民阅读"的读者方案，加快融合发展步伐，读者小站（读者书房）、读者晋林工作室享誉省内外，各方面工作取得新成效，呈现新气象。

读者出版集团业务主要集中在6个板块。其中，读者传媒的图书、期刊出版和新媒体业务，拥有9家出版社和教材出版中心，主办《读者》、《读者》（海外版）、《读者》（校园版）、《飞碟探索》、《故事作文》等13种期刊。核心产品《读者》杂志创刊发行量多年来领跑中国期刊界，被誉为"中国人的心灵读本"。"读者"品牌连续17年被世界品牌实验室评为"中国500最具价值品牌"，2021年"读者"品牌价值370.15亿元。

# 大漠戈壁起钢城

在中国古代历史上，嘉峪关是中原王朝的边关屏障，金戈铁马、经年征战与休养生息、贸易往来交相辉映，书写了丝绸古道与万里长城唯一重叠交汇点上的辉煌与荣耀，见证了河西走廊上的繁华与寂寥。中华人民共和国成立后，古老的雄关脚下，因企设市、因关得名，一座年轻的钢城嘉峪关市迅速崛起。当苍劲的漠风拂去岁月的烟尘，在许多人悠远的记忆里，酒钢建设的峥嵘岁月，依然鲜活如初。

现已移居深圳的金晓云，从小在嘉峪关长大，每天看着镜铁山上的小火车来回穿梭，此情此景，几十年来不能忘怀。他有个愿望，想把酒钢怎么建设的，告诉更多人。2018 年，在原中国人民解放军基本建设工程兵 02 部队老战士的支持下，他的梦想终于实现，纪录片《嘉峪关下的钢铁雄师》创作完成，并与观众见面。在此前后，嘉峪关广播电视台导演高翔也开始对嘉镜线——这一条为酒钢运送矿石的钢铁大道的建设历程进行过寻访。

跟随他们的镜头，我们一起来重温酒钢建设、发展的光辉历程。

1949 年 10 月 1 日，中华人民共和国成立。当时，代表国家实力的钢铁产业，仅有 15.8 万吨的年产量，占世界钢铁年产量 1.6 亿吨的 0.1%，远远无法满足国民经济的需求。从炮火硝烟中走过来的共和国领导人，懂得钢铁对国家建设的重要性。中华人民共和国成立伊始，找矿炼钢建立钢铁基地，就被列入国民经济计划的重中之重。

1955 年，西北地质局的工作者在祁连山腹地的桦树沟、黑沟发现储量

地质队员在崖壁上采矿样（高翔供图）

丰富的铁矿。这些铁矿区后来被统一命名为“镜铁山矿”。

为开发镜铁山铁矿，酒钢上马之前，1956 年 12 月，国家决定修建嘉峪关到镜铁山铁路支线，由铁道部第一设计院勘察设计，庄心丹担任总工程师。

说到这里，就不得不说说庄心丹。

庄心丹，1915 年出生于上海奉贤县庄行镇一个士绅家庭。优渥的家境使他接受了良好的教育。1933 年，庄心丹进入杭州之江大学土木工程系学习。抗日战争全面爆发后，庄心丹开始辗转于云南、贵州、四川等地，参与滇缅铁路、湘桂黔铁路等重大工程的设计建设。中华人民共和国成立后，庄心丹被调入西北铁路干线工程局，在宝成线、包兰线、兰新线等重要铁路建设中担任设计师。

嘉镜线属兰新铁路支线，在当时连地形图都没有的条件下，庄心丹带领小组，仅靠“老牛、破车、两条腿”，踏勘出 6 条线路方案。其中最长的是 843 公里的疏勒河河谷方案，最短的是 66 公里的北大河河谷方案。经过比较选择，庄心丹推荐了建设投资最低、运输距离最短、经营费用最低的北大河河谷方案，并上报铁道部。方案得到批准后，嘉镜线也成为甘肃省境内 8 条铁路支线中，设计和建设难度最大、工程最为艰巨的支线铁路。

在踏勘中，庄心丹发现，冰封的讨赖河每年 3 月以后，随着气温升高，巨大的浮冰随山水一冲而下，势头猛烈，如果桥墩按照一般强度及稳定性设计，将后患无穷。因此，他们为北大河 1 号桥设计了一座基础深达 9 米、总高 78.13 米的桥墩，这也成为当时的全国第一高桥。这座横跨戈壁天险的铁桥建成后，被誉为桥梁施工的一面旗帜。

1957 年 6 月，完成嘉镜线踏勘报告后，庄心丹被任命为青藏铁路第一任总体设计师。他倾尽一生，把全部心血献给中国铁路建设事业。2004 年 12 月，庄心丹因病在兰州逝世，享年 90 岁。

话说嘉镜线施工方案确定后，数万名铁路建设者紧急集结雄关脚下，劈山破水，艰难鏖战，经过 8 年努力，1966 年 11 月，嘉镜线全线贯通。1969 年 10 月，嘉镜线交付兰州铁路局运营管理。镜铁山上的铁矿石，被源源不断运往酒钢高炉的炉膛里。嘉镜线上的小火车，成为一道独特的风景。

1966 年镜铁山矿办公区　（高翔供图）

再说酒钢建设，还得回溯到 1958 年。作为继鞍钢、武钢、包钢之后，我国大西北唯一钢铁基地——酒钢轰轰烈烈上马建设。两年之后，因各种原因，停止建设。1965 年，酒钢二次上马。1966 年，国家组建冶金、建工等行业基本建设工程兵，正在参加酒钢建设的冶金部第九冶金建设公司被整编为中国人民解放军基本建设工程兵第一纵队第二支队，代号建字 02 部队，承担起酒钢建设任务。自此，02 部队几万官兵在戈壁滩里战天斗地，迎难而上，流血流汗搞建设。

有老战士回忆，戈壁滩里，走上几十公里，才能找到一个有人烟的地方。飞沙走石，一张脸不知道脱了多少层皮。管沟全靠人工挖，冬天是冻土，非常难挖，一镐下去一个白印儿。经过风口时，风把东西吹跑，人追都追不上。

戈壁滩上的白毛风和沙尘暴给部队施工带来巨大困难。一次风暴袭来，承担嘉峪关机场建设任务的部队，不仅没办法施工，而且营房被掀翻，连吃住都成了问题。还有一次，停在机坪上的直升飞机都被大风吹着跑，这些情

嘉镜线 （高翔供图）

酒钢第一条高速线材生产线 （酒钢党委宣传部供图）

况有人可能不信，但都是战士们亲身经历过的。

在全国许多单位的支持和配合下，02 部队官兵和干部群众共同努力，以“一不怕苦，二不怕死”“流血流汗不流泪，掉皮掉肉不掉队”“革命加拼命，要铁不要命”的高昂革命乐观主义精神投入战斗，1970 年 9 月 30 日，酒钢成功炼出第一炉铁水。

02 部队完成高炉出铁的相关主要工程任务后，1970 年调两个大队支援攀枝花钢铁厂等工程建设；1974 年大部队调离酒钢，分成几支队伍先后奔赴首都钢铁厂、唐山钢铁厂、本溪钢铁厂、上海宝山钢铁厂、马鞍山钢铁厂、深圳经济特区承担新的建设任务。02 部队没有全部撤离酒钢，11 大队留下一个连队做收尾工作。这个工作一做就是近十年。直到 1982 年底，这个连队才结束了手中所有工作，恋恋不舍地离开了镜铁山。

02 部队和广大酒钢建设者，无论是战士还是技术工人，无论在哪个岗位上，都把酒钢建设作为自己的任务，特别能吃苦，特别能战斗，以极大的牺牲精神，凝结形成“艰苦创业、坚韧不拔、勇于献身、开拓前进”的“铁山精神”。“铁山精神”被冶金部定为冶金行业的六种精神之一，至今潜移默化，传承不息。

我们从酒钢集团党委宣传部了解到，改革开放以来，酒钢人自强不息、艰苦奋斗，以敢为人先的劲头，锐意进取的精神，砥砺奋进、改革创新，历经市场竞争的洗礼和金融危机的挑战，逐步实现了一个传统钢铁企业从一业到多元、国内到国际、量变到质变的历史跨越，成为我国西北地区重要的碳钢、不锈钢和电解铝生产加工基地，为甘肃经济发展做出了重要贡献。

生产经营取得辉煌成绩。酒钢深化体制机制改革，实现了企业的持续健康发展，钢铁产能突破千万吨，主体生产装备基本达到国际国内先进水平。截至 2018 年，酒钢资产规模超过 1100 亿元、年营业收入超过 870 亿元，持

绿树掩映中的酒钢公司厂区 （酒钢党委宣传部供图）

续进入中国企业500强、中国制造企业500强前列。以一组数字来说：1978年，酒钢有铁无钢，仅生产铁24.2万吨，工业总产值2.31亿元，营业收入8649万元，利润亏损3456万元；2018年，酒钢完成钢产量700万吨，完成钢材产量690.9万吨，完成电解铝产量162万吨，实现营业收入960亿元，实现产值610亿元，实现利润1.5亿元。2018年，酒钢集团位列中国企业500强第189位。

升级技术装备，增强企业实力。20世纪80年代末至90年代初，在党的改革开放政策指引下，酒钢人解放思想，统一认识，先后通过“拨改贷”政策筹集资金，建成了炼钢连铸、高速线材、2号高炉、3号烧结机、中板等工程项目及公辅设施，形成了铁、钢、材综合配套的生产能力，使酒钢的生产规模不断扩大，经济效益逐年增加，为酒钢的进一步发展奠定了基础。“九五”以来，酒钢全面深化企业改革，转换经营机制。组建了企业集团，进行了股份制改造，宏兴股票成功上市。第二条高速线材工程、黑沟矿工程、炉卷工程、不锈钢工程、碳钢薄板工程、发电机组工程、嘉策铁路工程、翼城及榆中钢厂工程等重点项目建设相继建成投产，酒钢的技术装备全面升级，盈利能力不断增强。形成了年产钢1000万吨（其中不锈钢120万吨）的生产能力，主体生产装备全部达到国际国内先进水平，是我国西北重要的碳钢和不锈钢精品生产基地。

优化产业结构，实现转型跨越。酒钢站在全局发展的高度，不断拓宽视野，推动调整产业、产品结构，实现企业转型跨越发展。整合重组甘肃东兴铝业，成功进入有色领域，经过短短几年的发展建设，酒钢集团东兴铝业在嘉峪关、陇西两大生产基地建成240KA、400KA、500KA三种槽型共计5条大型电解铝生产线，形成170万吨的电解铝生产能力，跃居国内大型铝企业前5位，原铝阳极炭块单耗、铝锭综合交流电单耗等主要经济技术指标均达到国内先进水平。酒钢在延长产业链上做文章，绿色短流程铸轧铝项目正逐步投产，具备铝合金铸轧卷40万吨生产能力，“电—电解铝—铝加工—铝精深加工”的全产业链条正在逐步形成。

推进多元产业，拓宽发展领域。改革开放40年来，酒钢全面促进产业多元协同发展。西部重工公司成套冶金、风力发电装备制造、焊接材料、环保设备、钢结构等研发制造能力不断提升，成为西北地区最大的风电装备制造企业；现代养殖、种植和葡萄酒酿造稳健发展，祁牧乳业公司为国家奶牛标准化示范场，葡萄种植及葡萄酒在国内首家通过国际有机产品双认证，紫轩酒业公司“紫轩”牌葡萄酒，摘取上海世博会“千年金奖”。资源开发、环保建材、房地产与酒店餐饮等产业为企业不断拓宽发展领域。企业优化升级、结构转型迈出了坚实的步伐。

# 青藏线上的“风火”传奇

风火山，如同它的名字一样，是一座神奇而又险峻的山脉。这里地处青藏高原腹地人迹罕至的可可西里无人区，离最近的城市青海省格尔木市有340公里的路程，海拔高达四五千米，天气酷寒，气候变化异常剧烈，一年中的大部分时间都很寒冷，这会儿太阳高照，转眼可能就大雪纷飞。风火山地区正是研究地壳运动和冰川冻土的良好原生地带。

从1961年开始，一支科研尖兵常年驻守在这里。他们观天测地，60年从无间断，攻克高原冻土筑路及运营维护技术难题，积淀大量珍贵科学数据和实验成果，为国家决策修建青藏铁路，以及青藏线的建设运营奠定了重要的技术基础。

一个偶然的机会，我们得知，这支常年驻守生命禁区、在风火山冻土观测站走过风雪一甲子的科研团队，来自位于甘肃省兰州市铁路局附近的中铁西北科学研究院（简称“中铁西北院”）。目前，中铁西北院的科研成果和积淀的成功经验，有望为川藏铁路建设夯实“底气”，提供有力保障。

事情得从早前说起。

中华人民共和国成立时，西藏受地理环境影响，交通极为不便。美国现代火车旅行家保罗·索鲁曾在《游历中国》一书中说，“有昆仑山脉在，铁路就永远到不了拉萨”。20世纪50年代，中共中央决定，要把铁路修到拉萨去。随后，中国铁路人向着这条世界上海拔最高、线路最长的高原铁路发起进攻。

此时，摆在铁路人面前的几个重要问题，亟待回答。青藏铁路到底能不能修？如果能修，该如何修？修通后如何保障正常运营。

青藏铁路，连接青海西宁市至西藏拉萨市，分两期建成，一期工程东起青海西宁，西至格尔木市，于 1958 年开工建设，1984 年 5 月建成通车；二期工程，东起青海格尔木市，西至西藏拉萨市，于 2001 年开工，2006 年全线通车。

青藏铁路格尔木至拉萨段沿线有长达 550 公里的多年冻土区，有 960 公里长的线路在海拔 4000 米以上，高寒缺氧、恶劣的自然环境和复杂的地质构造，给铁路建设和运营带来极大挑战。为了攻克青藏铁路多年冻土这一世界性难题，20 世纪 60 年代初，中铁西北院在海拔 4780 米的风火山上，建立了世界上唯一一座全年有人值守的高原冻土观测站。如今，巨龙一样的青藏铁路就从观测站后一公里处通过。

中铁西北院建立观测站后，几代科研人员含冰卧雪、战天斗地，在远离人类文明的“生命禁区”建起包含 9 个观测场的风火山科研基地，立志填补

1975 年，中铁西北院职工在风火山试验路基上砌片石

我国冻土科研事业的空白。他们相继开展了高原气象、季节融化层厚度变化、深层地温、太阳辐射等项目和试验路基、涵洞、挡墙、房屋等工程建筑物热动态变化和稳定性观测。

我们从中铁西北院提供的一些老照片上看到，观测站建设初期，只有两间孤零零的屋子和一些零散的科研设备，坐落在漫无边际的青藏高原上，门前的斜坡上雪水已经融化，青草冒出了头，而不远处的山上依然白雪覆盖，浓云翻滚，变幻莫测。科研人员的艰辛和寂寥看看就可以感受得到。

到1974年至1978年，全国69家单位的1700多名科技人员聚集风火山，展开规模空前的科研大会战，风火山地区帐篷林立，人声鼎沸，成为闻名遐迩的“高原科学城”。其中，1975年，中铁西北院配合铁道兵在风火山修筑试验路基。我们从一些资料记载和图片中看到，这段不长的试验路基，修筑在一片相对平缓的滩地上，包括路堑、零断面、低路堤、高路堤、半堤半堑、涵洞、保温材料、排水、挡水埝、L型挡墙、遮阳篷等多项工程和建筑材料试验内容，中铁西北院工作人员还认真地给路基贴上片石，目的是通过实地修筑和科学试验，回答青藏铁路建设的关键核心问题。试验段路基勘察时，正值寒冬腊月，已有13年高原冻土区钻探工作经验的张发权自告奋勇地担任钻机组组长，带领机组队员以钢铁般的意志，打破了高寒地区冬季不能施工的常规，开创了在青藏高原搞钻探的先河。在风火山地区26个试验场钻出了上千个钻孔，将成批的岩芯展现在科研工作者面前，在配合试验路基施工时，书写了“三战稀泥滩”的感人故事，被誉为“风火山上的铁人”。

中铁西北院还与铁道兵部队等单位合作，在五道梁、清水河分别建立冻土桩基试验场，在清水河修建桩基试验桥。这是我国首次在高原多年冻土区开展的系统性现场大型桩基试验，总结出的钻孔打入桩、钻孔插入桩和钻孔灌注桩的施工工艺和适用条件，后来适用于青藏铁路建设中的大部分桥涵工程。

经过多年努力，中铁西北院取得了多项骄人成绩，首次对厚层地下冰地区路堤的最小填筑高度问题进行探讨；首次采用工业保温材料进行试验并获得成功。由中铁西北院主持，铁道第一勘察设计院、中科院寒旱所参加，集中编制的《冻土细则》和《细则附件》，是我国第一部全面系统的多年冻土地区勘测、设计的规范性文件，对青藏高原多年冻土区铁路勘测、设计具有重大指导意义，被誉为“八大法”。

2000 年，中铁西北院风火山观测站获得全国五一劳动奖，这是几代中铁西北院人用生命和汗水换来的。因为，在做科研高峰开山人的路上，他们经历了常人难以想象的艰辛，甚至是性命之忧。

被誉为“风火山上不老松”的周怀珍，是观测站第一任站长，奋战高原22年，直到退休才下山。有一年冬天，雪落高原，目之所及，一 片白色茫茫，周怀珍在返回途中掉进雪坑。他急忙拧腰蹬腿，试图挣扎出来，可是越挣扎越是下陷，很快雪就埋到他的胸部。情急之下，他脱下手套，用双手刨雪，才将自己解救出来，但是两只手手指冻伤，落下了终身残疾。

从抗美援朝战场上归来的王占吉，在担任冻土研究室党支部书记期间，每年总是第一批押车上山，最后一个下山。特别是在大雪纷飞的冬季，为了保证山上同志们的给养，他不辞辛劳，多次往返 2000 多公里，从兰州运粮、运菜。当时运输条件不像现在，开着老解放牌汽车，车况差，路况也差，从兰州到西宁要走整整一天，有时遇到车在途中熄火，只能挨冻。王占吉长期积劳成疾，于 1980 年 11 月去世。临终前，他对前来看望他的院领导说：“我活着没能看到青藏铁路修通，这是我一生最大的遗憾。我死后，请将我的骨灰埋在风火山上，我要看着火车从我的脚下通过。”他把一身忠骨留在了风火山。

除此之外，中铁西北院还有一批批科研骨干和技术专家，前仆后继、奔赴高原，用生命测量高原冻土，用身体力行努力将党中央的决定早日变为现实。他们中，有坚守雪域高原的“父子兵”唐延华、唐雪松两代共产党员；有 60 多岁，仍然坚持科研、到处讲授冻土知识的冻土专家、原中科院冻土工程国家重点实验室学术委员会副主任黄小铭；有我国唯一一名参加了青藏铁路前期、中期和后期建设全过程的科学家和冻土工程专家张鲁新；还有常年在清水河、风火山搞冻土试验的丁靖康、赫贵生等。他们数十年如一日，坚守风火山，把全部的精力和心血倾注在青藏铁路的科研事业上，在青藏高原铸起了一座屹立不倒的丰碑，他们铸就并传承发扬的“以苦为荣、勇于创新、孜孜以求、献身科学”的风火山精神，至今依然熠熠生辉。

观测站全貌，青藏线从观测站后穿过 （刘文龙摄）

青藏铁路是我国多年冻土区工程建设的集大成者，在全国科技工作者的共同努力下，取得了一系列重大科技成果，其中“青藏铁路工程”获得2008 年度国家科技进步特等奖。

2006 年 7 月 1 日，青藏铁路投入运营后，建设期大部分科研课题已经结束，绝大多数科研单位相继退出。从此至今，中铁西北院一直充当运营期青藏铁路冻土技术的依托单位，全面参与建设期科技创新总结、多年冻土区工程稳定性长期监测与分析、运营期多年冻土区工程技术研究，以及病害整治技术咨询与服务等工作，以科学研究为青藏铁路运营提供安全保障。

刘文龙曾任中铁西北院党委副书记、纪委书记、高级政工师。2020 年，已经退休的刘文龙，陪同中铁西北院建院 60 周年纪录片摄制组，又一次踏上了他曾经熟悉的路途，前往风火山观测点。

接到再上青藏高原消息的那一刻，刘文龙心里既激动又犹豫。虽然每一次被高原反应严重折磨后，他都下定决心，以后再也不去了，但是心中向往高原的梦想，依然时时刻刻都萦绕着他。

晚上 9 点，刘文龙一行，从西宁登上开往格尔木的列车。

随着列车西行，海拔越来越高。刘文龙开始出现高原反应症状，躺下难受，坐起来更难受。他甚至有些后悔了，真不该来，但他明白，自己还是情不自禁，如果有机会，他一定还是义无反顾再出发。这也许就是他——一个在海拔 4700 米高原坚持工作 6 年的青藏铁路科研工作者的情怀。

次日早上 6 点多，列车到达格尔木，天气比兰州冷得多。在火车上，刘文龙打开行李箱，拿出带有国旗的羽绒服穿在身上，也不知道是羽绒服的温度，还是看到胸前国旗而产生的责任感，他似乎立刻有了精神。

走出车站，他们一行 4 人在吃早点的时候，互相交流了一下在火车上的经历。大家都没有休息好，带队的负责人怕大家累，说不行了在格尔木待一天，缓冲适应一下。刘文龙说没用，他们以前上高原，从兰州到格尔木，一般习服七天到十天，做一些科研准备工作和身体适应准备，多数人上山后都可以工作，但也有极少数人上山后高原反应厉害，再送下来，过一周时间再送上山，直到能工作为止。

刘文龙介绍，那时候的青藏公路只有格尔木往拉萨方向出去几十公里是柏油路，剩下的全都是搓板路，因为没有条件，送人上下山也不是专车，而是顺路捎带。有一年，冬季临收工时，为了给在观测点的人送取暖煤炭，单位雇人从德令哈拉了七车煤。那时，开的是旧式的解放牌汽车，上山时还好，重车不太颠，回来的时候就惨了，两个解放车大厢板都颠掉了。

早饭后，刘文龙一行开始上山。此时天已大亮。汽车沿着他熟悉得不能再熟悉的路前行，往事也似乎历历在目。

1979 年到 1986 年，刘文龙在中铁西北院冻土研究室冻土观测组工作。观测组的主要任务就是观测高原冻土四季的地温变化，为修建青藏铁路做好基础数据支撑。那些年，他一直在格尔木和风火山观测站之间来回跑，这条路不知道走了多少回。那时候路况差，340 公里的路，上山或者下山都需要一天时间，早上 7 点左右出发，晚上 7 点多到。2001 年青藏铁路建设中，刘文龙被任命为中铁西北院青藏铁路建设常务副指挥长，来往更为频繁，因而这条路上的每一个地方，对他来说都显得熟悉而又亲切。

格尔木南山口，是进入西藏的一个检查站。车子过了检查站，沿着青藏公路一路穿行，南山口、雪水河、昆仑桥、纳赤台、西大滩……熟悉的地名和景色依旧。行至昆仑山口，这是刘文龙每一次上山必须停车的地方，主要是让司机休息一下。巍巍昆仑山，既是传说中的神山，也是让人们敬畏仰望的一座高山。在山口路的两侧立有雕塑，进入西藏方向山口的右侧，是藏羚羊和索南达杰的雕塑。藏羚羊被称为高原精灵，而索南达杰是为了保护藏羚羊而牺牲了的英雄。在旁边的一块巨石上刻有昆仑山国家地质公园的字样。

下了昆仑山，进入可可西里，汽车沿着青藏铁路相伴而行。刘文龙的目光似乎追随着青藏铁路，心潮起伏。这条铁路的修建，凝聚了几代科研人员的智慧和心血。那时候的条件和今天不能相比，在高原上喝一口热水几乎都很难实现。

车子路过清水河，也就是现在的索南达杰保护站所在地。可可西里第一个藏羚羊保护站，就建在刘文龙 1982 年带班待过的地方，那里原来是一个道班，有几间房子，科研人员工作生活住一间，还有一间厨房、一间存储间，外面有个拐角房，用来存煤。门前有一个拐角墙，算是院子，房子就在路边，房后有个气象观测场。出门左走有一座小桥，桥下有科研人员观测地温变化的孔，夏天每 5 天观测一次，冬天每 10 天观测一次；而气象资料则是每天观测 3 次，早上 8 点、下午 2 点、晚上 8 点，因此也叫“828 观测”。房子对面，有一个桩基试验场，1980 年前后，中铁西北院冻土研究室桩基组的科研人员，就在这里现场做试验。刘文龙第一次见到这些同事们的生活环境，简直有些不可思议，然而他们还是那么乐观，吃大锅饭，住帐篷，经常开着不荤不素的玩笑，一个个被晒得黝黑，有的鼻子上的皮都脱了，好像没事儿人一样，要不是看到他们手里拿着记录本和笔，和拾荒者还真的差不了多少。

青藏铁路就建在刘文龙原来住的房子对面，桩基试验场也在房子对面，当年的桩基试验成果已经完全用在青藏铁路建设中，而当年那些被紫外线晒黑了的人，走的走，退休的退休。刘文龙站在桩基前，以桩基做前景，拍摄了些正在走车的清水河特大桥照片。他想，当年那些伙伴们都老了，上不了高原，希望他们能看到这些照片，也能回忆起当时的快乐。

车子继续前行，刘文龙和随行的人说，这个季节可以拍到冰椎和冻胀丘。冰椎看上去晶莹剔透，如一堆玉石，但对高原冻土来说，它却是一个病害。如果夏天把房子或路基修建在上面，等到冬天的时候，随着气温降低，水冻住，而后积累，慢慢隆起，就会把建好的建筑摧毁。

风火山所在位置海拔 4750 米，是世界上唯一一个有人值守的高原定位观测站。这里有中铁西北院科研人员做了不少冻土科学试验的试验场，还有一段青藏高原没有铺轨的 500 米试验路基。

当车子停靠在风火山观测站的院子里时，刘文龙像久违的没有回家的孩子一样兴奋，他青春年华里最好的时光，都是在这里度过的。抬头望去，那些曾经住过的房子，已经有所改变。他们当年住的时候，一开门就是露天，后来青藏铁路开工建设，单位为了改善居住条件，就在门前盖了长廊，职工从这屋到那屋也不用穿厚衣服，可以直接过去。刘文龙感觉，这些房子似乎和自己一样，显得有些苍老，房子的一头已经有些下沉，红色的墙皮斑斑驳驳，有些已经脱落。

清水河（可可西里）特大桥，前景为中铁西北院的桩基实验场 （刘文龙摄）

此时，正在观测站值班的两位同事听到声音，从房子里迎了出来。来之前，刘文龙已经和他们通话联系了。观测站现在通了电可以用手机，也可以看电视。

刘文龙想起自己当年在这里的时候，只有蜡烛照明，与外界联系是通过电台每天下午 6 点向格尔木站报平安或传递消息，这也仅限于夏天山上人多的时候。到了冬天，值班的就几个人，格尔木站的人多数收工回兰州，电台也停用了。后来传递消息主要是靠格尔木、拉萨运输公司几个和他们关系要好的司机。司机从拉萨过来，观测站上的人管他们一顿饭，写封信带到格尔木站。司机从格尔木返回时，把观测站上需要的东西，还有报纸、家信等带上来，观测站上的人再给他们管一顿饭。那时，青藏公路沿途似乎还没有像现在这么多饭馆，有也很贵，于是两相欢喜，都给对方提供了方便。

说到信，这里面还真有说不完的故事。每年到了夏天，中铁西北院冻土研究室各科研组都上风火山开展科研工作，风火山房子少，也住不下太多人，于是就在观测站前面搭起很多帐篷。青藏铁路建设几起几落，20 世纪 70 年代工程上马时，风火山上有几十家科研单位，这里帐篷林立，后来工程下马，大部分单位都撤了回去，只有几家单位留下做一些科研工作。中铁西北院从事冻土科研的项目比较多，每年夏天上山的人也多，当年冻土室有 108 人，号称“一百单八将”，除了在风火山、清水河、西大滩、五道梁还有察尔汗盐湖都有科研工作展开。为了能让科研人员吃上新鲜蔬菜，后勤保障每月送一次菜。他犹记得，菜车到的那一天，可谓是风火山的盛会。后勤人员给大家带来了生活用的米、面、油、蔬菜，以及特别配发的红糖、白糖、橘子罐头、江津白酒，这些东西市面上不多，大家可以根据各自的需求掏钱买。菜车还带上来了每个人的工资，一人一个信封，里面最大面额也就是十元，领到工资后，每个人都兴致勃勃地数着，脸上洋溢着笑容。随同菜车带上来的还有报纸和书信，报纸存了一个月，但在山上封闭的环境里，看什么都是新闻。最重要的还是家书，这一天谁收到的信多，谁就是最幸福的人。收到信后，一个人找个清静的地方，飞速地打开信封，各种信息从信封里飞出来，有愁的，有笑的，有计划什么时候结婚的，有失恋的，真是几家欢乐几家愁。没有收到信的人，眼巴巴看着收到信的人四散而去，嘴里念叨着，应该来信了，怎么没来呢，然后转身就和大家一起卸车分菜去了。

正说着，同事递过来一杯热水，刘文龙接过赶紧喝了两口，他需要喝点热水暖暖身子，也想品尝一下水的味道。

风火山吃水不容易，以前拉水，在二道沟。从风火山到二道沟 20 多公里，要翻越海拔 5010 米的风火山山口，往返约 3 个小时。当年风火山人多的时候有拉水车，每次拉水时，汽车开过去，山上有一个钢管搭的三角架，上面挂着吊链，用吊链把水罐吊起，然后把车倒进去装好，找一个人陪着司机一起去拉水。冬季用水基本上 11 月份拉一次，3 个月后再拉一次，一直到 4 月份换班。有一年，冬季值班水用完了，刘文龙和几个同事顶着大风，抬着藤条筐去刨冰，冰里有很多沙子，他们化冰、沉淀，再一次次把干净的水提取出来，就这样度过了一个月。

手中的杯子已经不冒热气了，但还有一丝温度，刘文龙看了一眼，然后一饮而尽，水在这里太宝贵了。

风火山有一个荣誉展室，那是因为青藏铁路开始建设时，中标单位纷纷来中铁西北院风火山观测站参观、了解科研情况，当时来的人很多，有兴趣的人还会问当年的情况，于是中铁西北院决定在风火山就地收集整理一些过去用过的东西，把原来的食堂清理干净，变成了展览陈列室。科研人员用过的高压锅、笼屉、算盘、半导体、马灯、破棉袄，还有仪器等都被陈列进去，墙上挂着曾经在这里工作过的人员的老照片。走进展室，两面锦旗如同战旗鲜艳地挂着，激励高原科研人员坚守阵地。

刘文龙此行还有一项任务，就是受院领导委托，看看能不能在风火山建成一个海拔最高的红色教育基地，让后人了解青藏铁路科研人员曾经的艰苦岁月。

从展室出来，天气很好。刘文龙爱好摄影，赶快抓紧拍了几张照片。他说，高原的天气，一天有四季，十里不同天，一会儿还不知道会是什么样呢。有一年，他在风火山值班，早上天气好好的，下午 3 点多，突然刮起龙卷风，原来搭建的一处老房子，房顶被风掀掉，篮球架倒了，帐篷被吹飞了，气象场路基上被刮得一片狼藉。风一过，他们分头行动，先把试验场地恢复过来，然后再慢慢找回被刮走的东西。

说着说着就起风了，刘文龙继续往后山实验场走去，在这里抬头就可以看到青藏铁路。他想，中铁西北院不仅有科研人员，还有其他工作人员和后勤人员，都曾在这里为青藏铁路能够建成而奋斗，如果他们中有些人还健在，肯定会问，铁路在风火山什么位置，离观测站远吗？在观测站能听到火车的声音吗？他想大声地告诉他们，铁路修在观测站后面不远处，是高架桥，站在公路上就能看到火车，夜里火车过来也能听到声音。

在走走看看的过程中，一把竹子绑的扫把，勾起了刘文龙记忆里听闻过的一件久远往事：

> 有一年，大概是1月，风火山天气最冷、风最大的时候。一天上午，同事们在屋里看到一位同事拿着花圈从窗前走过。什么情况？他们赶紧跟了出去。这时，那位同事已爬上山坡，他手中的花圈在风中摇摆。大家也跟着爬上山坡，远远地看着。只见他伏下身子，整个人都趴在了花圈上，然后，把皮衣蒙在头上，其实他在点火，山上缺氧，打火机很难打着，他背着风也不知点了多少次，突然一股烟雾在他身下燃起，他迅速仰起身体，在风的助力下，花圈带着火焰朝着家乡的方向燃起，这时他伏下身体，对着家乡方向磕了三个头，然后趴在地上长伏不起，风刮在他身上，卷起了他的皮袄，远远看去他的身体似乎有些颤抖。同事们没有人过去扶他，只是站在远处，默默地陪着他。当他起身往回走，看到身后的同事时，大家什么话都没有说，只是一同走回了住所。后来同事们听说，那位同事母亲病故，收到电报已是一个多月后了。他和谁也没有说，自己用扫把竹子编花圈框，然后自己做花，为母亲献上了一个花圈。

青藏铁路能够修建，离不开一组组科学数字做支撑，而这些数字的背后，则是青春的付出、家庭的别离、难耐的寂寞和伤病的折磨。

“有些人可能认为这是工作，是应该的，然而我们再回首时，看到的仍然是一个个坚定的眼神和不屈的精神。”刘文龙说。

风火山观测站驻地离实验路基不远，也就两三百米。然而，就是这两三百米的路，犹如一道难以逾越的屏障，曾经也使科研人员吃尽苦头。当年观测的时候，科研人员穿着厚厚的衣服，顶风冒雪，背着沉重的仪器，人都是斜着才能前行。如今，路基上已经长出了草，黄黄的，一片一片的。这段路基，当年有很多观测项目，刘文龙把这里的每一个地方都跑了个遍。然而，如今再来，他还想和当年一样，到每一处去看看，走一走，抚摸一下当年留下来的东西，只是体力已经不允许了。当他艰难转身走向汽车，打开车门，插上氧气时，两行热泪顺着脸颊无声地流了下来。

告别观测站返程时，刘文龙一行和观测站的同事一起拍了张合影。他明白，这可能也是他最后一次和观测站合影了。

当回程的列车掠过一片片荒漠、戈壁，岁月芳华，一幕幕从眼前疾驶而过。

青藏铁路建成通车，创造了人类铁路建设史上的奇迹。这背后，凝结着我国几代科研尖兵驻守高原，以苦为荣，勇于创新，孜孜以求，献身科学的不懈奋斗和奉献精神。

# 第六章

# 新时代的党和我们

党的十八大以来，中国特色社会主义进入新时代。

如同习近平总书记在党的十八届一中全会上所说，“历史的接力棒传到了我们手里，我们一定不负重托，忠于党、忠于祖国、忠于人民，以自己的最大智慧、力量、心血，作出无愧于历史、无愧于时代、无愧于人民的业绩”。《中国共产党简史》中提到：党的十八大以来，以习近平同志为主要代表的中国共产党人，团结带领全党全国各族人民统揽伟大斗争、伟大工程、伟大事业、伟大梦想，从理论和实践结合上系统回答了新时代坚持和发展什么样的中国特色社会主义、怎样坚持和发展中国特色社会主义这个重大时代课题，创立了习近平新时代中国特色社会主义思想，统筹推进“五位一体”总体布局，协调推进“四个全面”战略布局，加强党的全面领导，坚持和完善中国特色社会主义制度，推进国家治理体系和治理能力现代化，着力提升人民群众获得感、幸福感、安全感，解决了许多长期想解决而没有解决的难题，办成了许多过去想办而没有办成的大事，推动党和国家事业发生历史性变革、取得历史性成就，党的面貌、国家的面貌、人民的面貌、军队的面貌、中华民族的面貌发生了前所未有的变化，近代以来久经磨难的中华民族迎来了从站起来、富起来到强起来的伟大飞跃，迎来了实现中华民族伟大复兴的光明前景。

在采访中，我们经常能听到群众说，党的政策好，现在的社会好，说来说去都是中国共产党好，如果没有中国共产党，就没有我们今天的好生活。我们相信，这是发自肺腑的话语，因为，我们也有同样的感受。

# 脱贫攻坚第一线

2021 年 2 月 25 日，是一个特别的日子。

全国脱贫攻坚总结表彰大会在北京隆重召开，习近平总书记在会上庄严宣告，经过全党全国各族人民共同努力，在迎来中国共产党成立 100 周年的重要时刻，我国脱贫攻坚取得全面胜利，现行标准下 9899 万农村贫困人口全部脱贫，832 个贫困县全部摘帽，12.8 万个贫困村全部出列，区域性整体贫困得到解决，完成了消除绝对贫困的艰巨任务，创造了又一个彪炳史册的人间奇迹！这是中国人民的伟大光荣，是中国共产党的伟大光荣，是中华民族的伟大光荣！

看着新闻里的报道，我们非常非常感动。脱贫攻坚是全面建成小康社会的底线任务和标志性指标。到建党百年时，全面建成小康社会，实现第一个百年奋斗目标，是中国共产党对人民的庄严承诺。中国共产党人说话算数，承诺的就一定要实现。绝对贫困在中国存在了数千年，中华人民共和国成立以来，一代又一代中国共产党人为了人民脱贫致富，付出了巨大的牺牲和努力。如何在短时间内实现脱贫目标，是一项艰巨的任务。党的十八大以来，党中央带领全国各族人民拉开新时代脱贫攻坚大幕，向贫困堡垒发起最后的总攻；党的十九大，把精准脱贫作为三大攻坚战之一，向脱贫攻坚最后的胜利进军。

作为党员干部，我们也是脱贫攻坚大军中的一员。我们深切感受到，脱贫攻坚是一项系统性工程，涉及上到党中央、下到村干部的所有人群。党和政府调动起全社会的力量，将所有扶贫动力下沉基层一线，指导、鼓励地方政府因地制宜脱贫致富。而在此过程中，不让一个人掉队，如此事无巨细，关注每一个贫困地区，关注每一位贫困群众，凝聚起的不仅是脱贫攻坚的力量，更是人心的力量。如此，还有什么困难是克服不了的呢？

甘肃是全国脱贫攻坚任务最重的省份。全省共有 75 个贫困县，其中 58 个是国家集中连片特困地区贫困县，17 个是省定插花型贫困县。2020 年 11 月 21 日上午，甘肃省政府新闻办召开新闻发布会，宣布全省最后 8 个深度贫困县退出贫困县序列，至此，甘肃所有贫困县全部脱贫摘帽。甘肃人民千百年来与贫困作斗争，终在今朝得凯旋。

这些年来，在脱贫攻坚路上，我们听到、看到、接触到许多感人至深的故事。他们中，有将青春和生命奉献给扶贫事业的“全国脱贫攻坚楷模”“全国优秀共产党员”张小娟，有心系甘肃庆阳老区的“孺子牛”邱军，还有许多的先进集体和个人，而更多的是一群扎根基层一线、在平凡的工作岗位上，为老百姓心甘情愿奉献着的普通劳动者。在我们心里，他们都是最美扶贫人，都是一群离土地最近的人，也是一群以人民为中心的人。

张小娟，是一位优秀的藏族女孩。她从小在美丽的舟曲长大，对这片土地有着深深的眷恋和牵挂。2003 年，张小娟以全县文科第一名的好成绩考入中央民族大学，毕业后留在北京工作。2008 年，受汶川特大地震影响，舟曲受灾严重，张小娟得知情况，一个月后就回到家乡，投身基层工作，历任驻村干部、副乡长、乡纪委书记。2016 年初，被选拔调任县扶贫办副主任。张小娟把自己的全部时间都交给脱贫攻坚，以实际行动改变家乡落后面貌。她创造性地以“漫画图解和语音播报”形式，让党的扶贫政策及时走进千家万户；跑遍全县所有乡镇和行政村，掌握真实贫困状况，使“张小娟”这个名字深入人心。她还把各种扶贫数据熟记于心，成为全县扶贫情况的“移动数据库”和“活词典”，而她较真碰硬、让群众满意的工作作风，更是令人敬仰。不幸的是，2019 年 10 月 7 日，张小娟在完成舟曲乡村脱贫攻坚抽样调查工作返程途中，因交通事故殉职，年轻的生命定格在了 34 岁。她以一个奋斗者的姿态，以一种高贵的精神，永远活在了人们心目中。

邱军更像是一位来自远方的亲人，把自己的全部热情和拼劲，都给予了

张小娟

甘肃省庆阳市华池县的老百姓。

华池是一片红色热土。20 世纪 30 年代，以刘志丹、谢子长、习仲勋等为代表的老一辈无产阶级革命家，以南梁为中心，创建陕甘边革命根据地，在中国革命历史上，留下了辉煌的一页。

邱军是中国化学工程集团有限公司员工，2018 年 12 月，到华池县挂职担任副县长，主抓扶贫工作。

在革命先辈崇高精神的指引下，邱军把足迹留在华池的山川梁峁，每到农家，他和群众坐坑头聊家常，查看住房和饮水安全，了解产业发展。他利用自己特长，铆足干劲，调查研究，为老区群众找帮扶出路，勾画致富蓝图。在挂职期即将结束时，邱军突发疾病，2021 年 1 月 8 日，因抢救无效离世，年仅 39 岁。他去世后，人们在他办公桌玻璃台下看到一张平整的小纸条，上面是女儿写给他的留言："爸爸，多休息，我们走了，再见。你开完会以后来找我们，我们在华清池等着你。写给爸爸……"

我们相信，邱军无愧于人民，但他一定是有愧于妻儿的。可惜，张小娟、邱军，他们都过早地走了，我们没能有机会听听他们的心声。

在这里，我们分享两位普通扶贫干部的故事。他们是甘肃 22 万多名扶贫干部中普通的一员。

夜幕深邃，刘玮以惯有的幽默，在朋友圈里郑重宣告，次日清晨，她将和土鸡同时抵达，为保证新鲜，请兰州的朋友中午前与她联系领取。

刘玮看起来像个弱女子，但骨子里有一股豪迈之气。作为甘肃省文联派驻陇南市武都区洛塘镇沟底下村的驻村第一书记，面对山大沟深，她把想家的眼泪生生逼回。一天的日子是这样开始的：早起干掉俩馍，一个白面馍，一个黑面馍，然后撸起袖子加油干。我们从纪录片《甘肃扶贫进行时》开篇看到了她："2018 年 4 月 13 日，驻村扶贫帮扶队队长刘板元（刘玮）在这片兴建易地扶贫搬迁住房的台地上已经忙碌了整整一个上午。现在，她又要赶到纳拔山社与农民签订搬迁合同，合同不签，农民不搬迁，那就是失败……"

进村入户是刘玮的日常工作之一。有一天，她走访了老林山，山里多为空巢、孤寡、身有残疾的老人。回来同事问她感受，她说："感觉胸口压了块石头，从老林山到杨寺沟走了一条小路，摔了三跤，身体的疼痛不及心里的沉重。"她以一个词——"砥砺前行"，与同事共勉。

胸有沟壑，目有山川。在刘玮眼里，贫困户嘴角那一抹笑，就是世上最明媚的阳光。高有银、马武平……这一个个贫困户，都是她心中最深的牵挂。

如果有群众来访，来的时候不开心，走的时候很高兴，刘玮就很开心。当朋友对她说，"一户一策"政策好，她愉快地回应，"大家好就是真的好！"

多少个日日夜夜，刘玮坚守在陇南大山深处的乡村。哪怕返城汇报工作，她也是来也匆匆去也匆匆，常常搭乘夜车，与晨曦同时抵达村子。同事感动地对她说："百姓在你心中。"

当她在千里之外跋山涉水时，在兰州上学的儿子取得的一点点进步都让她惊喜不已。她把对儿子的每一个期冀，都标注上了"遥祝"两个字。

舍小家顾大家，立足岗位，辛勤工作。这不是刘玮一个人的故事。我们和刘玮对话，听到了她的心声。

2017 年 8 月，甘肃省文联选派我到陇南市武都区洛塘镇沟底下村任第一书记兼帮扶队长。尽管对于贫困有些了解，渴望能通过自己努力做一些贡献，但下去之前的使命担当大多是意识层面的。到了这里之后，真实的经历和感受，除了震撼和忧虑之外，才真正内化为一种强烈而紧迫的工作动能。

沟底下村有村民 265 户 1046 人，农民居住极为分散。全村辖 9 个自然社，分布于 7 个山头，地处偏僻，土地贫瘠，因山势陡峭难以平整土地，只能垒石填土为田。又因土层薄，加之野猪等野生动物的破坏，农作物产量低，仅勉强满足自给，无法转化成商品效益。刚到沟底下村，我就通过村里干部群众，对全村有了一个整体的了解和把握。

到驻村点后，我给自己制定了详尽的工作计划，一方面避免成为“无头苍蝇”瞎转乱转，一方面更要避免自己的工作成为“纸上谈兵”的空中楼阁。为了尽快融入新的工作岗位，从一开始我就制定和坚持‘双轨并行’的工作方式。第一步就是大量阅读中央、省上相关政策和各地脱贫攻坚的先进经验，做到吃透政策、心中有数，在最短的时间内基本熟悉了脱贫攻坚的主要方式和途径。但纸上得来终觉浅、绝知此事要躬行，在加紧补课的同时，我开始了另一项功课，就是用脚步丈量沟底下村，走访每一户，走遍每一块土地。精准扶贫、精准脱贫，关键在于“精准”二字，对应的政策和途径得精准，对每一户致贫原因和解决办法要精准，对这块地方真正适合发展什么得精准。虽然我不是经济和农业方面的专家，我相信，凡事肯钻研，就会有收获。

到村第一天起，我就开始了入户走访的工作，不光入贫困户，也入脱贫户，还入“能人大户”，真正了解村民的心态和问题、症结所在。每天在田间山头，房前屋后，听取农民的困难和需求，了解他们的生活状况和生产情况。我和两位队员深入每一户贫困家庭分析致贫原因，商讨产业发展，制定“一户一策”。每天回到住的地方，就会在心中把所有问题、每家情况捋一下，心中也就有了底。

脱贫攻坚核心的问题是如何能让贫困户自己创造收入，产业扶贫的目标也就是通过给贫困户培育一个产业，能为其创造收入，这是实现可持续扶贫的关键。但是，我在调查走访中发现，村里劳动力大部分都外出务工了，妇女在洛塘镇陪读居多，在家留守的多为老弱病残，大部分土地抛荒。本来具有资源优势的优良土地被闲置起来，农村“空心”化很严重，这对乡村振兴十分不利，需要将村里现有劳动力和闲置土地进行有效结合，真正让农村不再“空心”，变得充满活力。经过充分的摸底和调研，我们多次召开群众代表大会，最终决定成立专业合作社，流转土地，贫困户以土地承包费和产业扶贫资金入股，按照农村“三变”改革的要求，发展“党支部＋合作社＋贫困户”的模式。作为甘肃省文联扶贫点，单位对脱贫攻坚工作十分重视，省文联领导和同事多次深入调研，先后拨付 25 万元产业帮扶资金，助力沟底下村发展产业。

发展模式找到了，但到底发展什么产业，才真正适合这里的土地特点和劳动力特点，这是我要破题的关键。在走访农户的同时，我会同时考察每一块土地的特点，打听他们之前的利用情况。村里的老人给我讲，

沟底下村种植养殖培训

十年前洛塘镇是武都区花椒产量最高的乡镇，后面因为管护不当和病虫害，椒树大部分都死了，土壤被破坏，再种也种不活。为此，我专门拜访陇南林果研究院专家，并邀请专家到沟底下村9个社实地查看土壤。由于花椒根须发达，清理不干净的根须在土壤里腐朽，破坏了土壤结构，所以栽不活椒苗。找到问题的症结，我们马上组织群众现场培训如何翻新土地，怎么栽苗、施肥、上药，并积极寻找一块适合花椒种植的土地，作为示范基地，从而实现以点带面的效果。在用脚步一点点丈量沟底下村的时候，我发现一块共60亩大阳坡，无论光照、土质和环境，都特别适合种花椒，但问题是这里不通公路，结果就是资源优势无法转化为产业优势。但是，如果要等到公路修通再发展花椒产业，就会陷入等靠要的老路上，经过多次分析和讨论，我希望先把产业发展起来，让大家看到效益和前景后，再解决交通问题，双管齐下才能真正落地生根。于是，在专家的指导下，我们将土地流转，建成高标准花椒示范基地。但是，因为都是山路，花椒苗、旋耕机、水管等都要靠人工背上去。我的记步手环显示，这相当于要将这些东西背到138层楼那么高。于是，我就和村民们一起，将这些东西一点点地扛了上去，虽然平时没有从事过如此高强度的体力劳动，但我知道，自己要是先放弃，村民们的士气就会受影响，咬着牙也要坚持到底。如今，这个花椒示范基地已经建成，花椒长势良好。我积极向上级领导汇报申请，修建产业路，并以此示范点带动全村建档立卡户栽种大红袍椒苗10000余株。为了激发贫困户主动脱贫的积极性和内生动力，我们积极鼓励123户建档立卡户春季种花椒、秋季奖补，每株成活椒苗奖励5元。2018年9月份，经过村社干部交叉验收，为96户建档立卡户共奖补了83000元，极大地提升了贫困群众的信心和积极性。

我在兄弟乡镇观摩产业时，发现了嫁接培育的新品种——无刺花椒苗，相比普通大红袍，它抗旱耐涝，寿命长、产量高，抗逆性强，但椒苗价钱较高。我带领村社干部去两水镇、汉林镇学习考察，认真分析产出收益，觉得栽种无刺花椒是非常稳妥的产业项目。于是我向沟底下村包点的省人大相关领导汇报了这个情况，介绍无刺花椒的优点和未来产出收益，很快就得到了支持，给沟底下村拨付36万元购买无刺花椒苗。

土地盘活了，产业找到了，花椒苗的问题也解决了，但新问题随之而来。花椒三年才能挂果，短期内无法增收，必须找到适合短期发展的产业。于是，我就进一步有针对性地去考察村里的土地。有一次我发现了一片闲置的林地，生态系统很好，非常适合开发为养鸡基地。当年8月份，驻村工作队和村“两委”开始组建养殖专业合作社，建成林下土鸡散养基地，由合作社代养土鸡1000只，省文联拨付专款为43户贫困户每户购买鸡苗10只，饲料100斤，贫困户散养6–8月，由合作社统一销售。规划制定好后，就进入落实阶段。村里有个贫困户，名叫赵兴元，他的身体不太好，不能出去务工，在村里又缺乏合适的工作机会，但为人勤劳诚实，于是我们聘请他来负责养鸡。赵兴元的顾虑非常多，一是不识字，一些防疫工作和先进的饲养技术无法掌握；二是从没养过这么多鸡，担心养不好。我鼓励他，凡需要认字的都交给我，防疫工作我们共同完成，鸡只要不是饿死渴死的，都由我担着！但说实话，我比他心里还没谱，那段时间，我手机百度收藏的全都是养鸡的帖子，专门邀请养殖专家对我们现场培训。但意外还是出现了，饲养的第三天，一夜之间死了42只鸡，这让我和赵兴元都大受打击，赵兴元甚至提出退出。我一面安抚他，一面向专家求教，原来是因为山林之中土地潮湿，晚上温度低，幼鸡聚集取暖，一层一层叠在一起，被压在最下面的一层鸡窒息而亡。于是，我动员贫困户将家中麦草和玉米皮背到鸡场，村干部和贫困户一起将隔潮保暖的麦草、玉米皮等铺在鸡场。此外，因为养殖的土鸡很多，每天要喂三四次粮食和水，赵兴元一开始有些忙乱，大量的粪便无法及时处理，为了幼鸡能有干净、健康的生长环境，我组织党员干部一起清扫鸡棚粪便和垃圾，帮助喂食换水。土鸡养到两斤半左右的时候，开始出现互相啄的情况，并有死亡现象，为此，我们除了给鸡补充微量元素以外，还给每一只鸡带上“眼镜”。接触中发现，赵兴元生活困难，一个人住在山上，都是凑合着吃饭，我便利用帮他喂养和清扫的机会，给他带去米、面、油，有时候上山给他带大饼和蔬菜，他的心也逐渐踏实了下来。土鸡散养到6个月，我向省文联领导汇报，领导们导们率先购买了二十几只，同事们都踊跃购买土鸡，加上我们的土鸡是林地散养，肉质鲜美，收获了很好的口碑。到 2019 年 1 月，出栏的 700 余只土鸡很快就销售一空，已实现养殖分红。我们准备将其打造成品牌，充分利用网络和冷链运输系统，真正将沟底下村的优良土鸡推向更大的市场，打造成可持续、可扩大的养殖产业。

沟底下村地处陇南深山，植被茂密，野花遍野。我入户时发现山上的百姓家家养有土蜂，经过询问，在粗放管理的情况下，每个蜂巢都可以产蜜 20 斤，效益可观。我去主导产业养蜂的豆家庄村考察后发现，养蜂的利润不只是卖土蜂蜜，繁育分箱一箱可以卖 600—800 元，如果技术得当，科学管护，每箱蜂一年可分三箱。这个项目顿时让我看到了新的亮点和希望。我便立即向镇党委申请汇报，向区农牧局申请项目，经过各方协调，农牧局为沟底下村 43 户贫困户每户配发中蜂 3 箱，共 129 箱。合作社建成中蜂养殖基地，聘请技术人员统一代养。每一个项目都不是一帆风顺的，那年冬天，武都地区比较寒冷，养蜂负责人王福满发现一些土蜂不待在蜂箱里飞了出来，但是飞出来很快就冻死了。我咨询专家后得知，蜂箱木板太薄，箱里温度低，蜜蜂在里面待不住。解决办法就是用棉布包裹蜂箱，以起到保暖的作用。但是，大规模的包裹蜂箱，需要不少资金。很快我就打听到，洛塘镇上有一些家具店，家具从外地运来有一层厚棉布。于是，镇上十几家家具店，我都跑遍了，一家一家地收废棉布，然后带给王福满，帮他们根据蜂箱大小，进行剪裁，一个个地包裹好，终于解决了这个难题。到 2019 年 6 月，已经繁育至 400 箱，7 月出售了 72 箱，又将 180 箱发放给有养蜂意向的建档立卡户，已实现养殖分红。

其实，驻村工作除了找到脱贫项目之外，更多的时间就是跟村民多沟通，将党和国家的政策解释好，跟他们交心，共同面对各种突发事件和困难。为了便于和当地老百姓沟通，我一点一点学洛塘方言，后来我在洛塘基本不说普通话了，这件事看起来细小，但开展工作时候作用太大了。用一样的语言交流，可以极大地提高效率，让他们觉得我们不是外人，而是真正的“自家人”和“带头人”。2018 年夏天，一次突发事件的解决，就得益于此。沟底下村虽然植被丰富，但是雨水多，尤其到了夏天，常常会因为暴雨而引发山洪。2018 年 7 月，因为连下暴雨，河水卷着泥沙石子冲刷而来，将公路下面的座基都冲空了，不仅公路随时有坍塌的危险，河边的房子更是危险，乡亲们担心房屋财产，不愿离开。我们第一反应是稳定村民的情绪，让他们不要慌张，赶快劝离河边居住的群众，疏散他们到安全的地方。我们和村社干部、党员分组巡查安全情况，抢修道路，排除一些危险隐患，同时积极联系外面的救援。大雨停止后，经过抢修，村里和外界恢复了联系，通过各种渠道，我联系上了"壹基金"，他们第一时间给村民们送来了最为及时和急需的生活包，里面包括睡袋、锅碗瓢盆等全套生活用品，村民们的心终于安定下来了。我和干部们两天两夜没有合过眼，全部靠吃泡面度过。很巧合那天是我生日，我的两个队员和几个年轻村干部知道了，开着玩笑在方便面旁点亮打火机让我许愿，我从未经历过这样的事情，面临危险我也无比恐慌，但职责所在，要求我必须勇敢和坚定。吹灭打火机的那一瞬间，我许下的生日愿望是希望暴雨尽快过去，大家一定要安全。

第一书记的主要职责是"建强基层党组织，抓党建促脱贫"。说实话，一直以来我在机关都是以学习为主，刚开始我不能理解这句话的可操作性，但是在工作中越来越感受到"党建引领"的重要性："7·10 暴洪灾害，就是因为有党员、干部坚守一线、冲到前头，确保群众生命安全，村民的心才踏实下来；发展产业流转土地时，百姓持怀疑态度，党员带头签订流转合同；党员干部定期清理养鸡场垃圾，带动养鸡产业；党员帮群众搬运蜂箱，催生了养蜂产业；党员干部每月去五保户家中打扫卫生……"在不断落实各项学习的同时，我们组织开展"推进脱贫攻坚，做有担当党员""党员义务劳动日"等系列主题日活动，做到党群一心，真正取得群众信任。

甘肃省文联是我驻村的依靠和后盾，同时我也肩负着单位赋予的责任。省文联尽管是文化单位，但仅在沟底下村两年帮扶资助共计 97.5 万元。加强农村基础设施建设，对于农村发展产业，促进农民增收，改变贫困落后的面貌具有重要的支撑作用。2018 至 2019 年间省文联为沟底下村修建人行便桥9座，安装路灯80盏，为6户五保、低保户修建安全住房；协调省人大相关领导落实建设资金50万元为沟底下村建成日间照料中心和文化广场；协调区直各职能部门加快易地搬迁点修建进程，疏通水电路，并为搬迁点所有住户购买煤炭每户1000斤；省文联帮扶沟底下村产业资金25万元，发展种植养殖业都已实现分红。扶贫扶志，省文联组织省上甚至全国著名的艺术家，送欢乐下基层，为农户开展惠民演出，利用春节团聚的时候组织艺术家为他们写春联、拍全家福，这些行为都很暖心，增强了他们内心对幸福生活的渴望和认同；多次邀请种植养殖专家对农户进行培训，同时为村民开展其他技能培训，提高村民外出务工的技术含量。我们也向乡镇府汇报，向区上申请一些培训名额，比如低保户马保平，我们推荐他去学习挖掘机驾驶技术，经过一段时间的有效培训并取得证件后，他外出务工的收入也从每月三四千元涨到了七八千元。

刚驻村的时候，我觉得村民等靠要的思想严重，但经过长时间的交流接触后发现，因为村里年轻劳动力都外出了，农村变得空心化，这才使他们渐渐失去了信心，只能等着打工的收入补贴家用。即使是蕴含无数资源和潜能的地方，也需要一个带头人，才能闯出一片天。这些年，国家政策的扶持，加上第一书记的工作机制，以及一些适合当地的产业带来切实的改变，他们对美好生活的期盼越来越强。虽然驻村的时间只有两年，但走出办公室，走到基层，才能真正读懂中国的现状，两年时间我收获了信心和感动，更收获了党员干部的责任和担当。两年间村里的变化天翻地覆，2019年，我走的时候，村民们不舍、落泪。我说，我会记得我爬过的每座山、走过的小路和蹚过的河；我会记得，我吃过你们的饭，还有你们烤的土豆，这些都将是我人生的瑰宝。我还安慰他们，放心吧，我走了，甘肃省文联依然在！

2019年，刘玮结束驻村任务，回到甘肃省文联工作。她的同事接替她，继续在沟底下村进行帮扶。

康军义，是甘肃省陇南市武都区教育局驻鱼龙镇小张家村帮扶队队长兼第一书记。我们见到他时，他三句话不离“我们村”，这个村当然是指小张家村。当时，小张家村辖 7 个村民小组，116 户 413 人，其中建档立卡贫困户 65 户 249 人，系深度贫困村。

康军义说，隔壁村子发展得特别好，自己村里的人很羡慕，他也想把村里建设好。

驻村伊始，康军义就摸清了村里的底数，逐一明确工作责任，同时狠抓党建工作，充分发挥村党支部的战斗堡垒作用，与党员干部一起吃苦在前、干在前。

康军义是教师出身，深知贫困要断根，教育是根本，看到小张家村因为幼儿园较远，适龄儿童不能按时入园的困境。他和帮扶队的同事多方努力，在武都区教育局支持下，于 2019 年给村子里新建了一所幼儿园。对于村子里的留守儿童，他给予更多的关爱，甚至在自己的办公室里开辟出一个“学习角”，给孩子们做辅导，引导孩子们积极向上，通过一年的努力，逃课的孩子几乎没有了，作为家长的村民显然也很开心。每年高考后，康军义帮助学生们填报志愿，帮助他们办理助学贷款，争取社会资助，细微的行动，如同一脉清泉，汩汩流淌进小张家村人的心田。

2020 年 8 月，陇南市发生暴雨洪涝灾害。那些天，小张家村也一直在下雨，受灾情影响，康军义几天几夜没合眼。其中，8 月 16 日那一天，他是这么度过的：

雨时断时续。停电，移动通信中断，幸好我用的是电信网络，可惜只有 40% 的电量，得节约着用，因为要和外界保持联系。

6 点半，洗了把脸，开始查看两处滑坡监测点，再次劝导群众转移至幼儿园，在醒目位置立起自制的警示牌；查看了一处新的垮塌点，提醒群众绕行。

上午 9 点，在村支书红红家吃早饭，其间，抽空打电话给在两水中学任教的学生姚青学，让其帮忙为村民张宝德儿子报名。

上午 10 点半，组织村民去四五社巡查，顺大路走，路不通。昨夜的雨水裹挟着小石头在路上肆意妄为。原路返回，在“村群”上看到四社群众在装沙加固河堤。路上有群众反映，四社德娃家存在安全隐患，需要救援，大路不通走小路，有群众考虑我们的安全，不让走小路，说路窄湿滑恐出意外，但我们是党员干部，怎么能够退缩！

路比我想象的难走得多！到沟底德娃家附近，不知道是雨水、草上的水，还是汗水，浑身湿透。

和村民们一起跳入齐膝深的水中，加固冲毁点。自发来的群众越来越多，拉沙子的，装袋子的，背抬沙袋的……

下午1点半，基本处理完毕，又和群众一起加固了三处河堤。

下午5点，和群众一起查看五社四户沿河居住村民的情况，叮嘱晚上一定到各自的安置点居住。

下午6点，和村民手拉手蹚河返回大庄住处。期间，在张军社家喝了最香的茶，吃了张兵娃老人送来了最甜的西红柿。红红家准备了晚饭，由于浑身湿透，脚被雨鞋磨破，先去住处换衣服，经过村民张富红家，硬是把我拦下在他们家吃晚饭。

晚上9点，李憧儿用发电机发电，为我们的手机和手电充电。晚上11点，大雨如注，河声震响，又是一夜无眠。

康军义和妻子都不是陇南本地人，两个人工作都忙。康军义驻村时，如何照顾七岁的大女儿和四岁的小儿子，是他们夫妻俩面对的最大困难。“我爱人在武都二中工作，大女儿刚上一年级，没时间接送，孩子只能自己坐公交车回家，如果再把小儿子留给妻子，孩子只能每天被锁在家里，这我放心不下”。于是，康军义和妻子商量一人带一个，自此他身边就多了一名新“队员”。好在，孩子很快就跟村里的小朋友成为好玩伴，他有几件棘手的事情，还是靠这层关系解决的，村民们戏称，他的儿子是“武都区最小的帮扶队员”。

2019年，小张家村整村脱贫；2020年，贫困人口全部脱贫。2021年4月，康军义完成驻村工作。他说，结束意味着新的开始。

据了解，在脱贫攻坚斗争中，全国累计选派25.5万个驻村工作队、300多万名第一书记和驻村干部，同近200万名乡镇干部和数百万村干部一道，奋战在脱贫攻坚主战场；有1800多人将生命定格在了脱贫攻坚征程上。

康军义（怀抱孩子者）入户走访

扶贫干部的身影，也曾遍布陇原大地每一个贫困的角落。他们在泥土里飞扬青春，在乡村里奋力前行，在新时代里建功立业。

他们的功勋，值得铭记。

致敬每一位为脱贫攻坚付出努力的人们！

这一场战役胜利的背后，是中国共产党领导和中国特色社会主义制度为之提供的根本保证。由此，为全球减贫事业作出了重大贡献。

# 敦煌莫高窟守护人

在甘肃省敦煌市东南 25 公里处的鸣沙山东麓崖壁上，有一座神圣的人类瑰宝——敦煌莫高窟。

莫高窟始建于前秦建元二年（366 年）。当时，永嘉之乱，中国北方战乱频仍，杀伐不绝，人民流离失所。当乐僔和尚云游到敦煌时，在三危山前、鸣沙山麓受到佛光启示，开凿了第一个洞窟。据科学解释，所谓佛光，是山石中的云母反射太阳光所致。无论因何，一座神圣的艺术殿堂，就此启端。从此以后，穷苦百姓、善男信女、达官贵人、异域商贾等纷至沓来，发愿施舍，凿壁开窟，绘制壁画塑像，历经十几个朝代，长达千年，从未间断，使敦煌成为石窟佛寺荟萃之地。

敦煌莫高窟是沙漠中的美术馆，神圣而又绚烂，散发出摄人心魄的古代艺术光辉。莫高窟现存的 492 个洞窟、4.5 万平方米壁画、2400 余身雕塑、4000 余身飞天等，交映汇集成为古奥神秘的佛教史迹。藏经洞发现的数万卷抄本和刻本经卷文书，涵盖佛家经典、经史子集、织绣绘画、民谣俚歌等，使用多种文字抄写而成，抄写年代上自晋末、下至宋初，无论哪一卷，都是国之珍宝、旷世奇珍。如同敦煌研究院名誉院长樊锦诗所说，它们是世界上现存规模最大、绵延时间最长、内容最丰富、保存最完整的佛教艺术宝库和文献宝藏，见证了千年丝绸之路上中外多元文明、多民族文化的交流荟萃，为人类保存了中古社会中国、中亚、南亚、西亚、东亚的历史、地理、政治、经济、宗教、民族、民俗、语言、文学、艺术、科技等多门类学科的珍贵资

鸣沙山月牙泉

料，具有特殊的、全球性的价值，是中华优秀传统文化乃至世界文化的绝世之瑰宝。

莫高窟的发展跌宕起伏，15 世纪中叶之后，清政府闭关锁国，莫高窟停止开窟造像，长期处于无人管理、任人破坏偷盗的境地。距今一百多年前，昏庸的封建王朝在帝国主义的欺压下，丧失了自主权，西方冒险家趁机前往莫高窟掠夺，给中华民族造成了永远无法弥补的文化创伤。

敦煌艺术和文物的命运，牵动着我国艺术界、学术界有识之士的深度关切。在常书鸿、于右任等人的努力下，1944 年，国立敦煌艺术研究所成立，结束了莫高窟的沧桑命运。中华人民共和国成立后，一代又一代文物工作者受到召唤，坚守大漠，甘于清贫，择一事终一生，艰苦奋斗、科学探索，肩负起守护国宝的使命。

接力棒一代代传承，在以常书鸿、段文杰、樊锦诗等为代表的一代代莫高窟人努力下，保护文物的责任和使命薪火相传，从最初的“看守”到如今的科学保护，从曾经的抢救性保护到现在的预防性保护，“莫高窟守护人”不仅续写千年传奇，更为人类文化遗产保护、研究和弘扬事业开创新篇。

油画家常书鸿，是敦煌艺术的开拓者。

常书鸿是浙江余杭人，1904 年出生于一个享受皇饷的小军官之家，1923 年毕业于浙江省甲种工业学校，1927 年前往法国巴黎学习法文和绘画技术。1935 年，旅居法国 9 年并功成名就的常书鸿，在塞纳河畔旧书摊上发现一本《敦煌石窟图录》，里面是 1907 年伯希和从敦煌石窟中拍摄的壁画和塑像图片。他当即被东方艺术的魅力所征服，毅然决定回到祖国。1943 年 2 月 20 日清晨，常书鸿一行六人，“像中世纪的苦行僧，身穿老羊皮大衣，戴着老农的毡帽，顶着高原的刺骨寒风，乘坐一辆破旧的敞篷车，开始了一生难忘的敦煌之行”。当时，敦煌已是一片荒凉萧条，莫高窟无人管理，经年的风沙雨雪，洞窟被毁坏消失，有的被流沙掩埋，雕檐崩塌，破败不堪。当他清除掉堆积如山的流沙，出入于一座座洞窟时，立即被五彩缤纷的壁画和彩塑迷住了。1944 年，国立敦煌艺术研究所成立，常书鸿担任首任所长。当时莫高窟周围 40 里地不是沙丘，就是荒漠，远离城镇，唯一的交通工具是一辆老牛破车。这里物资匮乏、陋屋斗室，无水无电，条件艰苦。常书鸿

常书鸿和女儿常沙娜

毫不畏惧，一心扑在工作上，忘掉了一切。直到发现妻子悄悄离去，他才骑着马去沙漠追赶，可是已经晚了，妻子走得无踪无影，他从马上昏摔下来，苏醒后，忍着失去妻子的痛苦，又重返敦煌，从此，把自己的一生献给了这座石窟。

20 世纪 80 年代初，《浙江日报》记者来永祥前往敦煌采风，见到了常书鸿。来永祥记述说：

我们在皇天寺见到了这位带有传奇色彩的艺术家。这是他住了长达四十年的破寺庙。他握住我们的手，第一句话就是："看到了吧，世界上最大的、壮丽的画廊！"说起莫高窟，他似乎年轻了许多。他告诉我们，社会主义制度给敦煌学的研究开辟了最广阔的道路。现在，北京图书馆已将散落在国内各地的敦煌遗书集中起来；被盗的部分也拍回了照片；国内已出版了许多敦煌研究的专著。继新作《敦煌艺术》出版后，他又将精力用于《敦煌艺术与东南亚文艺复兴》的写作。目前，该书的提纲基本拟定，两年后即可交付出版……至今，他依然是如此挚恋着它。

1982年，常书鸿迁居北京。他对女儿常沙娜说："人生是战斗的连接，每当一个困难被克服，另一个困难便会出现……不论有多大的困难，我一定要战斗到最后。"他还叮嘱女儿，"不要忘记你是敦煌人"。

敦煌研究院第二任院长段文杰，是敦煌石窟整窟临摹和巨幅壁画临摹的首创者，也是敦煌学研究的开拓者。

段文杰是四川人，毕业于重庆国立艺专，一次，在观看张大千临摹的敦煌壁画时被吸引。1946年，他几经曲折来到敦煌，原本打算"看一看"，一年后就回去，但是一看就像"饿牛进了菜园子"，把自己的后半生全部交给敦煌，在这里守了一辈子。

段文杰

段文杰的学术成就，主要表现在敦煌壁画临摹和敦煌艺术理论研究两个方面。

初到敦煌时，段文杰被任命为敦煌艺术研究所考古组代组长，具体负责组织临摹壁画、勘测石窟状况和调查洞窟内容等。他潜心研究壁画里独特的构图形式，研究不同时期壁画所用颜料、画法、晕染和传神技巧等，抛弃了已经形成习惯的西方油画技法，总结出一套临摹敦煌壁画的画法，并将这个画法教授给史苇湘、李承仙、孙儒僩、欧阳琳、黄文馥、关又惠等当时的年轻一代，这些人后来都成为研究敦煌学的大家。

2020 年 7 月，樊锦诗给上海科技大学 2020 届毕业生分享说，20 世纪画家进洞窟临摹是保存壁画信息、展示敦煌艺术的唯一方法。可是偏居一隅的敦煌，买不到像样的宣纸、颜料等绘画材料，只能利用川纸矾纸、裱背加工成画纸；没有颜料，只能就地取材，用敦煌的白灰、红土制作颜料；洞窟内光线不足，运用借光法，设法依靠窟外镜子将阳光反射到窟内白纸上；更大的问题是如何临摹壁画，当时还没有标准和要求。经过段文杰长期艰苦面壁写生、潜心研究和探索，将壁画临摹总结为客观临摹、旧色整理临摹、复原临摹，形成了至今还在使用的临摹敦煌壁画的标准和要求。令人更为佩服的是早在 20 世纪 50 年代初首创的多人协作的原大原状的整窟临摹精品。这些追求“形神兼备、气韵生动”、追求卓越的临摹作品，当时已多次到国内外展出，起到了弘扬敦煌艺术的重要作用。

段文杰最杰出的作品之一，是临摹第 130 窟的《都督夫人礼佛图》。为此，他查阅上百种古代文献资料，通读二十四史中《舆服志》，摘录两千多张卡片，经反复研究和探索，对《都督夫人礼佛图》进行大胆的复原性临摹，使其得以复活，一举惊艳世界，也因此开启敦煌服饰研究之始。段文杰一生先后独立或与他人合作临摹历代敦煌壁画 380 余幅，面积达 140 多平方米，创下了敦煌莫高窟个人临摹史上第一。他还发表学术论文 50 余篇，并编撰出版了《敦煌壁画·初唐卷》等专著，对敦煌佛教石窟艺术的内容、风格、历史和艺术价值做了系统深入的论述；主持创办国内外第一本敦煌学定期刊物《敦煌研究》，为促进中国敦煌学发展，改变“敦煌在中国、研究在国外”的局面做出了突出贡献。在 20 世纪八九十年代担任敦煌研究院院长期间，段文杰在

莫高窟

工作中的樊锦诗

引进和培养人才、寻求国际合作、保护研究敦煌文物方面做了大量工作，使敦煌文物保护由过去的抢救性保护走上了现代化科技保护道路。

敦煌研究院第三任院长樊锦诗，被誉为“敦煌的女儿”。她生于北京，长于上海，毕业于北京大学，1963 年来到敦煌，便把一辈子奉献给了敦煌。最初，樊锦诗和在武汉大学工作的丈夫彭金章两地分居，两个孩子只得送回丈夫老家河北交给姐姐扶养。她也曾一直争取调到武汉大学工作，但当真正的机会来临时，她却犹豫了，对莫高窟的责任和情感，使她割舍不断。最终，她的丈夫彭金章主动放弃武汉大学历史系副主任、考古教研室主任职务，申请从武汉调到敦煌研究院，这才结束了他们一家四口长达 19 年的分居生活。

樊锦诗视敦煌石窟的安危如生命，扎根大漠，潜心石窟考古研究，完成了敦煌莫高窟北朝、隋、唐代前期和中期洞窟的分期断代。改革开放以来，她坚持改革创新，带领团队致力于世界文化遗产的保护传承，积极开展文物国际交流合作，引进先进保护理念和保护技术，构建“数字敦煌”，使观众通过电脑屏幕就能全景漫游数十个莫高窟经典洞窟，开创敦煌莫高窟开放管理新模式，有效地缓解文物保护与旅游开发的矛盾。她还在全国率先开展文物保护专项法规和保护规划建设，探索形成石窟科学保护的理论与方法，为世界文化遗产敦煌莫高窟文物和大遗址保护传承与利用作出了突出贡献。

“舍半生，给茫茫大漠。从未名湖到莫高窟，守住前辈的火，开辟明天的路。半个世纪的风沙，不是谁都经得起吹打。一腔爱，一洞画，一场文化苦旅，从青春到白发。心归处，是敦煌。”这是感动中国2019年度人物颁奖盛典，给樊锦诗的颁奖词。樊锦诗一生获得荣誉无数，2019年，她被授予“文物保护杰出贡献者”国家荣誉称号。

2020年1月17日，中宣部向全社会发布甘肃省敦煌研究院文物保护利用群体的先进事迹，授予他们“时代楷模”称号。

敦煌研究院文物保护利用群体几代人薪火传承，以实际行动凝结并诠释的“坚守大漠、甘于奉献、勇于担当、开拓进取”的莫高精神，激励着陇原儿女矢志奋斗，不断推动中华优秀传统文化创造性转化、创新性发展。

# 八步沙的党员先锋

八步沙“六老汉”三代人治沙造林的事迹，在甘肃家喻户晓。

甘肃省武威市古浪县，地处河西走廊东端、腾格里沙漠南缘，在这里有一个名叫八步沙的地方。早些年，风沙肆虐，侵蚀村庄和农田，给群众生活造成很大影响。为了植树造林，防风固沙，保护家园，1981 年，郭朝明、贺发林、石满、罗元奎、程海、张润元六位老人，在合同书上摁下红手印，决心挺进八步沙，以联户承包形式组建集体林场，承包治理 7.5 万亩流沙。

几十年来，以“六老汉”及其子孙三代为代表的八步沙林场职工坚持治沙造林，至今已累计完成治沙造林 20 多万亩，管护封沙育林草近 40 万亩，创造了从“沙逼人退”到“人进沙退”的绿色奇迹。

2019 年 3 月 29 日，中宣部授予八步沙林场“六老汉”三代人治沙造林先进群体“时代楷模”称号，倡导学习八步沙“六老汉”当代愚公精神，践行“绿水青山就是金山银山”理念，续写绿色传奇。

2021 年，是中国共产党成立 100 周年，也是八步沙林场建场 40 周年。八步沙林场场长郭万刚在接受我们采访时说，很荣幸赶上了一个双喜临门的年代。老人们那一辈治沙时很艰难，在当时那么差的自然环境下，党员带头把八步沙承包下来，很不容易；看到父辈们在那么艰苦的条件下都能扛过来，他们向父辈们学习，学习共产党人带头干事的精神，想把家乡建设得越来越好。

我们了解到，八步沙“六老汉”中有四位党员，分别是石满、郭朝明、

郭朝明　石满　罗元奎　贺发林　程海　张润元

郭万刚　石银山　罗兴全　贺中强　程生学　王志鹏

八步沙“六老汉”两代治沙人

贺发林、张润元。2000 年，郭万刚在八步沙第二代治沙人中率先带头入党，随后贺中强、石银山、罗兴全等相继加入党组织。2020 年，第二代治沙人程生学和第三代治沙人中的郭玺也相继递交入党申请书。从党员结构、年龄、党龄上看，第二代、第三代治沙人已与第一代治沙人发生了大的改变，但不变的是，他们承诺、践行并兑现自己许下绿色誓言的决心、信心与行动。

古浪县境内有长达 132 公里的风沙线。早在 20 世纪 70 年代，八步沙频遭风沙袭击，特别荒凉。当地人称为“老毛黄风”的风沙一旦刮开，到处黑黑的，一转眼啥都看不见，眼睛、鼻子、嘴里全都是土。风沙线每年以 7.5 米的速度侵蚀着村民赖以生存的家园，老百姓辛辛苦苦种点庄稼，麦苗长出来没多高，就被风沙给压了，十种九不收。

“六老汉”中唯一健在的张润元回忆，八步沙的黄沙，颗粒小，刮起风来跑得快，一分钟能跑几公里；刮到人身上，眼睛睁不开，流眼泪；刮到嘴里，咯吱咯吱响；刮到禾苗上，叶子被打烂。八步沙黄沙一起，满院子都是，黄沙很可能把村庄掩埋掉。

“我们都是共产党员，我们不治，何人治？我们先不干，何人干？”张润元说，“有决心，事竟成”，为了保住家乡的农田，六位老人计划植树种草，与风沙抗争。他们吃在八步沙，住在八步沙，管在八步沙，一干就是30多年。

那时，睡的是在沙漠里挖的地坑，铺上干柴草和被褥，晚上和衣而睡，早上起来身上落下一层沙。吃的是在沙地上支口锅，到沙窝打些水，就着干馒头，就着沙子硌着牙吃。第一年，六位老人辛辛苦苦种了一万亩树，结果来年开春三四月份，老毛黄风把一半的树苗都给刮走了。老人们很伤心，担心成效差、如何给上级交代。当石满和贺发林两位老人把情况给林业局汇报后，林业局局长鼓励他们说，没关系，你们管得住沙漠管不住风，看着草长上就好办了。石满老人听了，很感动，当即表态，“我们一定把沙治好，不把八步沙治理好，我们不回家。”

回到八步沙后，石满老人和贺发林老人仔细观察发现，沙子刮到草墩子跟前，被堵住移动不了，草墩子跟前的树都好着呢。他们找到了秘诀，只要树窝前有草就行，从此开始一棵树一把草，压住沙子防风掏，树木成活率逐

八步沙林场

年提高。到 1985 年时，沙漠里的各种植物长起来了，夏天开着红的、黄的、紫色的小花，真好看。

八步沙的树绿了，“六老汉”的头发白了。

1991 至 1992 年间，贺发林老人和石满老人的身体每况愈下，他们两人相继离世。此时，10 年时间已经过去，八步沙的 7.5 万亩流沙才治理了一半。而他们的子孙也才知道，老人们当年在承包合同上摁下红手印时，还有另外一个约定，那就是——谁身体不行了，或生病了，谁的儿子接替起来。

贺发林的儿子贺中强回忆，1991 年父亲病重倒下，把他们弟兄几个叫到床前，对他说，“给你们啥也没挣下，就挣下八步沙上面的几棵树，树你管理去，你管理好了就对得起我了。”当贺发林老人第三次说起此事时，他的病情已经恶化，为了让父亲走得踏实、安心，不留什么遗憾，贺中强答应了。

石满的儿子石银山也记得，“当时我的老爹不行了，说你把这个事情接替起来，和你的几个叔叔伯伯们，你就看去，一定要把这个树看好”。石银山遵从父亲的叮嘱，把六位老人中的其他几位请到家里，吃了一顿肉面条，他给叔叔伯伯们敬了酒。叔叔伯伯们对他说，“娃娃，你只要跟上我们好好干，把我们植下的这些树不要丢掉，就对得起你的爹爹了。”

石满老人去世后，根据他的遗愿，安葬在了一个离祖坟很远而离八步沙很近、能看见他栽下树的地方，日夜守望着八步沙那日渐浓郁的一抹绿。此后，石银山接替父亲，与贺中强一样，成为八步沙第二代治沙人中的一位。而郭朝明的儿子郭万刚，进八步沙林场，比他们都要早一些。

当年，郭万刚在供销社上班，每月工资 60 块钱，比林场的工资高，不想去，但是父亲老了，坚持不住，石满老人和罗元奎老人劝他，每人愿意给他增加 5 块钱，让他来八步沙一起干。郭万刚说：“钱根本不能要，催得紧，先干一段时间。”他准备后来走，但是一干就是 39 年，走也没走成。

促使郭万刚做出改变的，是发生在 1993 年 5 月 5 日的那场沙尘暴。这也是中华人民共和国成立以来，遭遇的最大风沙灾害。

当天下午 5 点，正当古浪县的孩子们放学回家时，晴朗的天气突然变化，西北方向铺天盖地的黄浪席卷而来，13 级狂风裹挟着沙尘，使天地瞬间一片漆黑，啥都看不见。此时，郭万刚正在林场。他赶紧到地窝里躲避，随着风刮的情况，隔一会往起来跳一下，要不然，十来分钟沙子就把人埋了。黑沙暴刮了 30 分钟，给古浪县造成了惨痛的损失，不少人家的房顶被掀翻，碗口大的树被拦腰折断，23 名小学生遇难，百余人致伤，万亩良田毁于一旦。

“我们这个地方连一个孩子都保不住，这个地方怎么生存呢？”郭万刚沉痛地说，“不论多苦多累，要把沙尘暴治理小一点，让沙尘暴离我们远一点，绝不能再让沙尘暴吞噬我们的孩子。”他下定决心留下来。

20 世纪 90 年代，八步沙林场还没有经济收入，发展困难。两代治沙人想到打一口井，用水种庄稼，来盘活八步沙。1998 年正月初八，正当打井工程接近尾声时，井下两根绳子绞在一起，年轻力壮的贺中强被吊到井下剪绳子，结果中途出现意外，他被铁钩钩起，在井壁内上下颠倒四五次，差点丢了性命，幸好郭万刚下井察看，贺中强才被解救上来。

当时天气寒冷，贺中强踩着齐腰深的水，在井底下待了 4 个小时，被冻得几乎失去了知觉。他说：“为了事业，为了八步沙，太难了，当时脑海中

郭玺展示八步沙溜达鸡

唯一的念头就是‘老爹爹，对不住您了，治沙的事情我没办法了，连命都保不住了呀’。”但是，当井里真正出水时，他们三个老汉、三个小伙高兴得像孩子一样，“欢声笑语没法形容”。

在植树固沙中，二代治沙人改进方式，采用稻草压草方格的形式，当降雨达到一定量时，野草籽在草方格里生长起来，生命力特别顽强，开出各种各样微小而艳丽的花朵，如同八步沙的人一样，在这荒芜的沙漠里，“苔花如米小，也学牡丹开”。

2003 年，二代治沙人终于完成父辈们的心愿，八步沙 7.5 万亩流沙治理完成。看着昔日光秃秃的沙丘变得绿意盈盈，草树相间，梭梭、沙枣、红柳等各种沙生植物摇曳生姿，治沙人心里格外舒畅。贺中强专门到父亲的坟前叩首，“老爹爹给我说的话，我做到了”。

此后，二代治沙人又做出了一个新举动——主动请缨向腾格里沙漠的黑岗沙、大槽沙、漠迷沙三大风沙口进发。

张润元笑着说：“我们生活好了，老百姓的生活也好了，大家都高兴。”

怀抱人定胜天的绿色希望，2016 年 5 月，郭朝明的孙子、郭万刚的侄子郭玺来到八步沙林场，成为第三代治沙人。八步沙林场也由最初的 6 个人发展到现在的二三十个人，成立了农民联户组建的生态公益林场。

2018 年，八步沙林场在梭梭上嫁接长出肉苁蓉。

郭玺喜欢爷爷种下的树，也喜欢大伯种下的梭梭。他说，“以前爷爷在沙漠里种树，只是为了保护庄稼，我们现在在沙漠里种出了经济作物，生活会越来越好。”

郭万刚说，八步沙发生这么大的变化，应该感谢党和政府的关心和支持。他认为，古浪县风沙线长，沙化土地多，治沙的担子不轻。当下，八步沙第一代、第二代治沙人年龄偏大、文化程度低，治沙造林存在一定困难。年轻人有文化、有潜力，科学治沙、工程治沙、网络治沙都做得比较好，今后，八步沙要多发展第三代治沙人，让年轻人挑大梁。

如今，到八步沙学习参观、接受教育的人越来越多。郭万刚表示，要把八步沙发展好，加大古浪县治沙造林力度，让家乡的环境变得越来越好。

而郭玺则说，共产党员有多大的困难，都往前面冲，作为一个年轻人，

在八步沙六老汉治沙纪念馆前宣誓

他在沙漠里能待下，他也能做到。2021 年五一过后，他准备开始网络带货，把古浪县的农副产品帮助销一销。

当又一年夏天来临时，八步沙的梭梭树开满了花朵。每当看到这些梭梭林，贺中强仿佛看到了父亲满意的笑容。

# 长庆石油大会战纪念馆建设记

这是一座我们在朋友圈里看着一点一滴建设起来的纪念馆。这是一群乡镇干部自己动手、自力更生创建起来的纪念馆。

信息的发布者王铎霖，是甘肃省庆阳市庆城县马岭镇党建办主任。

在长达近两年的时间里，我们看着她每天忙忙碌碌，和同事们一起加班加点到深夜，一起寻找资料，一起动手搬东西、搞设计，一起布置展馆。

2020 年 9 月，当纪念馆开始预约接待时，我们惊喜地发现，这座坐落在马岭镇上的纪念馆，竟然建设得有模有样，而且有一个宏大的名字——长庆石油大会战纪念馆。

长庆油田，承载着每一位庆阳人厚重的历史记忆。油田地处我国鄂尔多斯盆地，作业面积横跨陕西、甘肃、宁夏、内蒙古、山西五省区，总计约 37 万平方公里的作业区域。辖区内油气资源丰富，经过多年发展，已超越大庆油田，成为我国产量最高的第一大油气田。

1950 年，中华人民共和国成立仅一年，为了摆脱贫油缺油的帽子，党中央提出“大上人马，加快勘探步伐，在西北老区建设大油田”的号召，拉开了陇东高原找石油的序幕。

经过艰苦鏖战，1970 年，马岭地区庆一井喜获高产工业油流。庆一井的发现，如同一声春雷，让长庆油田横空出世，坚定了党中央扩大陇东勘探开发的信心。在国家“三线”建设的时代背景下，5 万多名解放军战士和各个油田的工人向陇东集结，拉开了声势浩大的长庆石油大会战。

长庆人在艰苦的岁月里，自力更生，无私奉献，以“我为祖国献石油”的坚定决心，在困难条件下完成难以想象的工作重任。没有客车，就拉着架子车徒步到达；没有卡车，就用牛车、马车、独轮车拉运工具和物资；没有吊车、起重机，就用人拉、手抬和肩扛；“跑步上陇东”“干打垒”“三个石头一口锅、三顶帐篷一个窝”，以大无畏的革命精神，抒写了长庆历史上最厚重的一笔。

长庆油田是世界上典型的低渗、低压、低品貌油田，岩石空隙致密，被石油专家称为“磨刀石”。1971 年 1 月，长庆油田第二分部成立，时称兰

长庆油田会战指挥部成立庆祝大会 （王铎霖供图）

石油工人工作场景再现　（王铎霖供图）

州军区长庆油田会战指挥部第十五团，全面承担起陇东油田开发试采任务，成为采油二厂的前身。采二人高唱“改造低渗透，磨刀石上闹革命”的雄浑之歌，攻克一道道技术难关。20 世纪 80 年代初至 90 年代末，作为长庆油田第一产油大户，采油二厂创下原油产量占据长庆大半壁江山的辉煌历史。1998 年，采油二厂适应长庆油田战略大调整，从马岭镇董家滩村迁往庆阳市。

庆阳是长庆石油大会战的第一站和主战场，也曾是长庆油田的生产生活基地，马岭油田在长庆发展史上具有里程碑意义。位于庆城县马岭镇董家滩村的长庆第一井，已同长庆石油大会战指挥部旧址一起入选中央企业工业文化遗产名录。我们在长庆石油大会战纪念馆看到这样的字样：庆阳是长庆的根，庆阳是长庆的魂；长庆从这里诞生，从这里出发。

王铎霖说，建设长庆石油大会战纪念馆，马岭镇党委和政府工作人员付出了特别大的心血，完全是怀着一种情怀、一种责任在做，想实实在在做成一件事并不容易，但只要一直向前冲，总会有改变。

2020 年 4 月，正是展馆布展的关键时刻，我们在她的朋友圈里看到：

> 12 日，文稿组、技术组、施工组，全面开战。夜色阑珊，室内室外，如火如荼。
>
> 13 日，时间紧，任务重，节奏快，说啥都白说，干就完了。到工地，就是半个工人。
>
> ……
>
> 26 日，去年此时一片废墟，每一种努力都有所呈现。
>
> 27 日，晚上 12 点，馆里依然忙碌，一句话，都不容易。

看着他们这么辛苦努力，我们很感动，其实，作为一名基层工作人员，他们可能只需要干好自己分内的工作就可以，建设一座纪念馆需要耗费大量的时间和精力，也占据了他们好长一段日子里的休息时间。是什么促使他们产生建设纪念馆的想法的呢？又是什么支撑他们这么努力地去做呢？

时任马岭镇党委书记的薛克勋，是这项工作的主要负责人之一。我们听他讲述了长庆石油大会战纪念馆建设的全过程。

> 2018 年，我随县政协领导到四川考察学习乡村旅游，在四川攀枝花国家三线建设博物馆，看到了大量的长庆会战时期的照片，这对我触动很大，这也是萌发挖掘整理长庆会战历史文化的最初想法。都说长庆的根在庆阳，长庆的魂在庆阳，但自 1998 年长庆油田总部搬迁到西安算起，长庆离开至今已经 20 多年时间，大量的遗留建筑物被拆除或者重新利用，长庆石油的痕迹在慢慢消失，特别是长庆会战的精神逐渐被人们所淡忘，留给我们抢救这种文化和精神的时间已经不多了，也许再过一二十年，甚至更长时间，20 世纪 70 年代的建筑物和石油人使用过的物品都已找不见踪影，纵然想做，已经没有当下这个环境和基础。正是源于长庆和庆阳的这份特殊关系和对特定历史时期文化的传承和保

护，我们决定快速建设长庆石油大会战纪念馆。

马岭为长庆石油会战的主战场，1970 年位于马岭镇董家滩村的长庆第一井成功出油，成为长庆油田的发现井和功勋井。马岭油田是长庆在陇东建设最早最大的油田，五路会战就在马岭，可以说马岭为长庆的发展积累了成熟经验和技术。“跑步上陇东”“三个石头支口锅，三顶帐篷支个窝”“塑胶帐篷”“干打垒”等长庆石油会战的典型故事都发生在庆阳，“铁人”王进喜的师傅王化兰、长庆铁人王文汉、采油女罗玉娥都是在马岭生活战斗过的英雄人物。长庆石油勘探局当时生产、生活的主战场都在马岭，遗存的地方较多，石油历史文化非常厚重，在长庆发展史上没有其他地方能够取代，水电厂、炼油厂、采油二厂、钻井二处和井下作业处原址都在马岭镇。马岭已经规划开工建设黄酒古镇、花卉园、温泉度假和采摘园等旅游项目，再新建长庆石油文化主题教育基地也是对全域旅游的补充和发展。

在建与不建、怎么去建的讨论中，不同的声音都存在，有肯定的，也有否定的，持肯定态度的同志们说做一件事情肯定有不同的声音，关键看我们做的事情对不对。这句话刺激了我，让我陷入了深思，我们过多纠缠于自己的得失，不跳出去看这件事情本身的对与错，就会随波逐流、人云亦云。我们站在时代的高度，站在历史的维度，站在地方发展的角度，看这一件事情的对与错，可能会更客观更全面。当我把做长庆石油大会战纪念馆汇报给庆城县委、县政府主要负责同志后，两位领导都给予了充分肯定。经过我们积极争取，在庆城县委、县政府主要领导的推动下，庆城县经济工作会、庆城县人民代表大会、庆阳市人民代表大会都将新建长庆石油大会战纪念馆列入了全年工作计划，这更增加了我们做好这个项目的决心和动力。初步定在原钻二公园做，在县委主要负责同志的关怀支持下，县政府很快将公园连同金欣商贸楼区块全部移交给马岭镇。在一种大格局中去看待一段特定的历史，就会看得更远，看得更加客观，就能纠正人们内心的狭隘和偏见，在石油开采的 48 年时间，企地合作，油田和群众的相互支持一直都是发展的主流，大家都是服务社会和国家，服务地方和企业，我们不能一叶障目、以偏概全，纠缠于一人一事，沮丧于一生一世。

决定了去做这件事情，但资金从哪里来，一帮子乡镇干部就天马行空地想，发散思维地谈，大家说得最多的还是请专业设计团队，几个设计公司开出的设计费都在百万元之上，而且还得我们提供油田翔实的资料，专业团队行不通，我们只好自己上。我就从网上买了两本《长庆石油志》和十多本长庆刊物，利用工作空余时间认真地学习，大概理清了思路，初步规划做三大板块，第一板块就是利用原钻二公园做遗址公园；第二板块就是利用6排职工住房维修改造后做大型展馆；第三板块就是维修20世纪70年代砖箍窑做创意商业，比如石油人家、旅游商品等。想得心潮澎湃、热血沸腾，但是在没有钱、没有人的情况下，谁能够去实现这些想法，又是摆在我们面前最现实的困难，也是最让人纠结和头痛的事情。"山重水复疑无路，柳暗花明又一村"，庆城县民俗研究所在脱贫攻坚中帮联的正好是马岭村，张志学所长是做展馆的"高手"，他不拘泥于高大上的专业设计，做文化展馆既有系统规划的科学性，更有接地气便于操作的实用性，我们两个一拍即合，交流的一些观点有很多相似之处。在这个过程中，马岭村党总支书记栾维起了决定性作用，他想把马岭村发展起来，想在旅游上做文章，正好这是一个机缘，由村委会负责搞。镇政府干部负责整理资料，收集物件，布展所需经费由镇政府动员12个村集资解决，原本以为会有一些难度，所以我们连续开了几次讨论会，主要围绕怎么发展村级集体经济，引导各村入股布展纪念馆，然后用门票收入和社会捐赠来还本分红，结果政府一倡导，各村积极性很高，这也体现了马岭村干部包容大气素质高，特别是对发展的愿望非常强烈。

张志学所长带领职工实施布展，村委会负责基建工程，所有这些都是保本不挣钱，大家都为着一种把事情干好的信念，发扬不怕苦、不怕累的精神，用于建馆的工作时间都是从正常工作之外挤出来的。参与项目的同志经常晚上加班到凌晨3点以后，周末也自愿放弃休息，饿了吃碗面，渴了买瓶水，购买展出的物件没有钱，干脆就在油田遗留的楼房里面找，有些找不到的东西就在收废旧物品的摊点上找，一时间干部职工翻窗子、爬垃圾堆、捡破烂成为工作常态。马岭镇工作人员王铎霖、武振东全程参与，赵怀信、张韬、王金成、张龙、俄明、刘兴财作为替补，他们雨天一身泥，晴天一身土，武振东、王铎霖连续两个月没有回家休息，即使回家顶多就是取个衣服，为了不影响正常工作，雨天、早晚和周末就是我们最好的工作时间。一些油田的旧楼房门锁着或者用砖头封堵，我们就徒手攀爬楼房，周围老百姓以为这是外来人员在搞探险训练，为了增强干部职工的积极性，我带头爬楼捡破烂，每当寻找到过去那个年代的物品，大家就激动不已，有时自己也安慰自己，描绘一些未来憧憬，大家跟着取取乐。

室外搞雕塑太费钱，张志学就调整思路，用油田大型的废旧机器布展，我和几个干部到处在油田上托熟人，找关系，请他们无偿提供东西，长庆的器材管理很严格，但凡是听到我们在建设长庆石油大会战纪念馆都很支持。采油二厂岭北作业区捐献了两台20世纪七八十年代的抽油机，长庆钻井总公司听到消息后当即表态捐献了一台钻井架。在搜寻石油工人遗弃物品时，无意中发现了几个油田遗弃的雕塑，我就叫栾维上来现场看，他如获至宝，雷厉风行，和村委会主任边金有现场指挥，吊车、工人、车辆迅速到位，努力把油田的每一件物品小心翼翼地搬回纪念馆展出，所有这些都给了我们加快建设的动力和信心。

在马岭炼厂子弟学校寻找遗弃的物品时，因为一楼全部封闭，武振东一看楼前有一棵树，就爬上树梢，然后我们在下边把树揿向楼道方向，他从树梢直接跳向二楼，挨个房子找东西。有些地方攀爬不方便，大家就用绳索吊住以防不安全事故发生。在整理布展资料的时候，为了全方位地挖掘故事，收集信息，王铎霖晚上彻夜工作，在1个月时间通读了17本书籍资料，阅读量达120多万字，整理文稿3万多字。在建设过程中，镇长谢鹏飞亲自参与，抽调杨励刚、白云波、王铎霖、任万宁、麻琰等工作人员为成员，他们几个找寻东西，参与工程建设，整理和背诵讲解词，付出了极大的艰辛和努力。我非常感慨，只要把工作干成一种事业，把任务干成一种追求，你的潜能才能够超常发挥，大有无所不能之势。

长庆基地搬走已经20多年时间，绝大多数房子都被重新利用或者

长庆石油大会战纪念馆内景　（王铎霖供图）

被一些招引的企业清扫粉刷过，有些即使没有被利用，也早已被拾垃圾的人翻寻过多次，在垃圾堆中找寻，绝非一件容易的事情，我们首先要保证每一户房间全到，3周时间，我们跑了大约700多套住宅和1200多间办公楼房，每到一个房子我们都得在墙上、地上认真地找，大到职工的生活用具、牌匾、报纸，小到地上的饭票、文档、手册和孩子的生活用品，我们都得仔细地翻找，地上的尘土有时呛得人出不来气，油和脏水有时挖一手，难闻气味夹杂着潮湿腥气，空旷的废楼多少显得有些阴森，我们就两个人一组，在楼梯上相互喊叫，彼此壮胆照应。

经过两年多时间的艰辛和努力，长庆石油大会战纪念馆基本建成。我们还购买了老解放车、北京2020汽车，制作了宽幕电影，为了克服资金的困难，我们自己在做一些突破，比如宽幕电影解说词是我们自己整理的，然后找人配音。

大家这样尽心竭力、毫无怨言地工作，只为成就心中的梦想，那就是期待着长庆石油大会战纪念馆早日建成，把自力更生、艰苦创业、攻坚啃硬、拼搏进取的精神弘扬和传承下去。今天，我们高兴地看到，长庆石油大会战纪念馆已经建成，在社会上引起了强烈反响。我们坚信，长庆石油大会战纪念馆一定会成为庆阳人和长庆人心中永恒的记忆。

如同薛克勋所预期的，他们的努力探索，也为马岭镇在乡村旅游中觅得了“振兴之道”。近年来，马岭镇强力推进乡村旅游，相继建设起黄酒古镇、后湾集体农庄、虹彩家园、温泉度假村等一批项目。随着长庆石油大会战纪念馆的建成开放，越来越多的游客纷至沓来，为马岭这个曾经繁华的石油小镇带来新的生机。

邓女士已经70多岁，近年来一直生活在西安。听说长庆石油大会战纪念馆开放后，她几经周折，争取家人的支持，前来参观。在展厅里，老人看到女子修井队的场景和照片时，失声痛哭。老人说：“过去的事情在眼前浮现，那时，我们都是20多岁的姑娘，照片上10多个人，现在大多数已经去世，其中一个是在长庆石油大会战战场上牺牲的。那时候，每个人内心都很单纯，就是为国家多开采石油，加班没人要报酬，干活没人耍滑头，冬季油井喷油后，我们的棉衣上结成一层厚厚的原油壳，几个姑娘就用刀子互相给对方刮。”

是啊，马岭一直都是石油人的梦里记忆。祝愿在乡村振兴的路上，马岭越来越好。

# 后 记

## 所有梦想的实现，都是一次伟大的远征

当我们穿越百年党史，写到这里时，满怀澎湃、激动和感慨。

在许多人的支持下，我们才走到了今天。

记得，2020 年 9 月，我们在同事闵媛的陪同下，第一次到中共甘肃省委党史研究室去拜访专家、寻找资料时，我们得到了最无私的帮助，一大袋珍贵的党史出版读物，还有专家自己珍藏的个人图书，都送给或借给我们阅读。当拎着沉甸甸的资料袋走出那个办公室时，我们感觉自己肩上多了一份沉甸甸的责任。

八路军兰州办事处纪念馆馆长袁志学，也给我们提供了很多帮助，任何时候，只要我们遇到困难，他一定是第一时间帮助解答，毫无怨言。甘肃岷县岷州纪念馆讲解员刘彩玉，从活动现场赶回办公室的第一件事，就是帮助我们查找资料。酒钢集团党委宣传部、玉门市委宣传部，还有中铁西北科学研究院、兰州君健影视公司等，也给我们提供了极大的帮助。当我们在一次采访中想到要放弃时，是兰州南巡出租车行的李正乾司机，鼓励我们往前再走一走，是他开车载着我们经过特别难走的一段路途到达目的地，帮助我们与采访对象沟通，当我们对他表示感谢时，他说，没有什么，只要把事情办完就好。

还有甘肃文化出版社，从选题策划到最终出版，给予了我们最大的温暖、支持和宽容。这一切，都让我们感激不尽。

如果说这次写作也算是一次征途，那么，这是我们和许许多多支持过、帮助过我们的人一起走过、一起完成的。

抒写党的历史，对于我们来说，或许过于宏大，但是，我们相信，我们看到的，一定是党的历史的一部分。

这一路，我们看到了中国共产党的不懈奋斗史，看到了党的理论探索史和党的自身建设史。这是一个伟大的政党，在使自己变得越来越好的路上，经历过的艰苦磨砺、灵魂洗礼和淬火崛起。

这段壮阔的历程，是由一个个共产党员抒写的。是什么把一位位普通的共产党员锻造成为所有共产党人精神谱系的缔造者，他们的成长、他们的蜕变，则是我们追寻的重点。

我们仿佛看见，张一悟、胡廷珍、王孝锡、秦仪贞等一批批革命先驱，点燃火种，在陇原大地上匆忙奔走的身影，他们的青春，他们的理想，今天依然火热，依然光华灿烂；我们仿佛看见，红军长征蜿蜒的队伍行进在甘肃，吴焕先倒下了，董振堂倒下了，许许多多的红军战士倒下了，但是一个蹒跚中的政党和人民军队坚强地站起来了，站立在了人民中间。1949 年 8 月，成千上万的战士倒在了兰州解放的前夜，他们中的许多人可能都未曾吃饱肚子，却以自己巨大的牺牲赢得了人民的解放事业。当罗云鹏的女儿罗力立抹着皱纹纵横的脸庞上的泪水，说“我以我的亲身经历告诉大家，现在这个美好生活确确实实是无数革命先辈流血奋斗或牺牲性命换来的，这是发生在历史上的，这不是写在纸上的一句话”时，我们无比动容。在新中国的革命、建设和改革的伟大征程上，一代代先辈，以各自非凡的业绩铸就了我们党的丰功伟绩。进入新时代，从脱贫攻坚到疫情防控，从传统文化传承弘扬到生态文明建设……每一场战斗，每一次奋斗，无不是中国共产党深入人心的历程。

如同国防大学金一南教授在《为什么是中国》一书中所说，一部波澜壮阔的中国近现代史，如果没有一代又一代真人前仆后继，追寻真理救国救民，我们很可能至今还在黑暗中摸索和徘徊。正是这些真人点燃了中华民族一代又一代人的心中之火，才使我们至今未曾堕落、未曾被黑暗吞没。

在我们心里，中国共产党就是这样的“真人”，是一群理想信念坚定的“真人”。

如同一首歌中所唱，“最后一粒米，送去做军粮；最后一尺布，送去做军装；最后一床老棉被，送去盖在担架上；最后一个亲骨肉，送去上战场……”中国共产党始终与人民保持鱼水深情、血肉相连，而这也是我们党能够在艰难困苦中顽强生存下来，推动中国革命事业取得胜利的基础所在。

由此，我们也发现，在所有前进的道路中，通向民心的路，才是最正确的道路。

每一代人有每一代人要走的路。今天，我们每一个人都走在自己的路上。尽管平凡如斯，但是我们也应该有自己的光彩，有自己的梦想，就像何鄂说的，每一个人都是一片叶子，要尽情展示自己的绿。

其实，在万千生活中，每一个平凡的共产党员也的确如此，在尽情展示着自己的色彩。只是限于篇幅，还有许多生动的故事，我们没有写进去。

比如，我们曾经遇到过一位出租车司机。他的微信名字叫“榆北人”。他是兰州市榆中县北山人，有 30 年党龄，在日常而又琐碎的生活中，他最大的爱好是读书、看报和学习，而今更多时间采用网络阅读，这一习惯保持了几十年。据说，他的报纸剪报就有好几本，可惜放在老家，我们没有看到。那天，我们无意中拼车，搭乘了他的车。当我们上车时，他正在与坐在副驾上的乘客聊天，谈论中美贸易谈判中的中国“外交天团”的风采。他们从王毅说到杨洁篪，从中国外交部说到中国共产党，言语里满是对党和国家的热爱。听着他们聊天，我们忽然被这一腔赤诚、被这一份家国情怀所感动。

吴金辉是庆阳革命老区一位农民党员，初中毕业后回家务农。他一生酷爱电影创作，小时候上山放羊，包里装着《电影评介》和电影函授班教材学习，晚上抽空赶三十里路，去看露天电影，经常缺笔少纸，就把工队装水泥的纸袋内层纸掏出来当稿纸用。几十年来，他艰苦投入，精心创作多部剧本，其中 2005 年以真实人物为原型创作的电影剧本《大山深处的保尔》，被上海祥盛影视制作发行有限公司拍摄，电影作品入选第十届全国精神文明建设“五个一工程”。之后，吴金辉又相继创作《凤凰沟的春天》《我和妈妈》

等多部电影剧本，还自拍自导自己放映，把电影文化广泛传播到陇东农村。如今，即将迈入花甲之年的吴金辉，还在坚持，他一生最大的心愿是把陕甘宁边区发生的革命故事创作成电影剧本，当《叶子红了》《厚土》两部电影剧本相继完成后，他又在拍摄的路途上奔波。

也许，每一个梦想的实现，都是一次伟大的远征，都需要我们付出巨大的努力。但是，无论对于党和国家，还是民族与个人来说，每一个梦想的实现，都在成就一个伟大的党和祖国，也在成就一个全新的民族和全新的自我。

奋进新征程，建功新时代。我们要永葆党的光荣传统和革命精神，不忘初心、牢记使命，开拓进取、砥砺前行，继往开来奋进伟大新时代，富民兴陇谱写发展新篇章，为全面建设社会主义现代化幸福美好新甘肃而努力奋斗。

# 参考书目

1. 中共中央党史研究室：《中国共产党九十年》，中共党史出版社、党建读物出版社，2016 年版。

2. 本书编写组：《中国共产党简史》，人民出版社、中共党史出版社，2021 年版。

3.〔美〕斯塔夫里阿诺斯著，吴象婴等译：《全球通史：从史前史到 21 世纪》，北京大学出版社，2006 年版。

4. 杨得志：《横戈马上》，解放军文艺出版社，1984 年版。

5. 刘光华主编，宋仲福、邓慧君著：《甘肃通史：中华民国卷》，甘肃人民出版社，2012 年版。

6.《甘肃通史（当代卷）》，刘光华主编，王劲、吴晓军、李春芳、卢毅彬著，甘肃人民出版社，2012 年版。

7. 中共甘肃省委党史研究室、甘肃省党史纪念馆：《中国共产党甘肃简史》，中共党史出版社，2017 年版。

8. 中共甘肃省委党史研究室编：《中国共产党甘肃历史知识简明读本（一）》，甘肃文化出版社，2011 年版。

9. 中共甘肃省委党史研究室编著：《中国共产党甘肃历史知识简明读本（二）》，中共党史出版社，2019 年版。

10. 张桂山、巩世锋主编：《王孝锡传》，中共党史出版社，2016 年版。

11. 王维胜：《胡廷珍传奇》，甘肃人民出版社，2011 年版。

12. 中共甘肃省委党史研究室编：《甘肃党史人物选编》，甘肃人民出版社，

2017 年版。

13. 金一南：《为什么是中国》，北京联合出版公司，2020 年版。

14. 中共兰州市七里河区委党史办公室编：《黄河在召唤：罗云鹏传》，甘肃人民出版社，2020 年版。

15. 杜永胜、常琦彪：《图说三军大会师》，甘肃民族出版社，2011 年版。

16. 中共甘肃省委党史研究室编：《甘肃省革命遗址通览》，中共党史出版社，2012 年版。

17. 中共甘肃省委党史研究室、甘肃日报社编：《革命历史是最好的营养剂——甘肃的红色年轮》，甘肃文化出版社，2014 年版。

18. 中共甘肃省委党史研究室编：《欢庆抗战胜利的日子——甘肃纪念抗日战争胜利 70 周年专辑》，中共党史出版社，2015 年版。

19. 中共甘肃省委党史研究室编：《中国共产党甘肃改革开放 40 年大事记（1978.12—2018.6）》，中共党史出版社出版，2018 年版。

20. 袁志学、王耀宏编著：《兰州地域文化》，甘肃文化出版社，2017 年版。

21. 中共兰州市委党史办公室编，袁志学主编：《兰州百年图志（1909—2009）》，甘肃文化出版社，2011 年版。

22. 王仲保主编：《陇原志士——甘肃近现代爱国志士事迹选录》，中国文联出版社出版，2004 年版。